乡村振兴正当时

《乡村振兴正当时》编委会 编

四川民族出版社

图书在版编目(CIP)数据

乡村振兴正当时 / 《乡村振兴正当时》编委会编.
—— 成都 : 四川民族出版社,2022.9

ISBN 978-7-5733-0802-3

Ⅰ.①乡… Ⅱ.①乡… Ⅲ.①报告文学–作品集–中国–当代 Ⅳ.①I25

中国版本图书馆 CIP 数据核字(2022)第 176113 号

乡村振兴正当时

《乡村振兴正当时》编委会 编

责任编辑	周文炯
责任印制	谢孟豪
出版发行	四川民族出版社
地　　址	四川省成都市青羊区敬业路 108 号
邮政编码	610091
印　　刷	成都兴怡包装装潢有限公司
成品尺寸	145mm×210mm
印　　张	7.5
字　　数	300 千字
版　　次	2022 年 9 月第 1 版
印　　次	2023 年 1 月第 1 次印刷
书　　号	ISBN 978-7-5733-0802-3
定　　价	42.00 元

编委会

与乡村振兴同行 为美好时代放歌
（代序）

刘裕国

在党的二十大即将召开之际，在四川省乡村振兴局指导下，我们推出了报告文学集《乡村振兴正当时》，这部集子，犹如一簇鲜亮的花朵，为迎接盛会召开而尽情绽放。

党的十八大以来，以习近平同志为核心的党中央把脱贫攻坚摆到了治国理政的突出位置，全面打响脱贫攻坚战，深入推进精准扶贫。四川是全国扶贫任务最重的省份之一，也是全国脱贫攻坚主战场之一。脱贫攻坚期间，省委、省政府坚持把脱贫攻坚作为最大的政治责任、最大的民生工程、最大的发展机遇，全省上下团结一致、尽锐出战、攻城拔寨、奋力拼搏，脱贫攻坚取得全面胜利。2017年以来，四川省作协联合原四川省扶贫开发局，围绕中心、服务大局，创造性地开展了文学扶贫"万千百十"活动。全省各级万余名作家，满怀对贫困群众的深情，深入扶贫一线，记录了脱贫攻坚的艰辛历程，描绘了脱贫攻坚的宏伟画卷。

时代永远需要记录者。

"脱贫摘帽不是终点，而是新生活、新奋斗的起点。"习近平总书记的话语，如响鼓重捶，鼓舞人心，催人奋进。

民族要复兴，乡村必振兴。蓝图鼓舞人心，目标催人奋进。根据全省文学扶贫"万千百十"活动总结大会暨乡村振兴主题文学创作活动启动仪式的工作部署，2021年1月，四川省作家协会、四川省乡村振兴局、四川省直机关工委与人民网四川频道联合开办"四川报告：乡村振兴进行时"文学作品专栏，面向广大报告文学作家征集优秀报告文学（非虚构）作品。

因势而谋，顺势而为。四川广大报告文学作家坚持把重大主题创作放在重要位置，不失时机，精准发力，主题创作实现了从脱贫攻坚到乡村振兴的无缝对接，及时推出了一批回荡着乡村振兴铿锵脚步声的好作品。

《乡村振兴正当时》报告文学作品集，也许还不是眼下四川乡村振兴文学作品中最优秀的、最具代表性的，但也能让人从中窥探到四川报告文学作家与伟大变革同行、为美好时代放歌的豪情壮志和审美追求，概括起来，这部作品集大致有以下几个特征：

——"在场性"的及时报告。

在场性，是报告文学的基本特点，也是报告文学作家的精神担当。

在《纳溪夜酒醉春风》里，报告纳溪通过创建四川省首批全域旅游示范区推进乡村振兴的精彩历程，字里行间都透出作家行走的足迹，仿佛每一段诉诸读者感官的文字，都是作家目光所汇聚的"新近发生"的事实，都是心灵的直接感受。"初来纳溪，正是人间三月天。急剧升高的气温，以及纳溪人的诚挚热情，如两盏热烫甘醇的烈酒，直入人心。""今天我们眼前诗画一般的纳溪，连片的景区，茶园、花田、酒庄，哪一个，都浸润着纳溪人的心血与汗水"；"站在'花田酒地'的中央，午后的斜阳浩然恣意地泼洒在汪洋般的四季花海之上，长江上游珍贵的丹霞地貌、田园湿地，此刻呈现出一派繁花渐欲迷人眼的川府盛景。"很显然，作者是在用游记的方式撰写报告文学，对纳溪的振兴乡村所付出的心血与智慧，乡村生存状态和生活方式的新变化，进行"在场"报告。

读了《人生贵在抒胸臆——徐刚与脱贫攻坚与乡村振兴的"丙灵模式"》，感觉作者在采写现场有着"福尔摩斯式"的行走，一路探寻，一路深究和思考，而绝非"走马观花""雾里看花"。有这样一段记述："徐刚就站在牌坊下等我。他个子不高，短发，瘦削，只穿了一件高领内衣加西服，与我握手，滚烫而强劲。他的眼神很沉静，看不透，但有萦萦而起的暖意，一望即知是颇有经历的人。不远处有一面硕大的显示屏，播放着中央台节目。他挥了一下手臂：'这些村舍、道路、鱼塘、蔬菜地、果园，我是事必躬亲，参与了全部规划与实施。'"作者由此开始追寻、跟踪，一直穿行在主人公徐刚心灵隧道。一个个闪耀着思想亮光的小标题，应运而生。"梦，是结在树上的果实""用爱与实效铸就'丙灵模式'。"很显然，在场采写，作者用脚步走出了作品思想的高度。

阿来主席曾经多次提倡作家要多到实地去感受。走进田间，感受汗滴的艰涩；走进牧场，感受牛羊的浪漫；走进农院，感受炊烟的温馨……在这样一个过程中，去实现重塑自我的体验，在自我教育中，去获取灵感。

《时代洪流》的作者正是这样，走进成都温江万春镇先锋村，走进盆景制作致富带头人郭良学的内心，用寻访的方式，直接感受到脱贫攻坚战硕果累累，乡村振兴新征程步伐激越铿锵。作品紧扣"脱贫摘帽是新奋斗的起点"这个重大主题，用"情景式"在场描绘进行审美叙事，满满"在场感"，颇具艺术感染力。比如："站在门口，往里望，四合院，七八间房。正面廊檐下挂着一溜红灯笼，靠墙摆着一排木椅。四顾无人，清风雅静。却见几只巧燕，在屋檐处忙碌，上下翻飞，好不快活。""我脑海里浮现出田园里，一群群村民们忙碌的身影，他们正尽力让植物的每一条根须都吸足水分，每一根枝条都风姿绰约，每一片叶子都光耀闪亮。"

"从七里顺着河水逆行，会经过老地名称为一道城、二道城、三道城、四道城的地方，再往上走，到达海拔 4000 多米的山顶——喇嘛岭的郎架岭。"《村和万事兴》的作者一路行走，站在一棵古老的核桃树下，有了独特的在场感受："百年的核桃树，像一个历经沧桑的长寿老人，默默伫立在村寨的水沟边、田坎上、每家人的房前屋后，看着人们忙碌的身影。百年来，它看到无论村民们怎样起早贪黑地忙碌，风调雨顺的年份，也只能填饱肚子，经济收入只能靠卖百十斤核桃或者上山挖野药换钱。苦啊，太苦了。"读者跟随作者的脚步去感知乡村的显著的变化，欣喜地看到：甜樱桃，让七里获得"第八批全国一村一品示范村""四川省乡村振兴示范村"的荣誉称号。作者的在场性报告，让人感受到时代的温度。

——"针对性"的深入挖掘。

"新近发生"的事实，是报告文学主题创作的基本写作面。纵观近些年来四川乃至全国报告文学作品，既有对近时重大题材的报告，也有对新气象新问题的呈现，都无不彰显新闻的内核特征，显示了报告文学对客体存在再现的种种可能和它强盛的表现力。然而，报告文学不是就事论事、孤立静止地反映事物的若干表面现象，而要透过事物的表面，挖掘事实的深层次含义，力求做到反映现象，晓示过去，预示未来。所以，它具有鲜明的现实针对性，具有引导力。

乡村振兴五大目标之一，是生态振兴，良好的生态环境是农村的最大优势和宝贵财富。生态振兴是乡村振兴的重要支撑，要坚持人与自然和谐共生，走乡村绿色发展之路，就必须有良好的生态环境。长江大保护，是新时代的国家大战略。泸州是长江出川的最后一道关口，是长江上游地区重要的水源涵养地，生态环境保护责任重大，举世关注。《泸州：清风送来花草香》对生态振兴聚焦体现在五个方面：推动构建生态环境治理全民行动体系；用壮士断腕的决心来治理水污染，保护母亲河；在大规模的治理污染中，直面"痛点"，对症下药；坚持不懈地将维护生态健康作为新的经济增长点；为青山绿水密织监控"天网"。这些话题，都具有鲜明的现实针对性和引导性，直击和回答了当下中国生态保护的热点、难点和重点话题。

乡村振兴，内涵丰富，有诸多难题亟待破解，比如人才振兴如何落实？《时代洪流》做出了响亮回答："如今国家给农村发展创造了这么多好条件，立项绿色通道、税收补贴优惠、银行贷款倾斜，年轻人大有发展空间。现在回村的年轻人也越来越多了。"读到这里，眼前一亮，年轻人有了发展空间，乡村振兴大有希望，一条坦途正在眼前延伸。这篇作品，体现了报告文学作者的新闻敏锐性。这也告诉我们，优秀的报告文学作品，首先表现为题材的现实针对性。一个报告文学作者，应该具备新闻记者的敏感素质，善于及时地从现实生活中捕捉到适于写作的信息和素材，不失时机地投入到报告文学的写作中去。

《点燃希望的火种——嘉祥定点帮扶小金侧记》开门见山提出问题："任何事情都需要人去做，尤其是乡村振兴，更需要人才。"作者直截了当地告诉人们，"在巩固脱贫成果向乡村振兴衔接过程中，从嘉祥教育集团对口定点帮扶阿坝州小金县教育事业的案例来看，乡村振兴必须先振兴教育。"这个话题击中了要害，具有强烈的现实针对性。接下来，亮出了破解难题的利器：成都到小金，缘起向克坚的教育初心；建章立制，确保教育帮扶落地生根；从实验班切入，全面带动当地学校发展；"网红"老师，教书育人带动当地经济；更新理念，培养带不走的教师队伍；爱心接力，谱写支教新篇。文本叙事，文字看似平实，叙述不慌不忙，却以问题为导向，故事娓娓动听，在新闻与文学并重中呈现出坚实与厚重，凸显了报告文学针对性的魅力。

——文学表达的充分调动。

新闻的内核，文学的表达，是报告文学基本特征，也是近些年来四川报告文学界的共识。报告文学属于文学范畴，它是报告，也是文学。它的新闻性与文学性不是互相排斥的，而是互为表里、相辅相成的。报告文学评论家李炳银曾经精辟地概括："报告文学是一种有力量的文学表达。"报告文学作家理由曾经谈到："除了虚构与概括的手法不宜引进报告文学，其他一切属于表现形式的文学手法都可以在报告文学中充分调动。调动得越好，就越逼真；越真实，就越富于艺术的感染力。"这就告诉我们，文学表达，彰显报告文学的真实之美。

品读《乡村振兴正当时》，一种感触油然而生：作家们能从生活的散见中升华出诗情画意，从浩繁的素材中提炼出妙想奇思，具有发现美的独特目光和表达美的才情与技艺。

精彩故事，在真实的叙述中演绎。

文学的一个最基本的、最常见的表达方式是叙述，叙述就是讲故事，小说的基本面是故事，报告文学的基本构架则是真实的故事。

《向总书记报告：悬崖村"长大了"》开头这样写道："5月，凉山的风，吹开了五彩索玛花。昭觉县古里镇悬崖村辽阔的草场里，牛羊低头啃食青草。庄稼地里，玉米和土豆正拔节生长。村民莫色拉博放飞无人机，要把初夏的最美风光拍下来分享给他的粉丝们。"接着，作者从"悬崖村变了""村里的大学生""产业进村"三个方面记人叙事，依靠主题思想的论述来直接组合互不相关的材料，陈述其来龙去脉，也就是用"思想的钱串子"串成了"横向结构"的故事。

《瓦岩河畔的成长——记凉山彝族自治州越西县板桥镇瓦岩村第一书记沙马石古》，叙事性标题，一看就蕴含故事，吊人胃口。尤其值得称道的是，作者的故事，从与文友沙马的小聚时很自然地进入。"沙马的手机蓦然响起，振动响铃粗声粗气地中断了我们的谈话，开心被迫中止。"细致生动地描述了沙马突然接受去偏远艰苦的越西县驻村帮扶任务时的复杂心情，她"一边听着，脸色也越发严肃"。一个女孩子，突然离开工作多年的大城市去凉山越西大山深处待两年，不舍与挑战突然涌进脑海，对表情紧张的叙述，显得十分真实。故事在作者的友爱和关切中一一展开。沙马紧锣密鼓地投入到防止返贫动态监测、低保核查、疫苗接种"清零"行动中；带领村干部们因地制宜、拟定了瓦岩村5年帮扶规划和2021年定点帮扶计划；同时沙马带着村干部们一道，利用财政、金融、土地等帮扶政策，加快补齐瓦岩村发展短板；结合瓦岩村彝区民族特色，开发乌塘乡村旅游，等等。作者用一系列真实的叙述，演绎出精彩动人的故事。

《从自闭少年到电商达人——轮椅青年杨添财的乡村振兴梦》讲述杨添财从自闭少年逐渐成长为电商达人的故事。全文有两条故事线，一是主人公自身拼搏，二是赶上好时代、好机遇，享受脱贫攻坚及乡村振兴好政策。两条故事线像穿珍珠一样地把相关素材串联成一个个完整的故事，使得那些薄物细故的小事，有连贯性，有吸引力，能感染人。

精神特质，在饱满的细节中彰显。

《情暖三青沟》中这样写道："顺着山势向下，在道路的尽头，陈建清笑盈盈地为我打开了铁栅门，我正在做午饭呢，她慢声细气地搓着手说，脚底还踏着一双棉拖鞋，衣服也是随意穿搭的，那张被岁月吹打的脸庞，洋溢出一缕朴实的笑容，也彰显出一丝自信的神色。""把落满灰尘的桌子擦干净，把断掉胳膊的椅子重新钉牢实，把生锈的铁钟又搬了出来……""每天晚上，忙完一天的教学任务回家后，趴在陈旧的桌子上备课，昏暗的煤油灯光映照着四壁，也照着备课本上模糊的字迹。闻着浓浓的煤油味，陈建清不禁动起了心思。"字里行间，透着女村支部书记陈建清在担任教师期间就具备的勇于吃苦、勇担责任的精神特质和思想内涵。

"桑登顺手拿起一块牛粪，双手一握。我才恍悟：原来每一块加工过的牛粪，是用手对捏出来的，上面留有一个奇特的手印。桑登说，这手印里充满奥秘，有大五明、小五明之别。藏人一见，虔诚而喜悦。""制作是纯手工，采用的是打了孔的羊角为模具，依靠拇指之力推挤出来，然后再放到木板上风干……一根根由牛粪、檀香和名贵藏药组成的藏香就做出来了。"这是《桑登的烟与火》中的两段细节描写，给人身临其境的感觉，同样彰显了主人公的精神特质，给读者留下诸多的回味和思考。

《山村来了新支书》一文中对人物这样刻画："身材娇小，衣着时尚，一双水灵灵的大眼睛，说起话来柔声细语。她有着一个特殊的身份——职业村支书。"短短数语，一个时尚秀美的女村支书就鲜活在读者面前。细节描写："通往沙石咀村的路，很窄，弯急坡多。郭琦第一次驾车走这样的路，尽管车速放得很慢，也吓出一身毛毛汗，生怕方向盘偏一点，车轮就会滑进路边沟里。"通过对通村道细节的描写，折射出来当职业村支书的城市姑娘郭琦将面临的现实村况。文中描写村支书进村时村道的窄，其实也是用文学的表达，为后来郭琦跑资金、扩村道、拓荒地埋下了"伏笔"。文中写郭琦过完春节，又要与家人告别回村的场景："出门时，儿子抱着妈妈，哭着不让走，两只小手把胳膊紧紧抓住。郭琦忍住泪水，把儿子的小指头一根根掰开……"这样的文学表达，看似一个很平常的小细节，却入心、动情，真实感强。

理性美感，在情与景的交融中铸造。

由景入情，情理交融，理性升华，议论精辟，在《嘉陵江上的绿波带》中随处可见。

"繁花满枝，硕果报秋。金灿灿的柑橘，耀亮了烟山，也为这一条奔腾的江水注入了鲜活的生命力。就像流经而来的岁月告别了苦难，嘉陵江边的这片橘林也浸润了岁月的芳香，果实变得愈加甘甜而饱满。沧海桑田，岁月更迭；那些年，那些事，都化作历史，泛沉沙海；几多忧，许多愁，都化作江水，随之东流。唯有嘉水巧笑倩兮，美目盼兮。"《嘉陵江上的绿波带》中这段描述，写果树的繁花盛景和春华秋实，也寓意着中国乡村的大变革，过去的苦难像东逝的嘉陵江水一去不复返，乡村振兴，未来可期！

"嘉陵江的丰碑应该是由她深厚的人文历史和故事铸就的，这才是她的灵魂。嘉陵江的美是属于南充的，更是天府之国四川的骄傲和自豪，她也应该是属于世界的。嘉陵江的美，正渐渐走向世人！"巴山蜀水，百川归海。今天嘉陵江流域发生的巨大变化，只是中华广袤大地的一个缩影，它向全世界吹响了新时期的号角，也传递出了强有力的中国声音！

《嘉陵江上的绿波带》中这些以形象记叙和描写为基础、具有强烈感情支配的论断，其倾向性、针对性、思想性都很强烈，政治色彩十分鲜明，但不是空洞的政治说教，而是寓教于景，寓教于美。尤其是最后一段议论的出现，直接表达了作者的见解，既深化了主题，又充满理性美感。

乡村振兴正当时，蜀山川水绘新景。四川报告文学创作（非虚构）任重道远，让我们携起手来，像参与"万千百十"文学扶贫活动一样，走进乡村，走进农院，走进田间地头，全方位、多角度、深层次地记录乡村振兴的精彩故事，浓墨重彩地描绘四川乡村振兴的崭新篇章，向时代呈上更多的优秀报告文学作品。

所言至此，是为序。遵嘱而作，诚惶诚恐，不妥之处，敬请海涵。

（作者为《人民日报》高级记者、中国作家协会会员、四川省作家协会报告文学委员会主任）

目录
CONTENTS

山村来了新支书 ……………………………… 刘裕国 / 001

桑登的烟与火 ………………………………… 蒋　蓝 / 023

向总书记报告：悬崖村"长大了" ……………… 席秦岭 / 030

纳溪夜酒醉春风 ……………………………… 贺　颖 / 041

从自闭少年到电商达人
　　——轮椅青年杨添财的乡村振兴梦 ………… 税清静 / 052

情暖三青沟 …………………………………… 邹安音 / 059

紫色的梦想 …………………………………… 李春蓉 / 067

瓦岩河畔的成长
　　——记凉山彝族自治州越西县板桥镇瓦岩村
　　第一书记沙马石古 ………………………… 罗　薇 / 079

甘孜华丽转身 ………………………………… 刘裕国 / 087

夹金山下的玫瑰 ……………………………… 蒋　蓝 / 102

点燃希望的火种
　　——嘉祥定点帮扶小金侧记 ………… 税清静　向晏平 / 114

赤胆忠心故园情

　　——记阆中市凉水镇崇山观村支部书记戚彦杰

　　…………………………………………… 邹安音／122

村和万事兴 ………………………………… 李春蓉／131

此间有新意

　　——走进新津，走进乡村振兴 …………… 罗　薇／140

泸州：清风送来花草香 …………………… 刘裕国／149

人生贵在抒胸臆

　　——徐刚与脱贫攻坚与乡村振兴的"丙灵模式"

　　…………………………………………… 蒋　蓝／166

"乡风淳　乡村兴" 加强精神文明创建　助力乡村振兴大业

　　…………………………………………… 税清静／178

嘉陵江上的绿波带 ………………………… 邹安音／185

时代洪流 …………………………………… 罗　薇／209

山村来了新支书

刘裕国

8月初，一场暴雨刚过，大英县天保镇沙石咀村绿意盎然，空气里弥漫的淡淡清香味，直击心脾。采访郭琦，跟她走在起伏的山峦，一幅靓丽的乡村振兴新图景徐徐展开。

新建的产业园，片片相连，新修的产业路蜿蜒盘旋，一溜远去。水稻基地像一枚枚翡翠，镶嵌在坡脚下的开阔地。白芷基地、红心柚基地等有序排列，地里套种的大豆、玉米又到了收获季。二台土的那片刺梨已经挂果了，俯身看去，刺梨果黄得透心。新居点都是清一色的"小洋楼"，老村落风貌焕然一新。新修的村部、农民夜校、图书阅览室、远程电教室、党员之家……窗明几净，服务功能齐全。

满眼生机，满眼新奇，让人遐想，令人振奋！然而，你却很难一下子把这涌入眼帘的一幕幕壮美，与眼前这位年轻的女支书郭琦联系在一起。她身材娇小，衣着时尚，一双水灵灵的大眼睛，说起话来柔声细语。她有着一个特殊的身份——"职业村支书"。一路上，只见村民老远就和她打招呼："郭书记，又下户啊？"郭琦也"大叔大妈"地叫得格外亲热。

一

2018年6月，遂宁几家媒体同时爆出一则新闻：遂宁市委组织部将面向全市青年选拔职业村支部书记。消息插翅飞向城市和乡村，搅动着无数青年的心，包括郭琦。

这时的郭琦，33岁，2009年大专毕业不久就考上了"城市社区专职工作者"的职位，在大英县城城西管委会上班。

几乎是毫不犹豫，她做出了参加公开选拔职业村支书的决定。不过，她没敢声张，在单位领导的支持下，默不作声地报了名。等到笔试通过了，面试也通过了，一切公开了，同学和家人才大吃一惊："你傻呀，待在城里，生活有规律，平常有假日，多安逸，干嘛跑到村子里去？以后找你聚会旅游都难了。"不止一个同学这样抱怨。

"孩子，农村的苦你不是不知道，农村人都千方百计往城里钻，你好不容易在城里扎下根，怎么还往黄泥巴坑里跳？"父亲说。郭琦也是在父母的呵护下长大的，一个人离家到一个偏远的山村工作，父母肯定担心。

郭琦生在山村，从小就对乡村充满着眷恋。后来进城工作了，她还时常坐在城市的窗口，向往着远方的白云，想象着云朵下一定有一个美丽的小村，有小桥流水人家，有牧童的歌声在荡漾。乡村是她的诗和远方。

郭琦已经有了一个温馨的小家，9岁的儿子活泼可爱，正上小学，丈夫在绵阳一家大企业上班。一说她要远去一个穷山村工作，丈夫的泪珠子就在眼眶里打转。他们用多年的积蓄购买了一辆家用轿车，主要用于丈夫跑绵阳，来回200多公里。这天，一向体贴人的郭琦对丈夫说："敏哥，车子还是你留着用吧，我骑摩托去村里。"丈夫说啥也不同意，紧紧攥着郭琦的手，两人的眼泪都滚落出来。

8月的一个早晨，天朗气清，郭琦驾着这辆香槟色的小车，在管委会领导的护送下，穿过闹市，直奔天保镇沙石咀村，开始了她全新的人生旅程……

值得一提的是，遂宁市这个选拔职业村支书的举措，在全国领先，意义不凡。2018 年全国两会期间，习近平总书记参加山东代表团审议时强调：“要推动乡村组织振兴，打造千千万万个坚强的农村基层党组织，培养千千万万名优秀的农村基层党组织书记。”四川省委书记彭清华在省委组织部机关走访座谈时指出：“要把积极支持农民工返乡创业与选拔脱贫致富带头人、村级组织骨干有机结合起来，促进乡村本土人才回流，从中选拔优秀基层党组织带头人和基层干部，切实把基层党组织建好建强。”

近些年来，遂宁市每年有近 120 万人外出务工，80%以上青壮年外流，农村长期处于“失血”“贫血”状态，村庄“空心化”、农户“空巢化”、农民“老龄化”现象不断加剧，人才的匮乏成为制约乡村振兴的瓶颈。2018 年，该市 1879 名村党组织书记中，35 岁以下的仅占 11%，初中及以下的 593 人占到了 32%，大专以上仅占 27%，带富能力强的仅占 5%，村党组织书记队伍与当前农村面临的新形势新任务很不适应。

遂宁市委结合当前乡村实际情况，为加速脱贫攻坚和乡村振兴，决定从全市优秀村干部、优秀工人、优秀农民、优秀企业管理人员和涉农专业大学生五类对象中，通过统一考试招聘，让优秀人才注入乡村，巩固强化基层组织实力。

郭琦就是全市 660 余名报名参考者中，脱颖而出的 43 名职业村支书之一。

通往沙石咀村的路，很窄，弯急坡多。郭琦第一次驾车走这样的村道，尽管车速放得很慢，也吓出一身的毛毛汗，生怕方向盘偏一点点，车轮就会滑进路边沟里。

还好，总算顺利开到了村部。第一书记、老支书、村主任等村社干部和一些群众在坝子里迎接。郭琦从车窗看见了一张张期盼的笑脸。车刚停稳，他们便围了上来，伸出热情洋溢的手，等待着与他们的职业村书记相握。

郭琦的下车，一定让他们失望了。郭琦看见他们脸上的惊讶。郭琦明白，自己这样瘦小、斯文的样儿，肯定不是他们心目中峻拔壮实的村干部形象。正如后来第一书记说："我们把郭琦书记迎进办公室，只简略地汇报了一下村里人口、耕地面积等基本情况，不敢把村里脱贫任务的艰巨和困难告诉她，是怕把看上去弱不禁风的郭书记吓跑了。"

二

郭琦来到沙石咀村，觉得只从资料和村干部的交谈中得到的信息远不够。8 年的城市社区工作经历，让她习惯了往群众堆里扎。这不，正式宣布上班那天，她把行李往宿舍一扔，转身就去了农家院，她给自己下达的第一个任务是：走访，摸实情，了解村民们急需解决的难题。然后，先为村里做几件实事，让自己"娇小"的形象在村民心中"高大起来"。

她坚信，干部的形象是干出来的，实干才有威信和凝聚力。

连几天马不停蹄地奔走，她揣回一本民情账。其中，群众呼声最多的是村道太窄，摩托车与一辆小车相遇错车都得小心翼翼。这个，在郭琦来村上那天，已经亲自体验到了。

她与第一书记、村委班子商定：把 3.8 米宽的村道路扩宽到 4.5 米，再新修 1 公里，把易地搬迁的六社聚居点和村里新规划的产业园区连起来。

造预算，跑审批，跑资金。年底，项目落实，资金到位，2019 年 3 月开始动工修路。

可刚开始放线，就遇到了麻烦。新修的路段有 300 米在别的村子地盘上，要占 1.4 亩面积。郭琦和村里几个干部去找邻村村委协商，他们说："土地是承包到户的，我们管不了。你们只有自己去与村民协商。"

那一段路，要经过五六家村民的承包地，郭琦只得同几个村干部一家一家上门协商。不料，在头一家就卡壳了。这家只有一个老人在家留守，儿子在外面打工。老人头发花白，一脸皱纹透着沧桑，看得出日子过得很艰辛。从他略微歪斜的嘴唇，看得出他的倔强。当郭琦提出每平方米按 10 元赔付时，他话都不回，一扭头就走了。

"这个怪老头。"郭琦心里说道，几步追了过去，"大爷，莫走嘛，你说出你的想法，我们能满足，就尽量满足。"

老人斜眼看了一眼郭琦，说："修路所占耕地面积，每平方米 1400 元，按 30 年计算，一次性赔付。"

郭琦默算一下，按这个标准，这几户不得赔付 6 万元吗？6 万元，对沙石咀村来说，是个天文数字。修路总共才批下来那么点钱，按老人的要求赔付了，路就没法修了。

"大爷，你这个要求有点强人所难了。"郭琦赔着笑脸。

老人不回答，又扭头走了。

路一开工就遇到这样的难题，郭琦再次感受到做群众工作难。但是，项目已经落实，施工队也已经进场，全村人都期待着她，决不能打退堂鼓。

郭琦到底是年纪轻，脑子活，她让了一步，以退为进。她把每平方米赔付款提高到 40 元，先把其他几户工作做通，达成了一致的赔付协议后，再去攻老人这一个堡垒。郭琦轻言细语，从以前不通路，村民们所吃的苦头，说到通路后带来的方便，又讲路宽后乡村的发展和后劲。老人想起曾经苦难的岁月，想起自己的妻子那年得急病，因为路不通差点死在抬去医院的途中；再说，路扩宽了，说不定儿子将来有出息了，还会买台车开回来，终于，点着头同意了。

共计赔付 2000 元，把那一段 300 米长的占地问题解决了。

一波刚平，一波又起。

路修到 5 社、人称"二愣子"的家门前时，他到村部找郭琦，说："郭书记，顺带把我家门口那一截入户路增宽到 3 米。"

　　郭琦跟他去看了，他家原来的入户路是从村道接入，有 2 米宽，他提出让村上再铺 1 米宽的混凝土，被郭琦拒绝了。

　　郭琦说："入户路的标准是上级部门统一制定的，这次扩村道路是按计划拨的专款，如果给你家入户路增宽 1 米，其他农户也这样提要求，这扩路工程就完不成了，全体村民也不会答应。"

　　尽管郭琦把道理说清了，二愣子还是不撒手，晚上，他又让在外打工的儿子给郭琦打电话，郭琦又把对他父亲说的话向他说了，做了解释，他听不进去，说："不给我家的路加宽，我就让你修不成。"

　　这不是明目张胆地恐吓么？郭琦轻蔑地"哼"了一声，挂了手机。

　　路修到二愣子家前方时，被他阻拦停工。郭琦同几个村干部去到现场，同去的还有一个县上下来检查工作的领导。

　　5 社社长把郭琦拉倒一边，悄悄说："那娃横得很，村里人都惹不起，就让着他点，免得闹出事端。"

　　"不行！"郭琦说得很坚决。

　　果然，郭琦一到工地，二愣子就一把抓住她的胳膊，说："你给不给我们家铺路？"

　　郭琦本来身材弱小，一说出"不铺"两个字，就被二愣子拉得转了几个圈，还破口大骂脏话。

　　郭琦吩咐一个驻村干部用手机把像录下，说："他今天敢伤人，自会有法律制裁。"

　　县上领导和几个村干部见状，急忙上前把二愣子拉开，一番劝诫。二愣子见郭琦毫不退让，还有这么多干部在场，也知道自己是无理要求，更知道法律的厉害，嚣张的气焰蔫了下去，骂骂咧咧地回去了。

　　路，顺利地修通到 6 社的易地搬迁点。

　　春节，村里外出打工的人陆续回来，村道上的车辆增多，再不会为错车犯愁了。路宽了，一开春，天保镇公交公司就在沙石咀村设了个站点，村里老人上街买药，小孩上学读书，抬脚就上公交，再也不用为坐"火三轮"提心吊胆了。

郭琦说："解决群众急需，要抢时间，走一步，看三步。"

还是在扩村道路的时候，郭琦就与村干部们谋划着修水渠，长 1.09 公里。

沙石咀村是个远近闻名的旱山村，以前的一些灌溉水渠早荒废了，修一条灌溉、防洪两用的水渠，是村民多年的期盼。郭琦在她民情日记的这栏，重重地画了一道红线。

经过招投标，修水渠承包给一家公司。修到六社的一个涵洞口，施工方停了下来。这里有一段 3 米长的缺口，他们说："这个缺口的浇铸不在合同范围内。"找村上要追加工程款。

郭琦到田边去看了，确实在合同范围外，但工程量不大，就对承包老板说："不就多用几根钢筋，一方多混凝土么？几百元钱的事。你就当给我们村老百姓脱贫攻坚出一点力嘛。今后村上有其他工程，一定会把你记住的。"

老板笑笑，说："郭书记，你的嘴巴太会说了。好嘛，我就给沙石咀村做点好事。"

水渠修到 11 社，又遇到难题了。水渠要从李光俊房后过，被李光俊拦住了。

郭琦接到施工方电话，立马赶过去。60 多岁的李光俊正堵在沟渠前方。他说："这水渠从房后过，遇到下暴雨水渠垮了，我的房子不是就遭殃了？"

郭琦给他解释："水渠不会塌，我们还要把堤埂浇铸混凝土保护层加固了，下大雨了水渠正好阻挡山梁上滚下来的洪水，还有防洪功能，咋会影响你家房屋安全呢？"

郭琦的解释，李光俊听不进，他跑到镇上去找领导反映，还大闹，回来又气冲冲地找到郭琦发气。郭琦理解他，房子是老百姓的命根子。她拿出施工规划图，把李光俊带到现场，给他讲设计，讲规划，讲水渠的灌溉和防洪功能。

郭琦听 11 社社长说，李光俊的邻居邓奇平与李光俊关系好，又请邓奇平帮忙去做李光俊的思想工作，李光俊才停止了阻拦。

通过这几件事，郭琦真正体会到做乡村工作的艰难。她曾经怀疑自己的选择是否正确。在县城工作，每天下班回到家，有父母做好热饭热菜等着她，可到村里当支部书记后，整天累得筋疲力尽，回到住处面对冷冰冰的铁锅，再晚都得自己动手煮饭。隔三岔五，还有人找上门来闹事。有时，她竟忍不住默默地流一阵子眼泪。

正如一个老村干部所说："在村里每做一件事都难，你不做，对不起自己的职责；你做，千人千心，就有扯皮的事发生，你只得陪着扯，扯完做完。"

郭琦不怕难，她说："组织上选我来做当家人，就是为老百姓办事的，事情越难，说明越需要我们去做。"她看到班子成员对自己越来越有信心，看到群众对自己投来敬佩的目光，一种自豪感流遍全身。

三

站在沙石咀村部门口，一眼就能看见不远处平房大门口挂着的一块牌匾："天保镇沙石咀村农机服务超市"。

这个名字很新颖，自带一股吸引力。

同郭琦走进农机服务超市，宽敞的大厅，里面整齐地停放着挖掘机、旋耕机、收割机、除草机、电动三轮车……10 多台新型农耕机械，释放着乡村振兴的时代能量。

乡村农机服务超市，我第一次看到。在乡村，应该算是一个创新之举。

郭琦说："这个农机服务超市，既保障了我们村集体产业园的耕种和收获，也为本村和周边村民提供了便利，它是在我们村级产业发展和乡村振兴中应运而生的。"

于是，沙石咀村建立农机服务超市的故事，便从郭琦的口中滔滔不绝地流淌出来。

郭琦来到沙石咀村时，村里贫困户多——还有 104 户待脱贫，撂荒地也多。地撂荒也很正常，村里 80% 都是 60 岁以上的留守老人，山下的田土他们管不过来，大片大片槽田撂荒，山上耕种更是力不从心。

村里老人心疼地说："耕地越变越少了，村子好像萎缩了。"原来，不少地里都长满了荒草、野蒿，原本舒缓平坦、片片相连的良田渐行渐远。

老人心疼痛，郭琦也心疼。

有人说，村支书就是一个村子的"主心骨"，一方水土的"当家人"，当郭琦意识到了这个位置沉甸甸的责任时，站在这片土地上，心情一刻也无法平静。她没有兴趣惊讶，也没有功夫叹息。改变吧！改变！除了改变，她别无选择。

夜不能寐，绞尽脑汁，耳听八面来风，激活大脑"内存"，她突然想到四个字："集体经济"。来沙石咀村上任之前，组织上跟她谈话，说到发展，头一条是脱贫攻坚，第二就是集体经济。她正愁无处下手，这大片的撂荒地不正是发展集体经济的黄金地么？

郭琦兴奋了，很快与村委班子成员开会，整合撂荒田被提上议事日程。

考虑到撂荒田整理投入大，郭琦建议流转地头三年不付流转金。结果，村民们纷纷答应。撂荒田的主人大多举家外出打工或搬进了城里居住，还有一些田是留守老人无力耕种的，荒草田变成可耕田，他们打心眼里愿意。合同一户户签订好了，一下签了30亩。

这30亩水田用来种什么呢？村委成员有的提出改成鱼塘养鱼，有的提出栽莲藕养荷花开发旅游等等，都被郭琦否定了。

郭琦2005年大专毕业后，外出打工，先到成都新津当过酒精销售员，后又到大英一家房地产公司做过售房员。这期间，她认识了一个专做生态大米生意的老板，一直还留有他的联系方式。郭琦与这个老板联系问询，老板说，目前生态大米不愁销，他可以与村上签订购销合同。

有了老板这一句话，郭琦吃下定心丸，决定30亩水田栽种生态水稻。所谓生态水稻，就是不打农药，不施化肥的无公害水稻种植。在选择品种上，郭琦狠下了一番功夫。她虽生长在农村，却没种过庄稼，对于哪些品种的大米好吃，还真拿不准。她只有自己去跑县种子公司，跑县农业局，向行家请教，最后选定优良品种。

郭琦想得远，要做给村民看，带着村民干，她给30亩稻田起了个名：沙石咀村水稻产业示范园。

种田可不是跳浪漫舞曲，除草、翻耕，人工加机械，弄得郭琦整天像一个泥人似的。奋战一个月，30亩杂草丛生的撂荒田大"变脸"，一跃成为一大片平整的良田。

5月，川中泡田插秧的时节到了。沙石咀村插秧用水，都是从五五水库抽水灌溉，水路远，30亩水田，不是一两天就能泡完的，不管白天黑夜，沿途都需要人照管，一防渠水泄漏，二怕抽水机出故障。郭琦与村文书、村监事会委员三人组成执勤小组，一人一班，轮换守护。

发展集体经济，牵头人是郭琦，主要劳力是几名村干部。几个人忙了村务又下地，虽然辛苦，却干得开心。

一天，村文书刘祥打趣地说："郭书记，抽水灌田，是男人家的事，你就不要参与了嘛。再说，晚上的蚊虫又多，说不定还会遇到蛇，你从城里来的，细皮嫩肉的，肯定受不了。"

郭琦哈哈一笑："没事，我就是来锻炼的。"

郭琦守护放水，真的是高挽裤腿，肩扛锄头，头戴草帽，从抽水站到农田，来回查看，俨然一副老农的样儿。村里老百姓看到，都情不自禁称赞："这女娃儿好舍得干哦。"

郭琦的行动，不断地改变着她在老百姓心中的形象。

插秧那几天，村民们忙完自己的活，都争着来干，他们不仅能从中领到务工收入，久违的大片稻田还让他感到欣喜，让他们看到希望。

水稻跃跃生长着，分蘖、抽穗、扬花、灌浆、壮籽，一转眼，就呈现出一片丰收的灿黄。

村里老人兴奋地说："这谷子看着就是比荒草顺眼、喜人。"

稻熟时节，村集体的收割机开进水稻产业示范园。

村水泥路离稻田有七八米远，以前从没进过收割机，没有路，中间还有一条 1 米多宽的排水沟。收割机师傅自己带了搭桥的铁架板，收割机往上开，因水田酥软，一边被履带压沉下去，机身"哧溜"一声侧翻在水坑里。郭琦生怕司机受伤，忙跑过去看，司机正从窗口往外爬。

还好，人没出事。郭琦提到嗓子眼的心落了下去。但是，这收割机咋办呀？她吆喝来一大帮干部群众帮忙，同大家一起使劲往上抬，忙乎半个小时，弄得满身是泥也无济于事。收割机就是一个铁坨坨，太重。

郭琦急得落泪，她不知道该怎么办了。她发了一条微信，求助万能的朋友圈。有个朋友帮她找来一台挖掘机，最终才把收割机吊起来开进稻田，顺利完成收割。

2019 年第一次种水稻，就这一项，村集体经济就创收 1.7 万元。看着这喜人的收入，以前的艰辛和付出，都化作两行热泪，一抹而过。

有了收割机开翻车的教训，郭琦有了更深沉的思考。

乡村要振兴，必须依靠现代化的农业机械。现代农业机械的推广，必须有机械通道。尽管村子里现在通村路、通社路、入户路都蛛网一样密实，但机械进农田的机耕道必须得完善。比如，村集体流转整治出来的这 30 亩生态稻田，村道绕着稻田走，近在咫尺，却被下田的几米距离阻隔，耕种、收割都不方便。郭琦召集村干部，围绕生态水稻基地走了一圈，进行机械下田的专用道路规划，一共规划了 60 处，浇筑长度 7 至 10 米不等，宽 2.5 米，2.5 厘米厚的混凝土就行。

工程承包给一个小施工队。刚修了 10 多处，包工头来找郭琦，说修入田机耕道都是在水沟和稀泥里干，难修，要求涨工资，不加钱他就没法修了。

合同都约定了，他们居然反悔。郭琦也没与他们理论，施工队不修，她就让每个社组织七八个人，给他们发工钱，自己牵头修。全村 14 个社，组织了 100 余人，分成几个班组：筑路基班组、搅拌混凝土班组、泥工技术班组，各司其职，从早干到晚。

郭琦和村干部们一同参与劳动，挖稀泥、拌混凝土、搬水泥，弄得一身都是泥，汗水一流，脸也成了花猫脸，简直就是一个真正的小工了。郭琦想得简单："既然当了村支书，就不怕双脚沾泥土。"

一个 70 多岁的老人看不下去了，心疼了：这郭书记比自己的孙女大不了多少，那么小的个子，干这样笨重的活，身子咋个受得了？他走到郭琦身边，说："郭书记，你对施工不熟悉，我来帮村上安排做工吧。你是村里的当家人，全村那么多事，你不应该把自己耗在这里。"

老人是 1 社的，名叫邓兴书，以前干过建筑活，当过包工头，虽然 70 多岁了，却精神。整个工程在邓兴书老人的协助安排下，半个多月就按质按量完成了。

有了收割机道，村里机械耕作的脉管算是打通了，不会出现

"血栓""脑梗"。

这一点，郭琦想到了，做到了，大家也看到了。

郭琦最终的用意，是在村上建立一个农机租赁超市。乡村缺劳动力，唯有农业机械化的推广，才能填补这一空缺。而农耕机械对于农户来说，根本不可能户户都去购买，这也是乡村摞荒地越来越多的原因之一。

郭琦向上级部门提交了自己的想法和申请报告，得到了上级部门的支持和肯定。村上荒废多年的小学校园，进行一番维修后，正好利用来停放农耕机械。

郭琦说："这些农业机械，有村集体的，有农户的，有本村的，也有外村的。我们是以农机联盟的方式经营，以沙石咀村为信息联络点，免费发布信息，提供有偿服务，本村村民优惠。"

沙石咀村有了农耕机械做后盾，各种产业正大步走上规模化发展的道路。现在村上有红心柚基地、白芷基地、刺梨基地、生态大米基地……近千亩的产业规模，不仅使村集体经济日益强大，还让村民纷纷搭乘上产业发展的快车。如今，脱贫攻坚步履铿锵，乡村振兴风生水起……一缕阳光升起，历史的脚步在川东这个偏远的丘陵小山村出现了新的起伏。

四

个头高挑，穿一件白底蓝花的连衣裙，说起话来喜笑颜开，有条有理，我满以为她是名村干部，村妇女主任什么的。她叫贾招珍，11 社人，今年 54 岁。从她今天的形象，你已经很难想象她昨天的模样。

衣衫破旧，穿一双拖鞋下地……她大字不识，只会写自己的名字。人们都说她有三大：个子大、嗓门大、脾气大，村民都称她"惹不起""恶鸡婆"，邻里关系处得相当糟糕。

郭琦上任，用两个月的时间，把全村 205 户人家拉网式地摸了个遍，自然没有漏掉贾招珍家。一见面，贾招珍向她倒了一肚子苦水。30多年前，她从达州大巴山区嫁到沙石咀村，图的是这里是浅丘地区，出门不再爬大山了，还有大米吃。可没想到比她年长14岁的丈夫前些年重病不断，患了脑梗，几年前又得了尿毒症，为治病，家里欠一屁股债不说，儿子儿媳外出打工，还丢给她一对孙儿孙女照管。2014年，她家被评定为贫困户。她做梦都想早日摆脱贫困。每天凌晨4点就起床，夜里11点才睡觉。整天忙里忙外，想了很多办法想让家里富起来。她说，老天就是不长眼，养鱼鱼死，养猪猪瘟，几年下来，家里还是穷得叮当响。她向郭琦倾诉着，眼泪像跑山水一样"哗哗"往外流。

郭琦眨巴着一双大眼，不时打量着贾招珍，从她身上捕捉到了闪光点，她看到了大巴山走出来的女人，天生有一股不服输的倔劲，这就是希望所在。郭琦掏出纸巾，让她擦干了眼泪。

打那以后，郭琦心里随时装着贾招珍。每月准时到她家走访一次，鼓励她继续养鱼。去年7月，她见贾招珍承包的鱼塘水草太茂盛，怕鱼儿缺氧闷死，先让贾招珍赶快去割草，又从村集体经济中拿出300多元买了一支供氧泵，连夜给她送去。插秧时节到了，贾招珍家的稻田缺秧苗，郭琦带人从村集体秧田里拔秧苗，开上三轮车送到她家田边。见贾招珍做事手脚麻利，郭琦鼓励她养鸡，还帮她挑选良种鸡苗。贾招珍在村委会的帮助下，通过发展种养殖，去年一举脱了贫。

2020年初春，新冠肺炎肆虐，全民居家抗疫，贾招珍70多只鸡生的蛋断了销路。郭琦早预料到了，没等贾招珍开口，就把自己的那辆香槟色轿车开到她家院门前，和贾招珍一起把家里的鸡蛋装进后备厢，要进城替她找销路。郭琦戴上口罩，开车通过村里的防疫卡扣，给事先通过微信、电话约好帮忙的同学、朋友和原单位社区同事一家家送去。当贾招珍从郭琦手里接过一叠叠鲜红的人民币，又泪奔了，说："郭书记，你冒着染病的风险帮我家卖鸡蛋，就是我的儿子媳妇也做不到啊！"

村民们都说郭琦紧紧拉着贫困户的手，她不仅能让想干的人有干头，还能让不想干的人也能干起来。

郭琦说："这主要得益于村里产业园的牵引力。"

13社曾经的贫困户邓时碧，全家5口人，老公在外打工，一儿一女上学，最小的儿子得了脑瘫，照顾孩子几乎耗去了她全部的精力。家里的承包地早已长满野草，常年在山风中摇曳。村集体发展刺梨产业园，距离邓时碧家的地很近，郭琦想，邓时碧家脱贫的机遇来了。她登门找到邓时碧，对她说："邓大姐，你家的撂荒地可以加入村集体打造的刺梨产业园，可以入股分红，收入会很可观的。"邓时碧听了，却表情木然，很明显，家庭的劳累与艰辛全都写在她的脸上。

第二天一大早，郭琦手机响起，是邓时碧的丈夫李永前打来的。郭琦趁机给他讲刺梨的产品价值、市场前景和村里的远景规划，入股分红比例。李永前听完十分喜悦，当即答应将6亩承包地全部入股，晚上又给老婆打电话，说："老婆，地空着也是空着，不如搭上村里的'顺风车'。"邓时碧终于来到村部，找到值班的村干部，签了土地流转协议。

村集体将邓时碧家的撂荒地开垦出来，已多年不下地的邓时碧种地的热情被点燃，她在地里套种了花生、黄豆等矮秆作物。

快两年过去，村集体产业园的刺梨树挂果了，邓时碧家的6亩地可以收入1200元，套种矮秆作物，每年也能收入1000多元。

李光超、李光之、李光平等都是七八十岁的老人，都是曾经的贫困家庭，过去都无力打理自己的撂荒地。生长良好的村集体刺梨产业园、白芷园、红心柚园让他们都动了心，将土地入了股。按照入股土地50%、村集体15%、农业产业公司35%的比例分红，到了3年盛产期，农户每亩地可分得4000元，套种作物收益除外。100亩刺梨产业园涉及全村40多家农户，其中，贫困户就有 13 户。

除了产业带动，郭琦和村里两委班子成员还对贫困户手把手教，心贴心帮，千方百计激活他们的内生动力。

享受异地搬迁政策的 4 组脱贫户陈建华，说起自己的经历，对村干部们赞不绝口。如今，他不仅住上了"小洋房"式的新居点，身后还有一片支撑他全家长远发展的种养殖基地。

村民都说，陈建华过去的生活很凄惨：哥哥姐姐都是哑巴，娶了个妻子还有精神残疾；下雨天，出门踩着稀泥巴路，两个孩子上学只得一个背着一个抱着。陈建华曾一度对生活感到绝望，五尺男子脸上常常挂着泪痕。

郭琦带着第一书记和其他几名村干部进了他家，给他家做了产业规划。种稻谷 3 亩，种土豆 2 亩，种玉米、黄豆 2 亩。郭琦说："你家的坡地多，可以发展养羊，哑巴哥照看羊群没有问题。"

村干部的一片热心，让陈建华内心热血涌动。他说："郭书记，我和哥哥都有手有脚有力气，一定跟着你们好好干。"

郭琦想得细，做得实。她找到县农村农业局派驻村里的农技员陈丽萍，让她给陈建华听了大课又单独"开小灶"，从传统种养殖讲到现代农业。郭琦还多次带着村干部走进陈建华的承包地，见翻地、施肥、除草、除虫有做得不到位的，现场支招，有时还手把手地教他。

村民们都说，这两年，陈建华精神头足，干什么都有劲，像换了个人似的。除了带着哥哥种好地，还积极参加村里给他安排的公益性岗位，每天，天边刚刚露出一丝鱼肚白，他就在马路上"唰唰"地扫开了。他负责安置点卫生，把到处打扫得干干净净。凭自己的一双勤劳的手，他每年在公益性岗位能领到 4800 元工钱。

见到陈建华，他脸笑得像个孩子，掰起指头算账给我听：水稻收入 4000 元，玉米收入 2000 元，黄豆收入 1000 元，油菜收入 1000 元，和哥哥一起养的 80 只鸡，鸡蛋卖了 900 元。说到卖鸡蛋，陈建华有点哽咽，他说："今年 3 月，鸡蛋滞销，多亏郭书记戴着口罩、开着自家的小车，帮我到处搞推销，不然，堆在家里的鸡蛋早就臭了。"

他接着说："郭书记看我有力气，肯干活，还帮助我争取到小额扶贫贷款 2 万元，买了台小型旋耕机，耕了自家的地，又去帮别人，每季劳务费还能挣到几百元。"

看到眼前的陈建华，我陷入了沉思：我们党的脱贫攻坚战役之所以伟大，是因为它改变的不只是土地，更重要的是改变了这块土地上的人。

五

"如果没有郭书记，恐怕我已经不在人世了。"

"刚开始我还以为是你女儿呢，连尿不湿都给你送来，哪晓得是你们的村支书。哟，村干部对你也太好了嘛。"

大英县中医院，内科 1 号病房。早晨，清亮亮的阳光洒在靠窗的白墙上。2 号床的病人邓远忠一边和病友聊天，一边抬手去抹眼窝里的泪水。邓远忠 64 岁，沙石咀村 6 社人，从 2019 年 1 月开始，他已经在两家医院住了多次，一直是郭琦在为他忙前忙后。2020 年 8 月，邓远忠第二次住进县中医院。郭琦对他有多少付出？他让郭琦有多少折腾？他心里最清楚。因此，一提起郭琦，他不是老眼含笑就是老泪纵横。

邓远忠很不幸，几年前得了脑梗，留下精神残疾，父母早亡，膝下没有子女，唯一的亲人是嫁到他乡的姐姐，可以想象，他一人住在那土坯房里有多么的孤独和无助。

邓远中又很有幸。郭琦刚到村不久入户搞调查，了解到他，记住了他。郭琦担任了他的帮扶第一责任人。

寒冬的一个夜晚，呼啸的"刀子风"围着沙石咀村一个个院落不停地打旋儿。郭琦缩在被窝里还觉得很冷，她在村部的宿舍当然不像城里的家有取暖设备。这天是周六，郭琦原本应该回家陪陪父母和9岁的儿子衍衍，可村里工作忙，她已经3个周末没有回家了。儿子总在电话里问："妈妈什么时候回来呀?"

夜已很深，郭琦的手机铃声突然响起——她的手机24小时开机。

"郭书记，不得了，邓远中发病了，又哭又闹!"电话是邓远中的邻居打来的。郭琦早就叮嘱邻近的村民帮忙，若邓远中有事马上通知她。

郭琦二话没说，披衣起床，立马拨通天保镇卫生院的值班电话，接着迎着寒风驱车赶往邓远中家。不一会儿，救护车到了。她把邓远中安顿上了救护车，自己也开车跟到镇卫生院。病人的入院手续，一般都有家人帮助办理，而邓远中的这些事，只能落到郭琦身上。挂号、送检、取药，楼上楼下忙个不停，娇弱的小个子跑得气喘吁吁。等她回到村里，已经是凌晨两点。

第二天是星期天。郭琦刚起床，就接到镇卫生院电话，告诉她邓远中拔掉输液管跑了，人不知去向。郭琦慌了神，开车拉上6社社长，轰大油门，直奔镇卫生院。他们在卫生院附近到处找，也没见到邓远中的影子。郭琦打电话给村民，让他们赶过来帮忙找，村民都说，他就是个乱走的人，说不定中午就回到村里了。

郭琦回到村，找到邓远中姐姐的电话号码，可是，电话打通了，他姐姐说有事不能来，郭琦只好挂了电话。郭琦又联系县养老院，对方一听邓远中的情况，就不愿意收。郭琦想起大英县康城医院对医治邓远中的病比较对路，一联系，对方答应了。下午，等邓远中回到村里，康城医院的救护车已经在等候他了。可是，邓远中说啥也不愿意再去医院，郭琦和6社社长像哄小孩一样，好不容易才把他劝上了车。

照例，救护车在前，郭琦开车随后；照例，一切入院手续都由郭琦替邓远中跑前跑后地办理。康城医院主要医治精神疾病，需要病人直系亲属签订有关协议，郭琦给医院留下了他姐姐的电话。可郭琦刚回到村，就接到康城医院电话，说他姐姐不愿来。郭琦没辙了，只好开车跑10多公里山路，去把邓远中的姐姐接到医院签字。

晚上回到宿舍，郭琦已经疲惫不堪，倒床就睡着了。

接下来的这一年多，郭琦为邓远中操了太多的心。每月底的那个周末，郭琦都按时去医院，送去500元的"五保户"救济款，手里还拎着一大包东西：有邓远中爱吃的水果、点心、营养粉；有邓远中必用的尿不湿，还给他请了护工。如今，郭琦已经垫支2000多元。我问郭琦这些费用怎么办？她笑笑，说："集体经济出一点，我自己出一点，邓远中是没有能力给的。"

2020年春节，万家团圆，可郭琦年腊月二十九才回家，大年初一又要回村。出门时，儿子抱着妈妈，哭着不让走，两只小手把妈妈的胳膊紧紧抓住。郭琦忍住了泪水，把儿子的小指头一根一根地掰开，说："儿子，你是男子汉，要坚强些……"

郭琦咬牙回到村，家中老人和孩子居家抗疫，整日焦虑不安，担心疫情，担心郭琦。

郭琦一直放心不下邓远中，因为疫情，不能进医院看望，回到村里，就立即与主治医生沟通。没想到，到了3月初，邓远中情况不好，需要转院到县中医院治疗，这又得郭琦一手去办理。村里的防疫防控工作本来就让她忙得晕头转向，傍晚还得开车去医院。口罩戴上了，做做深呼吸，出发吧。可出村难，回村也难，沿途的防疫卡扣很严格。事后郭琦都不知道那几天自己是怎么挺过来的。

那年8月，郭琦接到通知，已经转到康城医院的邓远中又要转回县中医院，这又得占用郭琦的星期天。不巧，这天父母去她弟弟家了，丈夫敏哥在绵阳加班，家里就她和儿子。怎么办？没有犹豫，郭琦带着儿子一起去了医院。儿子见到邓远中，"爷爷"叫得挺亲切，旁边人还以为是他小孙子。

这就是沙石咀村村民心中的另一个郭琦。

镇村干部、老少村民谈郭琦，记满采访本，我从中搜出这样几个关键词："吃住在村""全神贯注""全力以赴"。在沙石咀村村民眼中，郭琦为村民服务是"全天候"的，也就是24小时不受任何条件限制。

郭琦说："晚饭散步，在城里，逛马路是休闲，在村上，却是走近群众的好时机。多走一步路，多问一句话，就可以多出一把力。"

不经意一席话，让我再次对这个年轻村支书刮目相看。

原来，2社村民朱容华今天住的新房，就是郭琦的双脚走出来的。

一天晚饭后，郭琦散步走进2社的大院子，穿过一个幽暗狭长的小巷，见到一幢土坯房。走进一看，土墙上被雨水冲刷出的凹槽，好像人脸上的一道道泪痕；抬脚走上石头垒砌的阶沿，仰头就见破损的小青瓦漏出杯子口大的一团天光。坐下来一问，主人是个聋哑人。同去村干部告诉她，他叫朱荣华，44岁，就母子俩，母亲70多岁，是曾经的建档立卡贫困户。

郭琦问："住房这么破，怎么没有享受到易地搬迁政策？"

在场人都无语。

郭琦皱起了眉头。

郭琦在朱荣华家坐了足足一小时，问了不少情况。

接下来，人们发现郭琦为了解决朱荣华家住房，没日没夜地奔走。她把朱家的情况反映到镇上，可是，沙石咀村易地搬迁的指标已经用完了。郭琦没有灰心，报告一次又一次往上送，终于在两个多月后有了结果。恰巧，另外村易地搬迁指标还剩一个，镇上开会决定，把这个指标调剂给沙石咀村的朱荣华。按政策规定，朱家两人可享受 50 平方米的易地安置房，自己只需出 4000元，其余建房款由国家出。

村上统一修建的易地安置房于 2017 年就已经建好了，安置点上也没有平地可再建房。为找块平地，郭琦有空就在 2 社转悠，终于发现大集体时代留下来的一块晒坝空着。可紧挨着晒坝的几户村民听说要在这里给朱家修房子，都跳着脚反对。朱家穷困，还有个哑巴，做邻居将来不好沟通不说，还怕沾上晦气。

再难的堡垒，也被郭琦拿下。4 个月后，朱荣华就和母亲高高兴兴地搬进了新房，房屋不仅舒适、坚固，房前屋后还宽宽绰绰，可以养家禽。

看到朱容华母子两人的笑脸，想着郭琦对村民的一片苦心，当初反对在这里建房的人也笑了。

郭琦服务群众就是这样不分昼夜，不分上班下班，整天忙得像一只被鞭子抽打着的陀螺，全身心地旋转。郭琦总是想，群众就是爹和娘，大事小事都得放心上。

村民们都说，有了郭书记这份心，才有了村里留守儿童之家。村里有 40 多名中小学生，大都是留守儿童，郭琦在村部专门腾出一间房，设立了一个儿童活动场所，周末假日，她带着他们做作业、习画画、练唱歌、学跳舞，为他们的童年增一份色彩，添一份快乐，也让外出打工的父母少一份担忧。

村民们又说，有了郭书记这份心，他们的业余生活变得丰富多彩了。农民丰收节，她请来县文艺演出队，与村民同台表演节目；冬日农闲，她组织村里文艺爱好者唱歌跳舞，二胡声声，鼓乐齐鸣；新春佳节，她组织村民送春联，摆坝坝宴。2019 年，104 户贫困户全部脱贫，摘掉贫穷帽子的村民，融入了欢乐的浪潮，她比谁都开心。

村民还说，大家欢聚一堂，彼此拉近了距离。欢笑声让贫富失去差距，让仇怨化为烟云。有几家的妇女，因一些鸡毛蒜皮的事，彼此打了心结，多年见面不打招呼，郭琦有意安排她们一起跳广场舞。载歌载舞中，她们双手相牵，笑脸相迎。

2021年，沙石咀村集体经济收入达10万元以上，农民人均收入达到15600元，比三年前增加了3000多元。

郭琦任职业村党组织书记以来，先后被遂宁市委市政府评为"脱贫攻坚先进个人"，被遂宁市妇女联合会评为"三八红旗手"。

郭琦，这位职业村支书，村民们打心底里喜爱！

作者简介：

刘裕国，文学硕士，《人民日报》高级记者、中国作家协会会员、四川省作家协会报告文学委员会主任。出版长篇小说、长篇报告文学、散文与特写、影视文学剧本等15部（含合著）、450余万字。在中央级和全国性报刊发表小说、诗歌、散文、报告文学、文学评论等600余篇。其中，在《人民日报》发表报告文学《西部射洪》《剑出巴蜀》《甘孜图景》《山村来了新支书》等；在《光明日报》发表中篇报告文学《创造希望的人》、长篇诗歌《幸福的回忆》。代表作品有：长篇小说《蜀盐说》，长篇报告文学《通江水暖》《向往》《中国"坝主"》《大凉山走向明天》《美丽的力量》等。获省部级和全国性新闻和文学奖60余次。

桑登的烟与火

蒋 蓝

一个人的公司

秋雨连绵时节，我来到位于阿坝州西北角的壤塘县中壤塘乡整洁的街头，此地常驻人口9000多人，海拔3300米，由于周边植被茂密，我没有任何异样感觉。大喜鹊成群结队，是这一带的常客，让我想起杜甫"身轻一鸟过，枪急万人呼"的场景。见到一间石砌房子门楣上，有一个藏文标识的巨大徽记，很像一头奔跑的牦牛。下面挂有藏、汉、英、日4种语言的大招牌，上书"游牧人有机燃料有限责任公司"。这不要说在中壤塘乡，就是在壤塘县里可能也是唯一的。

房子里堆满了黑乎乎的东西。有口袋装的，有饼子形的，有手握形的，有手工制作的藏香，还有一个帐篷式的堆塑。一问，竟全是牦牛粪！我大感惊奇。

我的老家盐都自贡市，历来有"山小牛屎多，街短牛肉多，河小盐船多，路窄轿子多"之说，没有机器动力的时代，盐场盐业生产的主要动力是役牛，一般情况下自贡盐场的牛常年保持在3万头左右，盐业最鼎盛时期的役牛达10万头之多。自贡地区柴薪昂贵，人们便把牛屎做成牛屎粑，晾干后作为燃料，在牛屎巷出售。或将牛屎泼在山坡草地，春天草坝上会生出一种菌子，吃起来非常鲜美，叫作露水菌。推卤牛平时吃胡豆，经常在牛粪里可以发现没有消化掉的，有人专门清理这样的胡豆，油炸出售，风味独绝，别无分店，这叫"牛屎胡豆"。

我在一旁陷入了遐思，这才发现一个英俊的小伙子站在我跟前微笑。他个子不高，身材精悍。再笑，露出了一口漂亮的白牙。对于四川涉茂州县而言，我的印象是，大凡抵达成都较为容易区域的藏族人，基本都能说川语。我问他："贵姓?"

小伙子微笑。

一旁的美女赶了过来："这位是桑登，燃料公司的经理，他的汉语不大利索。公司2020年6月才成立，目前仅有他老丈人在帮忙。"

我明白了，这是一个人的公司。而且，是一家具有世界眼光的公司。

桑登在藏语里有"禅定"的含义。我去过理县著名的桑登寺，桑登寺有一年一度的庙会，不仅是老百姓为了纪念雅弘竹巴大师修建桑登寺的功德而举行的拜佛活动，也是藏族人一年中最隆重的祭神活动。寺庙里有一块神石，是青海、西藏、甘孜等地大寺庙里都没有的一块佛手印，相当于镇庙之宝。

桑登顺手拿起一块牛粪，双手一握。我才恍悟：原来每一块加工过的牛粪，是用手对捏出来的，上面留有一个奇特的手印。桑登说，这手印里充满奥秘，有大五明、小五明之别。藏族人一见，虔诚而喜悦。

不要小看一个人的公司，这是藏族聚居地区第一家加工牦牛粪的绿色公司。

公司未成立之前桑登靠一人之力，就靠售卖牦牛粪，年收入达40万元，目前订货量已达3万袋，收入肯定超过80万元。牛粪熏香的收入也在15万元左右。而这一绿色环保产业，竟然带动了30多位老人、残疾人脱贫致富。

妙手点粪成金

待参观的人都走了，剩下桑登、美女翻译和我。桌子上滚烫的马茶白烟袅娜，混合着空气里浮动的香料气息，就像置身在草原的梦境深处，天光之下，雪峰构成的天际线发出钢锯的幽蓝。真乃一条界破青山色。

在他身后有一幅嵌在玻璃框中的彩色照片。"那是我的老家——尕多乡热布卡村，"桑登用手指点着照片的最下端，"那个最破旧的房子，就是我的家。"

热布卡村距离壤塘县 30 几公里，属于典型的牧民村落。以前从热布卡村到壤塘县城车程需要 3 个小时以上，一到雨季则曲河河水就会淹没岸边的农房和土地，到处都是泥泞。桑登出生于 1989 年，有 5 个兄妹，靠母亲拉扯长大，家境贫困，母亲早早就是村里的建卡贫困户。桑登对我讲："今天找今天吃的，明天找明天吃的。"生活的压力早早就落在了他肩上，打零工、做小工，靠体力的活路他几乎都做过。攒下了一点本钱，桑登与中壤塘镇的索朗卓玛喜结良缘。由于中壤塘镇交通便利，他就开了一家服装店。随着电商的冲击，服装店生意越来越差。

桑登承认："技术含量低的工作容易被替代。我想找一个技术含量比较高的工作。"一个偶然的机会，他得知甘孜州有一家羊粪加工公司，变废为宝成为当地流传的佳话。桑登立即打起了自家牧场牛粪的主意。家里有 50 多头牦牛，牦牛全身都被人研究、利用够了，浑身是宝。那么牛粪呢？

牦牛粪在藏语中被称为"久瓦"，桑登再熟悉不过。牧民用牦牛粪盖房子、围炉子、搭狗圈，甚至在冬季被当成储藏鲜肉的"冰箱"。牦牛粪之所以独特，就在于流动的牛群可以吃到最好的草。民间广为流传的说法是："牦牛吃的是中草药，喝的是矿泉水，拉的是六味地黄丸！"这并非夸张，牦牛从不喝脏水，也不吃脏草。

通过了解，桑登知道加工羊粪的技术，能让羊粪在 80 至 100 摄氏度条件下，经过 8 至 10 小时将有机废弃物分解发酵。桑登认为："我小时候学过一点藏医学，就知道牦牛粪可以治疗很多疾病。科学界做出的结论是：牦牛粪的燃烟能够杀死 300 多种微生物病毒。既然羊粪可以深加工，所以我觉得牛粪也可以一试。"

收集来的一袋袋牛粪运进家里经过实验，总是没有达到桑登的要求。牛粪的燃点较高，没有树枝辅助很难点燃，而且容易产生四处飞扬的灶灰，影响环境卫生。原本做这项牛粪燃料产品就是为了迎合当下人们对环保的追求，让大家既能取暖又能降低树木的砍伐，保护好生态。所以，决不能弄巧成拙。

桑登并不气馁，开始一遍遍地做实验，直到他弄懂了如何分解牛粪中的废弃物，再加入 40% 的香柏木的锯木屑，通过自然风干，最终得到了合格的燃料。

"现在，我只要搓一搓就知道牛粪中的废弃物被分离干净没有。"桑登说，壤塘的牧民一直以来就有将牛粪作为燃料的习惯，但没有经过提炼的牛粪不仅烟大、灰多，而且燃烧极快，白白浪费了原料。通过他加工出来的牦牛粪经过分离、捏形、暴晒、风干等工序后，燃烧时间延长了一倍多。一般而言，一炉加工过的牦牛粪可以燃烧 40 多分钟。更关键在于，极大地降低了灶灰的产生。

为进一步变废为宝转换牛粪产品，桑登还将柏树、糌粑等融合到牛粪中，加工出了不同的产品。桑登还给自家的有机燃料取了一个好听的名字：桑家牛粪。于 2020 年 6 月 3 日注册公司，正式生产有机燃料。

牦牛粪是大有讲究的。清晨、上午的牛粪最为清洁，中午之后气温升高牛粪发酵，容易滋生细菌。所以，桑登在上壤塘、中壤塘、黑多、南卡达乡等地牧区敞开收购上午收集的牦牛粪。30

多位留守老人参与到这一行列当中。一袋大约 50 斤，公司付给牧民 9 元钱。经过加工后，一袋可以卖到 16.5 元的价格。

"我身体不好不能到牧场上放牛，以前只能守在家里没事可干，现在到公司劳动，不仅包吃，每天还能挣到 100 多元钱。"年近 50 岁的柔基卓玛是游牧人有机燃料有限责任公司里的一名临时工，也是中壤塘乡壤塘村的脱贫户，依托国家脱贫攻坚政策，柔基卓玛于 2019 年脱贫。看着家里孩子为了不返贫四处挣钱，她也想为家里出把力。2020 年 6 月，柔基卓玛听说村里的桑登开了一家公司，需要工人做工，这个将牛粪捏出形状就能挣钱的工作正适合她。"现在我一个月能挣 3000 元，一家人的生活费都够了。"柔基卓玛说，与她一样在这里打工的老人有 10 余名。"来订燃料的人很多，跟着桑登干我们也有信心。"在老人们心中，桑登不仅开发出了一个新行业，还让留守在村里的老人通过自己的双手挣到钱，很是开心。

桑登的信心不是仅凭一腔勇气："我现在就想进一步扩大规模，建好自己的工厂，把产品推向更远的地方。"

藏族民间有一句谚语："一块牦牛粪，一朵金蘑菇。"牧民梦见自己捡到了牛粪，梦见遇到背着满筐牛粪的人，梦见自己一脚踩在牛粪上，这都会被认为是喜庆、吉祥、招财进宝和交好运的预兆。

桑登幽默地说："看起来，我交了'牛屎运'！尕真切（谢谢之意）。"

做香就是在施药

2020 年 9 月初，桑登在第二届"创青春"川西北生态示范区青年创新创业大赛中获得了优秀奖。这是他第一次获奖，印证了他的一个观点：真正的发现并不是找到新的风景，而是要有第三只眼睛。

桑登为我斟满了一杯马茶，接着点燃了一支熏香。

屋子里弥漫着一股神奇的味道，锐利、执着、直走心脾，心绪荡如草原，霍然辽阔。藏香源自藏医的熏疗之法。一方面用它朝圣拜佛，避鬼驱邪；另一方面点燃由诸多名贵藏药材和香料制成的藏香，可以修身养性，增强体能，藏香的生产历史已经有1000多年。

桑登说："你也许想不到，我制作的藏香，灵感就是来自平时闻到的牦牛粪燃烧的味道。你看到的这种香，最为普通了，我叫它公共藏香。"

藏族公共藏香的配方是以牛粪为主，并配制了六铜木力、六铜草甸、白赞、红椒、阿嘎等7种物质和8种药物。藏族公共藏香的功效是可预防结冰、感冒等，并可吸收室内的水分和气味。

桑登起身带我来到后院，那是一个简易的生产区，几位本地老人忙碌着：将一袋袋牛粪和藏药材按一定比例混合在一起，并倒入粉碎机碎成粉末；再将粉末状的藏香原料倒进拌料机，并加水搅拌凝固。制作是纯手工，采用的是打了孔的羊角为模具，依靠拇指之力推挤出来，然后再放到木板上风干……一根根由牛粪、檀香和名贵藏药组成的藏香就做出来了。

做香者有利人之心，做香就是在施药。不能说桑登就是牦牛粪熏香的发明者，但他至少是四川涉茂州县的第一人。更关键在于，参与制作藏香的十几位村民，每天可以获得150元的工资，而熟练工的报酬是每天200元，极大地带动了当地村民发展致富。桑登出产的六七种不同配料的藏香，早已走出壤塘、阿坝州地界，在青海、西藏已小有名气了。

我注意到，桑登出产的每一把熏香，仅采用最简单的细线捆扎，不但没有包装盒，甚至连一只塑料袋也不使用。

桑登说："用包装盒就会增加销售价格。用塑料袋的话不利于环保。我就是要提供最廉价、最环保的绿色产品。"

门外继续下着连绵的秋雨。熏香的淡蓝色烟雾在水汽浓郁的门外凝聚着，并不散开，就像一只打开翅膀的大鹰。

桑登一直使用微信，这成为他记录生活、宣传绿色理念、了解世界的最主要手段。一天，他发了一张自己喝茶的照片，并用藏文写了一句话："属于自己的道路；人生的幸福生活。"看起来，在他锐意远行的足迹里，一方面在追逐那"游牧人"的梦想，另外一方面，他又是务实的。

我告诉桑登，《庄子·知北游》里有一个故事：有一次东郭子向庄子请教："平时所说的'道'在哪里存在呢?"庄子答："道是无处不在。"东郭子请他具体指点明白，庄子说："道在蝼蚁、蚂蚁身上。"东郭子认为这种打比方不高明。庄子又说："在很小的谷稗子上也有""在瓦片、砖头上也有"。东郭子越听越认为这些比喻每况愈下。庄子接着说："即便是在屎溺里也有啊!"东郭子一听，不应。不应，就是不予理会。

以道眼观一切物，物物平等，本无大小堑久贵贱善恶之殊。庄子深谙其理，故曰道在屎溺。我对桑登说："你其实比东郭子高明多了。"

桑登似懂非懂。他笑了，露出了一口好看的白牙。

作者简介：

蒋蓝，中国作家协会散文委员会委员，四川省作家协会副主席。2016中国文艺年度作家。曾获得朱自清散文奖、人民文学奖、四川文学奖、中国新闻奖副刊金奖、中国西部文学奖、布老虎散文奖等。出版《黑水晶法则》《赤脚从锋刃走过》《正在消失的词语》《正在消失的建筑》《正在消失的职业》《哲学兽》《玄学兽》《身体传奇》《思想存档》《鞋的风化史》《成都传》《蜀人记》等作品20余部。

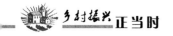
向总书记报告：悬崖村"长大了"

席秦岭

5月，凉山的风，吹开了五彩索玛花。

昭觉县古里镇悬崖村辽阔的草场里，牛羊低头啃食青草。庄稼地里，玉米和土豆正拔节生长。村民莫色拉博放飞无人机，要把初夏的最美风光拍下来分享给他的粉丝们。

"嘟嘟……"一辆白色小轿车鸣着笛，顺着一条黑黝黝的柏油路驶进了村庄。

这条公路，是去年开通的。从此，进出悬崖村的道路，除了2556级钢梯之外，还多了个选择。

昭觉县政协副主席、交通局局长马格日介绍，当地政府为了发展悬崖村的产业，投入1670万元，修了一条从老支尔莫乡政府到悬崖村大平台7.1公里的柏油路。2020年6月开工，2021年10月建成通车。

当卫星从50万米高空掠过四川凉山州昭觉县时，还发现了一个重要的信号：阿土列尔村所在的支尔莫乡已调整为古里镇，阿土列尔村已更名为悬崖村，村庄的面积也从过去的11平方公里长到了26平方公里，越来越多的产业也顺着钢梯、公路"走进"悬崖村。

一、悬崖村变了

阿土列尔村，位于昭觉、美姑、雷波三县交界之处，距离昭觉县城 72 公里。200 多年前，一群彝族人为了躲避战乱和械斗，攀上悬崖，住进高山，形成了阿土列尔村。

阿土列尔村地势险峻，曾经，村民外出必须上下落差 800 米的悬崖峭壁，踩过 218 级藤梯。因为外人难以抵达，阿土列尔村又被称为"猴子居住的地方"，就连原来支尔莫乡的党委书记阿皮几体也因多次进出悬崖村而被赋予"猴子书记"的外号。

村庄的另一面，这里气候宜人、土地肥沃，在没有匪患和战乱的很长一段时光里，村民自给自足，生活远比动荡不安的其他地方安逸。吉克史毅的叔叔在闹饥荒的年份，从美姑逃难，投靠在悬崖村的亲戚，反而填饱了肚子。

凉山"一步跨千年"后，山外道路通畅，物流通畅，商业发达，曾经的"桃花源"阿土列尔村落伍了。

2016 年 5 月 24 日，《新京报》以《悬崖上的村庄》为题，首次把阿土列尔村的整体现状呈现在公众面前，引起了社会各界的高度关注，人们更喜欢叫它"悬崖村"。当年底，2556 级钢梯架上悬崖，取代了藤梯，极大改善了村民的出行条件。

2020 年 5 月 12 日至 14 日，阿土列尔村 84 户精准扶贫户走下钢梯，陆续搬进昭觉县城的易地扶贫搬迁集中安置点。

村民上下村庄的道路和生活的道路，实现了从藤梯、钢梯到楼梯的"进阶之路"，也映射出阿土列尔村的发展之路。

凉山州副州长、昭觉县委书记子克拉格曾表示，四川脱贫看凉山，凉山脱贫看昭觉，昭觉脱贫看"悬崖村"。从某种意义上讲，"悬崖村"是我国打赢脱贫攻坚战宏大叙事中的一个小小注脚。因为它见证了伟大的脱贫攻坚，它成了一个样板，一份历史遗存，因此，凉山将其整体纳入脱贫攻坚实景博物馆，它的编号是 003。

在进入阿土列尔村的路上，峭壁上，已经挂起了火红的"悬崖村"的招牌。原来，从 2021 年 2 月 14 日起，阿土列尔村已经更名为悬崖村，而它之前所属的去尔莫乡，和其他几个乡镇合并为古里镇。

从支尔莫乡到古里镇，从阿土列尔村到悬崖村，源自2019年四川省启动的乡镇行政区划和村级建制调整改革。在那场改革中，四川全省乡镇（街道）从4610个减至3101个，减少1509个，减幅达32.7%；建制村从45447个减至26369个，减少19078个，减幅达41.98%，社区及村民小组也进行了相应调整。在这场声势浩大的改革中，悬崖村不仅没有被减，反而合并了其他的村庄，面积和人口均涨了。

昭觉县民政局局长谢英用这三份文件还原了从阿土列尔村到悬崖村的历程：第一份文件，在《四川省人民政府关于同意凉山州调整普格县等7县部分乡镇行政区划的批复》中，明确了"撤销龙沟乡、且莫乡、甘多洛古乡和支尔莫乡，设立古里镇"。第二份文件，在《昭觉县人民政府关于同意昭觉县村级建制调整改革的批复》中，明确了"将说注村并入阿土列尔村，拟命名为悬崖村，办土驻地阿土列尔村"。第三份文件，在《昭觉县古里镇人民政府关于补约乡村民小组调整优化方案的批复》中，明确将来洛村的"来洛社和古则社并入古曲洛社，拟命名为悬崖村2组"。

"通过一系列调整和优化，在阿土列尔村的基础上，说注村整体并入，来洛村两个社并入，构建成了崭新的悬崖村。"谢英进一步解释，之所以把阿土列尔村更名为悬崖村，是因为悬崖村知名度更高，有利于村庄的发展。她说，在更名期间，当地还广泛征求了社会各界的意见，也入户调查了村民的意愿，大家一致认为，阿土列尔村更名为悬崖村更有利于村庄乡村振兴和文旅产业发展，通过层层上报，最终成功更名为悬崖村。

如今，悬崖村的名字已经广泛运用在各个领域。

谢英顺着办公室墙壁上最新版本的昭觉县行政区域图的一

角，很快就找到了悬崖村所在的位置。通过百度导航，也能准确导到悬崖村。村委会的大门，已挂上了古里镇悬崖村村民委员会的牌子，村支部书记某色吉日展示的相关文件上已盖上了鲜红的新印章。

帕查有格和悬崖村一起成长。

2015 年 12 月底，29 岁的帕查有格被昭觉县委安排来阿土列尔村担任第一书记。如今，他已当上了古里镇镇长。

帕查有格告诉封面新闻记者，从阿土列尔村到悬崖村，面积由 11 平方公里长到了 26 平方公里，户数由 161 户长到了 355 户，人口由 730 人长到了 1758 人。他还透露，去年，悬崖村人均收入已达到了 10400 元。

二、村里的大学生

在报告文学《悬崖村》的封面，长着一双大眼睛的女孩儿陈惹作背着书包奋力向上攀登，这张图片摄人心魄，成了悬崖村被外界熟知的标记。

以前的悬崖村，由于进出路途艰险，村里的孩子基本在 10 岁以后，才能到山下读书。危险的藤梯，成了孩子们求学最大的阻力。

为了让孩子们有一条安全的求学路，当地政府还在山脚下建了一所 5 层楼的新学校。2017 年，学校开始接收阿土列尔村及周边其他"悬崖村"的孩子们，学校实行全封闭的寄宿制管理，往返学校的时候，也由家长、村社干部、老师接送。

靠知识改变命运，阻断贫困的代际传递，正成为越来越多悬崖村民的共识。

从这个村庄里，已经走出了 10 余名大学生，还有 1 名在读博士生。

56 岁的吉克拉体是悬崖村走出来的第一位大专生，现任昭觉县教育体育和科学技术局党组成员。

时光倒流到 1973 年，吉克拉体 7 岁，村里大多数孩子都在悬崖之上的学校上小学。只不过，村民并不觉得读书有什么用。吉克拉体的父亲是村里极少数对"山外的世界"有概念的人，一直支持吉克拉体读书，告诉他："只要你肯读，就一直供你。"

悬崖上，村小的条件不好：土墙茅草顶，没有黑板，老师在木板上写字，孩子们便拿着尖石头块在地上写。上小学四年级时，学校调来了两位公办教师，他才开始学了一些汉话。尽管吉克拉体揣着父亲的期望，非常努力学习，小学毕业时，才收获了语文 22 分、数学 10 分的成绩。而他的好多同学，早已回家放猪牧羊种土豆了。

1981 年，与吉克拉体一起考到县城上学的悬崖村孩子，只有 4 人。1984 年，吉克拉体考上西昌师专的预科班，成了全村第一位大专生。毕业后，分配了工作，每个月领工资，吃上了猪肉和大米饭，让村民羡慕不已。

近年来，四川省在民族地区实行 15 年免费教育，在实施免费义务教育和中职教育的基础上，全面免除多个民族自治县（市）公办幼儿园 3 年保教费和公办普通高中 3 年学费，并为所有普通高中在校学生免费提供教科书。

吉克拉体这个榜样犹如一面旗帜，而免费教育的政策为孩子们求学提供了强有力的保障，越来越多的家长把孩子送进了学校。

同一个家支的 80 后吉克史毅后来也考上了大学，还成了村里走出去的第一名博士生。目前，他在凉山州人大工作。

吉克史毅的父亲美姑人，在双亲去世后的 13 岁那年，和家支的一个兄弟到阿土列尔村投奔这里的亲人。在这里，他们安居乐业，娶妻生子。

他父亲头脑活络，人又勤劳，把山货运出去，把外面的商品运进来，通过做点小生意，日子过得还不错。父亲很重视对子女的教育，告诫他："不读书，就只能一辈子拿着一把5斤重的锄头耕作，读了书长大以后方能吃上'大米饭和猪肉'。"为了让他有充足的时间学习，只允许他当兼职放牧员（周末或假期放牧）。

兄弟姐妹也争气。哥哥考上了中师，参加工作后开始补贴家用，供妹妹念完了大学。在他10岁那年，父亲举家搬迁到了乡中心校附近。小学毕业了，他还不会讲汉话。在昭觉县城上初中后，学校双语（汉语和彝语）教学，他总觉得自己跟得很吃力。有一次，他的5块钱掉了，为了给老师讲清楚这个事情，他足足花了一堂课的时间组织语言。两年后，吉克史毅考上了昭觉中学重点班。在那里，他还受到了上海爱心人士的资助。考虑到西昌的学校教学质量更好一些，他只上了一学期就转学到了凉山州民族中学。高考时，他顺利考上了四川外国语学院，一鼓作气，又考上了北京外国语大学的硕士研究生。

2012年，吉克史毅硕士毕业，以四川省委组织部选调生的身份到悬崖村相邻雷波县基层工作。后来，中国开启了轰轰烈烈的脱贫攻坚战，吉克史毅坚守在第一线，并在2015年考上四川大学公共管理学院博士研究生。

在村支部书记某色吉日的小本本里，记录下了悬崖村10余个大学生的信息：吉克阿立，毕业于西昌民族幼儿师范高等专科学校；吉克量量，毕业于达州职业技术学院；吉克阿牛，即将毕业于阿坝师范学院……

三、产业进村

逃离悬崖村，曾经是凉山州昭觉县悬崖村的村民莫色尔布一家的梦想。

为此，父亲曾把家从山上搬到山脚，还用尽全力送子女进城念书。初中毕业后，哥哥留在了城里打拼，姐妹也都外嫁了。唯独莫色尔布，在城里分到新房后，又选择了回归悬崖村。他在山脚种下412棵脐橙，放飞他家"富贵吉祥"和"家和富贵"的梦想。

新生活，像一把摇摇椅，任他的身体在相隔70多公里城乡之间不停地摇摆，但他的内心无比坚定：我家的支柱产业在悬崖村。

莫色尔布生于1980年，已过不惑之年的他，孩子才5岁。在凉山彝族地区，他算是生育得很晚了。

他有两个家，一个家在昭觉县城沐恩邸社区，一个家在离县城70多公里的悬崖村。

城里的家，暖黄色的新楼房，100平方米，正对着小区宽大的活动广场，绿化带里树木葱郁，紫红色的索玛花开得正艳。家，离幼儿园很近，走下楼梯，步行几分钟就到了。

在城里拥有这个漂亮的新家，他只花了1万元。2020年5月，村里84户贫困户易地扶贫搬迁时，他从悬崖村搬进了这个楼房。去年，莫色尔布花了3万块钱，把房子装修一新。屋里，除了省委省政府发的柜子、桌子等家具外，他还添置了全套家具和家电。客厅里，挂着大幅"富贵吉祥"和"家和富贵"的画，他还捉了两尾鱼放进水族箱里供儿子玩耍。拉开冰箱门，只见里面装满了腊肉和香肠。他的家收拾得干干净净，坐在柔软的沙发上看电视，喝着饮水机烧开的水，睡着舒适的大木床……

平时，老婆吉牛铝洗待在这个家里，照顾儿子，她的肚子里还孕育着一个新生命。儿子很喜欢这个新家，告诉他，"我长大了要当老板，给妈妈煮饭吃。"莫色尔布不喜欢儿子的这个梦想，他更愿意儿子将梦想改为"我要好好念书，上大学"。

上大学，是他们这个家共同的心愿。

莫色尔布的父亲未上过学，但当过兵，算是村里见过世面的人。在他5岁那年，父亲和村里另外5户人响应号召，踩过218

级藤梯，把家从悬崖之上搬到了河谷。

尽管在逃离，但在他看来，大家对这个悬崖之上的村庄感情复杂。200多年前，他们的祖先为了躲避战乱，才选择到悬崖之上安身立命。在很长的一段时间里，悬崖村曾是祖先的桃花源，甚至活得比山下的人还要好。只是后来，社会经济发展了，悬崖村因为交通不便，被时代远远甩在了后面。

搬家，对于他父亲来说，更大的宏愿是为一家人寻找一条出路。

山下的房子，也是在政府帮助下建起来的，他们还找人用油漆写下了一句话"牛觉社人民永远不忘共产党"。门口，就是奔腾不息的溜筒河；对岸，还有一条国道，不时可看见汽车驶过的影子。

父亲带着家人在山下种水稻，种玉米，还叮嘱孩子们，一定要好好学习，长大了才能靠知识改变命运。

山上，还住着他们血脉相连的亲人，遇到红白喜事，莫色尔布会跟着父亲爬藤梯走亲戚。

其实，那时山下的日子并不比山上好。小时候，他家里的粮食根本不够吃，快断粮的时候，父亲就背上背篓攀上藤梯，向山上的亲戚借土豆，等到水稻和玉米成熟时，再上山还粮食债。

靠知识改变命运，他父亲心中的这个信念从未改变过，哪怕他母亲去世了，父亲依然拼着老命，坚持送4个孩子上学。哥哥在昭觉县城念完初中，升学失败，便留在城里打拼，慢慢站稳了脚跟，还买了房。莫色尔布成绩很好，小学毕业时，考上了县城的中学，也进了城。姐姐和妹妹也在县城念完了初中。可能是城乡鸿沟太大，在乡下的尖子生进了城却跟不上节奏，他们都没能继续升学。

初中毕业后，莫色尔布四处打工。他去过北京、广东、内蒙古等地，"在工地卖过力气，也在服装厂踩过缝纫机。"莫色尔布说，因为没有文化，他在外面经常受欺负，有时连工钱都拿不到。

因此，他家依然没能摆脱贫困，成为阿土列尔村84户精准扶贫户之一。

直到我国打响脱贫攻坚战，才给他家带来转机。

党的十八大以来，以习近平同志为核心的党中央接过历史的接力棒，把脱贫攻坚作为实现第一个百年奋斗目标的底线任务和标志性指标，举全党全国之力向绝对贫困宣战。2013年深秋，习近平总书记在苗家黑瓦木楼前一小块平地上，首次提出"精准扶贫"理念，做出"实事求是、因地制宜、分类指导、精准扶贫"的重要指示。

凉山彝族自治州是典型的深度贫困地区，作为脱贫任务最重的"三区三州"之一，凉山的脱贫攻坚事关全国脱贫攻坚的大局。在这场大决战之中，凉山打出了"组合拳"：住新房、修通路、抓就业促增收、激活土地资源、改善人居环境……

2016年，村里争取到了15万元资金种脐橙。莫色尔布看到了希望，他不再外出打工，而是留在悬崖村，在3亩地里种下412棵脐橙。

莫色尔布把这片果园当成命根子，精心侍弄着，他家的脐橙长势最好，种下的第一年就挂果了，卖了1万块。2020年5月，他家分到新房后，他把老婆和孩子安顿在新家，自己又跑回村里种脐橙。农闲时，在昭觉县城周围的工地帮人装修房子。

2021年2月25日，在北京召开的全国脱贫攻坚总结表彰大会上，习近平总书记庄严宣告：我国脱贫攻坚战取得了全面胜利！

在过去8年间，中国近1亿人摆脱绝对贫困，莫色尔布是其中之一。

昭觉县农业农村局局长马比小龙介绍，为了巩固拓展脱贫攻坚成果同乡村振兴有效衔接，去年起，昭觉县农业农村局请来成都的专家，为悬崖村50亩脐橙园免费提供种植和生物防控技术指导，并把莫色尔布和另外一位村民培养成"土专家"。

"这个举措，为我的果园减少了很大一笔开支。"莫色尔布算了一笔账，去年，他种脐橙只花了上千块肥料钱，加上卖水果和打零工挣的钱，他家年收入有7万多元。

在城里生活的妻子也没闲着，参加了当地政府组织的厨师、电工和彝绣等培训班。她买了一台缝纫机，没事时，就在家里绣绣花，有时，一个月可以挣上2000多块。

从悬崖村到沐恩邸社区再到悬崖村，莫色尔布一家的生活蒸蒸日上。那412棵向上生长的脐橙，寄托着他家"富贵吉祥"和"家和富贵"的希望。

绿意盎然的悬崖村，充满了生机。

古里镇镇长帕查有格介绍，近年来，在各级党委、政府的关爱下，在社会各界的关心和支持下，悬崖村脱了贫，在巩固拓展脱贫攻坚成果与全面推进乡村振兴有效衔接新的历史阶段，旅游业、种植业和养殖业已经顺着钢梯，走进了悬崖村。大山深处产出的牲畜、野生蜂蜜、脐橙、油橄榄等农副产品和美丽风光顺利着钢梯和互联网走向了全国各地。

他说，摆在悬崖村面前的机遇很多，土地不足正在限制悬崖村的发展。为此，当地想出了用飞地模式破解土地瓶颈的难题。他展望，"未来，悬崖村这个大IP将带动周边村庄、甚至凉山东部的文旅产业发展。"

昭觉县农业农村局局长马比小龙介绍，目前，悬崖村在产业上以提升传统马铃薯、玉米以及山羊和肉牛种养殖为主，围绕农文旅资源优势逐步拓展中药材、脐橙、油橄榄、青花椒、核桃等可融于旅游的产业。已发展油橄榄种植205亩、三七50亩、脐橙园50亩，仅去年就实现流转、就业等收入30万元。通过农旅销售各种农特产品 4 万斤，仅此一项村集体经济就增收 10 余万元。初步实现了"长短结合、种养互动、农文旅互融"的产业布局。

他透露，在接下来的工作中，昭觉县农业农村局将充分挖掘资源优势，利用独特的气候资源和悬崖村知名度，在农文旅上做文章，打造彝区农文旅体验示范基地。

比如，将在稳定传统的马铃薯、玉米种植和肉牛、肉羊养殖基础上，以购买服务方式引入企业，按照绿色食品生产要求，建立优势脐橙种植基地 100 亩；做好协调与服务，壮大现有企业的油橄榄种植园区到 1000 亩（轮歇地），力争将园区建成州级示范园区；优化花椒种植区域，提升青花椒品质。同时，适度扩大三七和中华蜂养殖规模。正在着手引导村集体开展旅游产品开发包装营销等。

"悬崖村农业产业发展只是我县众多村的一个缩影。"他接着说，目前昭觉县农业产业在经历了脱贫攻坚期的冲刺，已有了产业发展雏形。"一廊三带五集群（粮畜蔬果药）"农业布局初步形成了，"5+2+2+N"特色农业产业体系正在有序推进中。

作者简介：

席秦岭，女，阆中人，四川省劳动模范，四川省 4·20 芦山强烈地震抗震救灾先进个人，主任记者，成都市作家协会会员，《华西都市报》封面新闻攀西中心总监，其新闻作品多次获得四川新闻奖和赵超构新闻奖，出版了两本报告文学《一个村庄的流动中国》《绝壁逢生——最后的麻风村》，参与编写的舆情信息十余次得到省领导批示。

纳溪夜酒醉春风

贺　颖

一

惊叹于一些字，总令人由衷感念汉字之美、之魅，总令人忆起汉字古老的命运。据说汉字最早源于上古人们与神明沟通的符码，历经时代流转演化，及至今日已多为交流表达的工具，如此不能不说是汉字之失落。幸好还有那些字海遗珠，在文字语言的汪洋中，执拗地坚守着文字之美、之魅，比如——纳溪。

这是一个只消一读便唇齿留香的名字：纳溪——汉字之韵美不可言。初来纳溪，正是人间三月天。急剧升高的气温，以及纳溪人的诚挚热情，如两盏热烫甘醇的烈酒，直入人心。

这里是川府南缘长江之滨，永宁河畔的人间福地，三月遍地花开，绿野漫山。"纳"里很美，"溪"望您来，这句被远道而来的我们重复了无数遍的宣传语，巧妙地将"纳溪"这个妙美的名字嵌入其间，仿佛精美的"金镶玉"。"纳"里很美，"溪"望您来——此刻这句话比任何语言都更能承载这一片土地的魂魄。是的，这里太美。

天仙硐景区、花田酒地景区、云溪温泉景区、凤凰湖景区4个国家 AAAA 级景区，泸州欢乐派海滩公园、龙洄酒庄、护国运动文化园区、太山研学旅行基地4个 AAA 级景区，乌木水寨、梦里水乡田园度假农场、启玉葡萄庄园、普照山4个 AA 级景区，1

个国家级湿地公园和 1 个省级旅游度假区……

这个如诗如歌的地方，2019 年接待国内游客 996 万人次，实现旅游总收入 108.68 亿元，被确定为四川省唯一的文化和旅游部改革发展调研联系点，成功创建为四川省首批全域旅游示范区。

面对如此骄人的战绩，纳溪人却没有任何停顿，仍然在为"创建天府旅游名城"倾尽全力。纳溪人知道，时代发展如逆水行舟不进则退；纳溪人更不会忘记，纳溪作为省里乡村振兴的重地，一路走来的艰辛与不易。

今天我们眼前诗画一般的纳溪，连片的景区、茶园、花田、酒庄，哪一个，都浸润着纳溪人的心血与汗水。

人居环境整治，是纳溪乡村振兴的第一仗。他们拟出了农村人居环境整治的"五大行动"，并以此为工作的主攻方向，以智慧与耐力，助推动农村人居环境整治工作的持续深入。

在系列工作的努力下，"五大行动"不断出现喜人的亮点，也为他们之后的持续前行注入了宝贵的信心和力量。

功夫不负有心人。2019 年，纳溪建成省级宜居乡村达标村 50个，市级宜居乡村达标村 60 个，市级乡村振兴先进镇 1 个，市级乡村振兴示范村 8 个，并荣获了"全省农民增收工作先进县""全国十佳乡村振兴示范区"等一系列荣誉称号。智慧与勤勉兼具，自信与踏实兼备的纳溪人，将农村的短板神奇地变成了"潜力板"，赢得了乡村振兴的首场完胜。

尽管成绩如此喜人，而疲惫不堪的脚步并没有停止。纳溪人的目光看得更远了，需要做的也更多了，庆功酒还不是喝的时候。旅游业作为纳溪的重要资源，未来如何深度推进文旅融合发展，几乎决定着纳溪的未来。于是创建"天府旅游名县"成了纳溪人崭新的目标，他们诚挚热烈的眼光中，似乎已经看见了纳溪斩获"天府旅游名县"后闪闪发光的未来。

说干就干。"一体两翼"特色发展战略，"121"发展战略，仿佛纳溪超速发展的快车两翼，推动着纳溪"天府旅游名县"创建工作的全地域覆盖、全要素整合、全社会参与。

百年护国城、凤凰湖片区综合开发等一系列重大项目的持续建设与夯实，开发、培育旅游行业的新场景和新业态，"全力推动区域现代服务业高地、区域都市现代农业高地建设""全线出击、全员上阵"，纳溪人正在多角度、多维度，千方百计为争创"天府旅游名县"攻坚冲刺。而清晰的目标，并行的举措，是冲刺最有力的底气和保障。

这种冲刺有一种夺人的热力，裹挟着纳溪人热辣辣的真情，热腾腾的激情，如歌如酒，感染着每一个远道而来的旅人，为纳溪之美倾情助力。

二

纳溪，这名字已经够美了，然而它还有这样的别称：云溪。云上之溪，云间之溪，云雾之溪，云水之溪。在纳溪，原来美可以如此恣意。

纳溪区有大小河流130余条，这乳汁一样的水系，滋养着这片山水，滋养着炫彩夺目的"花田酒地"。

三月骄阳已似火，站在"花田酒地"的中央，午后的斜阳浩然恣意地泼洒在汪洋般的四季花海之上，长江上游珍贵的丹霞地貌、田园湿地，此刻呈现出一派繁花渐欲迷人眼的川府盛景。大片大片紫雾一样的，是紫罗兰？也许更像是勿忘我，没有一丝杂色的紫雾，弥漫着南国早春爱情似的旋律，神秘、宁静、坚贞，将花田铺陈得如一场白日里的迟来之梦，更仿佛一世执拗的誓言。注目远望，紫烟纱纱，果然不负这"勿忘我"之名。

远处七彩绚艳的当属虞美人了。七彩可不止，雪白的、奶白的、火红的、橙红的、粉红的、紫粉的、水粉的、金黄的、红黄相间的、白红相间的、镶着金边的，花蕊金灿灿，卓然而立……

掩映在碧翠的枝叶中，开得大胆、热烈、顽艳。第一次近距离观察这种花，花瓣薄如蝉翼，微风中亦如蝶羽一般轻颤，阳光下花瓣闪着莫名的金光，娇美得令人心动神迷，呆呆望去，仿佛被施了魔法。

也是第一次看见这样规模的花海，起伏连绵，绚烂恣意，远处是金丝绒一样的郁金香，一样的缤纷灿然炫彩斑斓；白云一样洁净的铃兰，还有无数叫不上名字的花族生灵……在微风里，在越来越夺目的夕晖下，兀自开着，深刻着，沉默着，歌唱着，芬芳着。

没有人能抵抗这样的生灵，沉静与炽烈，神秘与舒朗，魅惑与至真，顽艳与深刻。

没错，这里就是纳溪著名的"花田酒地"景区，是国家AAAA级旅游景区。

"花田酒地"位于纳溪区大渡口镇清溪河与长江交汇处，距离纳溪城区15公里，占地2800亩。景区以展示花田景观和酒文化为主题，是"四川十大赏花目的地"，由清溪河道景观、花田景观、景观桥、半山栈道、瀑布景观等多个板块组成。

千亩花田，2公里长的花海栈道，另有探花桥、龙门堤、鲤鱼潭、飞仙石、花海风车、登山栈道、观景平台、七彩玻璃栈道、高空蹦极、玻璃水滑、花海漂流等多个项目，共同打造出一个非同一般的景区。其中漂流滑道被广大游客和旅游专家们称为"西南漂流第一滑道"，"七彩玻璃栈道"是国内首创、西南首个、川内独家、最具特色的玻璃栈道项目。

早春的清溪河水流不急不缓，碧绿清透，水草怡然摆动，波纹逶迤。有船行其中，有岸边杨柳依依轻摆，有及目青山隐隐，好一幅天府早春的绝美盛容。

此刻在花间徜徉的旅人们，也许并不知道，十年前，眼前这片天堂一样的四季千亩花海之地所在的清溪河流域，还是一片重污染区，清溪河也污浊不堪。作为长江一级支流，清溪河的生态环境保护一度迫在眉睫。

2012 年，纳溪区以 3000 万元国家水土保持专项资金为撬点，整合涉农资金和撬动社会资金 7.2 亿元，实施水系净化、土地美化、村庄洁化"三大工程"，关停化工污染源，开展河道全面彻底治理，一个全新的"以花为媒、以水为魂"的"花田酒地"景区启蒙，也启动了纳溪乡村振兴战略的大手笔。

"花田酒地"景区自 2013 年开始建设，日夜兼程，2014 年就开始对外接待游客，目前作为国家 AAAA 级旅游景区，已经成为泸州周边的热门景点和网红打卡地。

从曾经的环境污染重地，到今天的国家级 AAAA 景区，清溪河流域的时代嬗变，呈现出纳溪乡村振兴的历史前瞻性。清溪河流域华丽转身，成为惊艳四方的千亩"花田酒地"，以自然之美，带动了当地的经济发展，增加了当地村民的收入。越来越多曾经外出务工的村民开始返乡创业，投资丰富的游乐项目，开发农家乐。2017 年国家提倡乡村振兴战略以来，已经有数百户农户脱贫，农民人均可支配收入增长 40% 以上。

清溪河水清了，花海四季飘香了，人们的心滚烫了，笑容也如花一样绚烂。

三

晋代常璩《华阳国志·巴志》有记："周武王伐纣，实得巴蜀之师，茶蜜皆纳贡之"；而唐代茶圣陆羽所著《茶经》中，则记有"纳溪、梅岭产茶"之句；《中国名茶志》中唐代名茶列有"泸州茶又名纳溪茶"；北宋时期，诗人、书法家黄庭坚在纳溪区清溪河石壁上手书石刻"二月茶"；宋代名茶列有"纳溪梅岭茶"的记载……

如此可见，纳溪自古就是我国茶叶重要的原产地之一，可谓历史悠久。而源远流长的茶文化，以及独特的地理位置，也使得纳溪幸运地成为全球同纬度茶树发芽最早的地区，于是纳溪特早茶应运而生。

纳溪特早茶具有"全球同纬度采摘最早"的特点，每年在2月初就可采制新茶，比浙江杭州早30天以上，比省内其他地区早7—10天，最早可在除夕便能尝到新茶，因此也有"除夕茶"的美誉，更是四川省泸州市纳溪区的首席特产，全国农产品地理标志。

在茶园的品茶室，我看着展台上的纳溪茶产品，外形扁平挺直，长短非常匀整，表面洁净光滑，冲泡以后，只见叶片色泽翠绿晶莹，叶底完整，嫩匀碧绿，香气浓郁持久，而汤色黄绿明亮如珀，轻轻呷上一口，滋味香醇爽口，果然意味无穷。

纳溪人立足得天独厚的天赐"特早"，推进品质、品牌、品味高质量同步发展，连续多年举办了"四川茶叶开采活动周"，2019年1月，获评"改革开放四十年四川茶业十大特色优势县"，"纳溪特早茶"品牌价值达到45.22亿元。

同样骄人的战绩，同样得益于纳溪人对乡村振兴战略的智慧考量与思想前瞻。

事实上，近些年来，纳溪一直存在闲置资源整合不足，村民增收路径单一等乡村发展的普遍困境。

想来这应该是众多乡村经济发展中很难规避的障碍，不仅直接影响乡村的未来，更间接导致人口的流失，使得一些村子成了名副其实的"空壳村"。主管负责人看在眼里急在心上，迅速针对实际情况制定了方案，通过能人带动、盘活存量、合村发展等方式，激活具有发展潜力的要素，加速推动村级集体经济的"换挡提速"，逐步全面消除了集体经济的"空壳村"，目前集体经济经营性收入超100万元的村已达45个。不得不说，在纳溪，乡村振兴有了明确的佐证，有了掷地有声的时代强音：

凤凰湖村。按照"茶园景观化、茶山公园化"的思路，凤凰湖村深挖茶文化，建设茶旅文化园，开展茶文化创意活动，将茶种植、茶加工、茶旅游、茶文化进行深度融合，开发采摘、手工制茶、茶艺、茶园观光等多个体验项目，着力打造茶旅文化园区，改扩建旅游道路，建设景区停车场，建成制茶工艺体验及休闲广场，研学体验教育基地，打造特色民宿、农家乐……一系列风生水起的举措，带动相关群众人均增收 2000 元以上。

数百亩茶园经早茶云雾灌溉系统喷灌后，连片的茶山袅袅氤氲，仿佛被笼罩在缭绕流转的白纱之中，宛若人间仙境。

如今的凤凰湖村，正将"以茶促旅、以旅兴茶"理念进一步深化，依托凤凰湖国家 AAAA 旅游景区的有力带动，全力打造中国特早茶城、黄金梨采摘基地、黄龙堰瀑布、国家农民专业合作社示范社川龙茶叶专业合作社等经典网红打卡地，做大、做好、做精。同时结合时代发展的需求，开发生态康养游、早茶之乡体验游、有机茶园风情游等茶旅精品线，为茶旅融合未来的发展开辟出新的维度。

青山碧翠，茶林绵延，淡淡的薄雾似有若无，阳光炽暖，倾泻而下。

这里是梅岭村，一个由茶而生的新村。大力发展茶产业，是今天的梅岭村村民眼下最大的诉求。时代发展不等人，村里的行动也不在话下，加快茶产业资源整合，变"各自为战"为"集群作战"，整体建设梅岭茶产业核心示范区。统筹项目资源，办理贷款、合同审核、劳务用工、疫情防控等等，村里为企业提供了一条龙的保障服务。梅岭茶叶鲜叶交易市场的建设，更是为茶农铺平了茶市场的最好平台。村民们告别了背着茶叶四处奔走的日子，全部交易都能在市场中完成。有了茶，有了集体的茶市场，道路就变得格外重要了。据说未来村里的主要道路，将全部拓宽成 8 米的旅游道路，并继续打造更大面积的标准茶园，大力发展

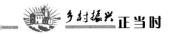

茶文化旅游，建成更高产值的特色茶文化产业村。

从过去各个行政村单打独斗，到实施"六村合一"，抱团发展让梅岭村的茶产业，从分散的 5 万亩增加到连片的 6 万亩，年产值也从 10 亿元增加到 15 亿元，真正实现了村级集体经济与农民收入双增收。梅岭村的蜕变，也成了纳溪区抓产业发展壮大村级集体经济的典范，更堪称纳溪乡村振兴的先锋。

如今，梅岭村与凤凰湖村强强联手，共同打造了 10 万亩特早茶园，并合力做强产品加工，现已有一流产业加工生产线 3 条。同时依托凤凰湖村旅游资源，还在继续开发别具特色的茶旅融合发展路线……

《茶经》中"纳溪梅岭产茶"记载以来，距今已经 2000 多年，小小的茶叶以不同的形式，与这片山河一同经历着岁月的生生不息，日月流转。

每到纳溪早春，站在梅岭主题公园"二月亭"放眼望去，横看成岭侧成峰的茶树，一排排伸向远方，犹如起伏荡漾的碧绿的海浪。园中采茶、品早春茶、茶山踏青……屏息凝神，只闻得漫野茶香已然迎面氤氲而来。

现代农业产业发展体系下的纳溪，乘着乡村振兴的时代专列，正按照"一核两区三带"的规划在布局茶产业未来发展，继续推进纳溪特早茶产业，推动纳溪加快建成百亿茶产业强区，为天府茶文化添上最为隽永深情的纳溪之美。

四

昔日污染的清溪河流域，华丽转身四季花海，怎么能少了酒的加持？所谓"花田酒地"之酒，更是纳溪之另一个得天独厚的优势。纳溪幸运地位于"中国白酒金三角"核心腹地，于是成就了纳溪独属一方的特色酒业。

纳溪酒业以中国白酒金三角酒业园区大渡基地为载体，以

"中国酒镇·酒庄"项目建设为统揽，依托华明、巴蜀液、康庆坊等本土杰出的酒企，整合活竹酒、橡木桶酒、果酒、熊猫小酒等特色酒和养生酒的优势资源，倾力打造百亿特色酒产业，酿酒工艺涵盖浓香、酱香、清香、兼香，产品类型包括白酒、果酒、配制酒……只是说着这些品类，真真已然闻得见酒香，天地同醉矣。

纳溪是茶的世界，纳溪是花的海洋，纳溪是酒的天堂。

纳溪人不断深化着乡村振兴这个时代战略的历史使命：

依托林竹、特早茶和酿酒高粱、水果、蔬菜等产业基地，重点发展茶杯子、竹筒子、酒罐子、醋坛子、果盘子、菜篮子、米袋子等"七子"产业，为10个贫困村建成特早茶、高山蔬菜、特色水果等主导产业基地2万亩以上，茶产业综合产值55亿元，带动农民人均增收1500元以上……

采取"竹林种植+林下种养+竹产业加工+生物质燃料肥料"循环经济发展模式，全区建成标准化竹下种养殖基地18个，带动1100余户开展"乐道子"林下鸡养殖，新建标准化林下竹荪等种植基地3000余亩，每亩产值达3万元以上，竹藤竹编培训基地已免费培训1.5万余名贫困户和残疾人……

以数字经济助力区域的"换道超车"，推动乡村振兴的速度，积极开发"数字+农业"的新型模式，农产品的线上交易额达5800万元，大力探索发展农村电商事业，带动大家进入新的时代发展轨道……

坚持"股份合作、量化到人"，村集体公司秉持公平公开公正原则理念，将年集体经济收入的40%用于群众年终分红，脱贫户收入不断提高……

一步一个台阶，稳稳向上，纳溪人沿着文旅融合的方向，秉持着高品质高效率的发展理念，以蓬勃之姿、自信之貌，在乡村振兴之路上昂扬奋进，马不停蹄。

凤凰湖景区地处泸州纳溪城西15公里的大渡口镇，位于美丽的长江之畔，拥有水面157万平方米，蓄水量达1540万立方米。湖中大小岛屿10余座，湖泊九弯十八曲，由48条汊河密布而成。

湖上泛舟，尽揽湖光山色，高山峡谷、奇石怪崖、飞瀑洞宫、林涛竹海逶迤流转而来，荡游百年古典庄园，慨叹间，何其悠哉。

在护国战争纪念馆接受精神的深刻洗礼，于花田酒地沉浸四季花海，在凤凰湖泛舟品味水天一色……今天的纳溪，已然打造出研学旅游、康养旅游、农业旅游等10余种旅游业态，以及特色街区、特色文旅消费场景等一大批旅游目的地；已有护国文化、三线文化、酒文化、茶文化等鲜明的文化旅游资源；特早茶、酒庄酒、长江奇石等60余种特色旅游商品备受游客欢迎……在旅游这条时代的快车道上，备受青睐的纳溪，已然妙笔生花，绘就出了一幅独属于自己全域发展的文旅盛途。

大家被凤凰湖之美折服，拍照，制作视频，上传。今天的数字化正推动着时代的发展，也全然改变了我们的生活。而纳溪人抓住的是发展的宝贵机遇，以数字化为乡村振兴插上超现实的翅膀，未来更高远地腾飞必指日可待。

离开纳溪的前一晚，不忍早睡。入夜后只见星群漫天，云卷云舒。与三五友人树下沽酒，亦醉亦醒间，夜深了，一些云低了下来，似有雨要落下，却一阵微风拂过，清爽宜人一番后，那云又悠然远去。星群再次现于头顶，树叶翩然落于酒盏，酒于是就平添了茶似的幽香。纳溪之夜如清溪河水一般丰盈富足，有酒亦有歌，有露亦有电。

忽有人一饮而尽后说起陆游那句"长安市上醉春风"，就有人笑醉间答道："那陆游必是不曾来过纳溪，不曾喝过纳溪酒，不曾吹过纳溪风，否则定要被我们的铮铮护国名城倾倒，被美美茶酒饮醉，正所谓——纳溪夜酒醉春风，不思归。"

作者简介：

　　贺颖，中国作家协会会员，中国文艺评论家协会会员，鲁迅文学院第 21 届高研班学员。辽宁作协特邀评论家，诗人，大连艺术学院特聘教授。曾获 2020《当代作家评论》年度奖，首届《十月》散文双年奖，第八届辽宁文学奖诗歌奖，首届"纳兰性德"诗歌奖一等奖等多个文学奖项。2021 年出版散文集《众神栖息的地方》。

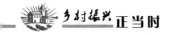

从自闭少年到电商达人

——轮椅青年杨添财的乡村振兴梦

税清静

年轻是我们唯一拥有权利去编织梦想的时光。

——杨添财

6岁那年，他不幸被查出患有腓骨肌萎缩症；16岁时，因病情加重，他不得不与轮椅相伴；21岁时，他开始在网上开网店卖家乡的特产猕猴桃。6年来，他不仅有了自己的猕猴桃基地，还在全国十几个省市地区采购特色水果在网上销售，一年就能卖出4000万斤，销售额达到1.2亿元，还带动了300多个农户增收……没有人能想象，这个生活几乎都不能自理的残疾青年，是共青团中央和农业农村部授予的"乡村振兴青年先锋""全国农村青年致富带头人""全国向上向善好青年"、第24届"中国青年五四奖章"获得者。成都百悦生态农业开发有限公司创始人、执行董事。

"哪有什么天才，现在取得的这些成绩，除了自身拼搏，更多是赶上了好时代、好机遇和脱贫攻坚、乡村振兴的好政策。如果当初没有那么多人关心我、帮助我，没有科技发展，没有电商平台，我是一个水果也卖不出去的，更不可能带领大家脱贫奔康走上富裕路了。"杨添财说。

天府之国的核心区域成都平原，沃野千里，物产丰盈，发源自雪山的圣水像一条咆哮的巨龙沿岷江而下，经过李冰父子两千多年前修筑的水利工程都江堰被驯服分流，孕育了成都平原世代子孙。在成都市西南80公里外，离蒲江县城4公里，有个不起眼的小村子叫清溪村。1994年，清溪村出生了一个不起眼的普通孩子，他家里世代为农，爸妈都没有多少文化，按照杨家辈分取添丁添财添富之意，给他取名杨添财。

杨添财的童年就是在他出生的鹤山镇清溪村度过的，与其他孩子一起，在泥巴里滚来滚去，没什么特别之处。直到6岁那年，杨添财突然与众不同了，突然成了大家的关注对象了，当然还有背后的指指点点。

小时候，看着勤劳的父母为了家，肩挑背磨甚为辛苦，杨添财总是盼望着自己快快长大，早日为父母分担农活，改变家庭的现状。可是，命运却跟他开了一个玩笑，杨添财没想到，他想做一名像父母亲那代人一样的农民，老天爷都不答应。因为患上了神经性肌肉萎缩，从此杨添财不能像同龄人一样奔跑、玩耍，体育课永远是"靠边坐"。随着年龄增长，双腿肌肉以肉眼可见的速度萎缩下去，别人走10分钟的路，他可能得花半小时。父母见他每天上学走路辛苦，便给他买了辆自行车，想着骑车上学省力一些。可是他的身体却每况愈下，因为腿脚无力，他骑车时多次摔倒，常常跌得身上青一块紫一块的，最终在12岁那年，他再也坚持不下去了，在老师们遗憾的眼光中，流着泪默默地告别了校园。

退学后，杨添财将自己封闭在房间里，不愿和外界接触，怕听见别人说他是残疾人，怕看到异样的目光。这期间，为了治疗他这"怪病"，穷困的父母四处为他求医问药。可是很多医生都说，患了这种病症的人，很难活过18岁。药也吃了针也打了，家里越来越穷，杨添财的身体却越来越差了，16岁开始，就没法自己行走了，不得不坐轮椅才能行动。因此，杨添财的少年时期，一直都在自卑、压抑中度过。他更是将自己关在房间里"等死"，眼泪已经哭干，实在无法发泄心中的愤懑时，他就像狼一样对着天空嗷嗷地号叫，那声音穿过窗户久久地在村庄上空回响，号得全村的人身上起鸡皮疙瘩头皮发麻。村里人都私下传说，杨家那个废儿子怕是快不行了……杨添财的号叫一声声像尖刀一样，一刀又一刀直插父母的心上。看着颓废的儿子，他们再想帮他也无能为力，想着儿子已经"来日不多了"，只有天天在他面前低三下四地"委曲求全"，不管儿子提出什么要求他们都想方设法满足他。没有发泄对象，杨添财常常故意"折磨"父母，甚至在半夜三更提出要吃东西……就在这样的"生命预警"压力下，杨添财等来了自己的 18 岁生日。生日那天，父亲咬牙给他买了一台二手电脑，母亲给他做了一桌好吃的，杨添财看到这样的情景发泄般大哭了一场。终于活到了 18 岁，杨添财想，既然能活下去，就要好好活着，他曾经多么希望自己能好起来，能自力更生，能够改变自己的命运改变父母的生活，改变家庭和村庄的面貌，让村民们过上富裕的好日子。但是，对于当时的杨添财来说，这些都是奢望。

有了电脑以后，杨添财除了天天用电脑打游戏消遣，慢慢开始自学 PS 和美工知识，想在网上找份兼职证明自己，但身有残疾，加之基础差、又非科班出身，杨添财的理想破灭了。

成都市蒲江县关工委执行主任何守鑫知道杨添财的事后和残联的同志一起上门探访。第一次，杨添财将自己从头到脚藏进被子里避不见人。不久后，何守鑫再度登门，以最柔和的方式给杨添财做心理辅导。"你的名字叫添财，你是应该为家庭、为乡亲们增添财富的。"何守鑫的关怀，渐渐打开了杨添财的心扉，他对何守鑫吐露了自己想要创业的打算。此后，只要蒲江县关工委组织农村新型创业人才进行电商培训，何守鑫一定叫上杨添财。

蒲江县的猕猴桃鲜嫩多汁、酸甜可口，很受消费者欢迎，于是县里建立了电商产业园，引导群众从事电商行业销售农产品。杨添财觉得，做电商可以足不出户就能把猕猴桃销售出去，这样的工作很适合自己。他在网上开了网店，准备卖家乡的特产猕猴桃。

为支持儿子创业，杨添财父母拿出全部家底，又找亲戚朋友东拼西借凑了5万元，还通过蒲江县残联、共青团蒲江县委协调贷了5万元。有了启动资金，杨添财迈出了创业第一步。2015年7月，仅凭一张桌子、一台电脑和一台打印机，杨添财成立了自己第一家网店，卖起蒲江特产猕猴桃。他负责线上销售，父母负责线下采购、装箱邮寄发货。当时，蒲江县做电商卖猕猴桃的人还不多，竞争压力比较小。杨添财一边挑选、收购了3千斤猕猴桃，一边自学网络销售知识，花5千块钱买了一个店铺首页推广，没多久就把3千斤猕猴桃卖完了，他赶紧再去采购了一批猕猴桃。当年，杨添财总共卖出去7万斤猕猴桃，销售额近百万元，掘得了人生"第一桶金"。

曾经被人指指点点的"杨家那个废儿子"虽然还是天天坐在轮椅上，可他早已经"站"了起来，成了乡亲们口中的传奇英雄、了不起的人物，因为他帮村民们把猕猴桃卖出了县、卖出了市、卖出了省，还卖出了好价钱！

电商涉及宣传、营销、售前、售后等多个环节，对肌肉严重萎缩的杨添财来说并不简单。现在已经证明自己不是废物了，是见好就收，还是继续实现自己以前想都不敢想的那个改变村庄、改变更多人的梦想？

经过慎重考虑，杨添财决定扩大生产，继续为村民们"添财"，继续带领大家奔向小康，不断改变乡村面貌！接下来的2年，他继续通过网店销售猕猴桃。2017年，他打算收购10万斤猕猴桃，需要60万元资金。为了凑够这笔钱，他的父亲把房子卖了，又从亲戚、朋友那里借了一些。

　　然而，这个时候蒲江县做电商卖猕猴桃的人已经多了起来，店铺之间开始竞争，大家打起了价格战。杨添财对着一屋子收购回来的猕猴桃苦苦思索，决定改变以往等着买家下单的销售方式。

　　杨添财经营网店已经有 2 年，这期间他在全国各地拥有上千个客户，他主动联系那些在自己店铺里多次购买的买家并提出合作——对方只要在朋友圈推广他的猕猴桃，有了订单后把订单信息发给杨添财，由杨添财负责发货和售后，而对方能获得相应的销售提成。通过这样的方式，杨添财谈妥了 200 多个买家，在十几个省份有了自己的经销商。除此之外，杨添财还租了分选设备对猕猴桃进行精细分选，并且每个猕猴桃箱子都会赠送一个吃猕猴桃的小工具，还会放上一份传递正能量的宣传彩页。通过这样的方式，杨添财的 10 万斤猕猴桃一个月之间销售一空，一斤卖到 8 元钱。

　　为了找客源，他在社交平台积极交友；为了提供完善的服务，他凌晨 2 点还在电脑前处理订单。在创业最艰难的 2017 年，他撑着病弱的身体，曾经三天两夜守在电脑前和客户沟通交流，一个 20 岁出头的小伙，体重竟降至 80 斤以下。可杨添财从未后悔，高强度的工作让他找到成就感。而这一年，杨添财的猕猴桃总销售额达到 450 万元。

　　2018 年，蒲江县猕猴桃电商竞争更加激烈了。杨添财认为，要想取胜就得有自己的特色，就得改变产品的种类。他花了大半年时间，跑遍了大半个中国，选出各地区的特色水果。他还画了一张采购图，分季节到不同的地区收购不同的特色水果。

　　他去挑选水果的第一站是四川凉山彝族自治州的丑苹果。凉山的丑苹果外表不好看，有很多晒斑，但是由于糖分高，苹果成熟后里面就会出现冰糖心，口感非常甜。

　　杨添财去凉山收苹果，果农看到他年纪轻轻，又坐在轮椅上，都不敢把苹果卖给他。杨添财想到一个办法，打动了果农和代理人的心。原来，别的收购商收购丑苹果都不愿意要小果，杨添财却大小都要。他先把小果放到网上销售，定价1块钱1斤，并且拍摄视频介绍丑苹果的生长环境、外表丑陋的原因和其独特的冰糖心。很多消费者看到这种苹果少见，价格又低，就下单购买品尝，吃过之后觉得好，还会回购。小果起到引流的作用后，杨添财再顺势推出个头更大、价格更高的丑苹果。2018年，杨添财卖掉了500多万斤丑苹果。

接下来，他组建了4个采购团队，奔赴全国各地收购有特色的水果，并且专门组建直播团队，采用直播的形式在水果产地进行宣传。2019年，杨添财把四川、湖南、云南、山东等十几个地区的特色水果通过电商卖到了全国，一年卖出4000万斤水果，销售额1.2亿元。

现在，杨添财在蒲江县有了自己的猕猴桃基地，在网上销售的产品除了猕猴桃和苹果，还有草莓、西瓜、芒果等多种水果。

杨添财在实现个人财富价值的时候，还不忘寻找和帮助那些跟他一样遭遇不幸的人。在企业发展壮大的同时，杨添财带动了更多残疾人投身自主创业。他的企业聘请了4位行动不便的残疾人员工，让他们就在家里办公。2018年，杨添财携手耳朵失聪的吴云，创建了"一起走吧"残疾人品牌项目，带动更多留守在农村的特殊青年加入电商创业。对杨添财来说，让他感到快乐的，不是收获了多少财富，而是能带领更多人一起前行，过上好日子。

如今，杨添财不只收获了爱情和美满的婚姻，还加入了中国共产党。

在对抗病魔的同时，杨添财从自闭少年逐渐成长为电商达人，用自己的方式践行着"天生我材必有用"的信念。我们没有理由不相信，身残志坚百折不挠，被大家称为"天才"的农村致富带头人、轮椅青年杨添财的乡村振兴梦正在一天一天变为现实。

作者简介:

税清静,中国作家协会会员,中国散文学会会员,中国报告文学学会会员,四川省儿童文学专委会副主任,成都文学院签约作家,四川省青少年作家协会顾问,新疆库尔勒市作家协会顾问,成都市报告文学专委会副主任。先后在《解放军报》《中国艺术报》《中国作家》《长篇小说选刊》等报刊发表文学作品数百万字。著有长篇小说《大瓦山》(汉文版和彝文版)、《乌蒙磅礴》,长篇报告文学《新丝路》,长篇散文《走,到阿坝羌都去耍》,评论集《文学鸡因论》,长篇儿童文学《梦回三国》,童谣《一闪一闪亮晶晶》等。

情暖三青沟

邹安音

一

三青沟隶属四川省蓬安县，原本是一个藏在远山深处的小村庄，它逐渐走进人们的视野，是因为这里的女村支部书记陈建清。

2021年2月25日，陈建清带着全村人的希望，走进了首都北京。当天，全国脱贫攻坚总结表彰大会在此隆重举行。在庄严的人民大会堂，当陈建清接过由国务院颁发的"全国脱贫攻坚先进个人"和"2020年全国脱贫攻坚奋进奖"时，大家疑惑，一个普通的乡下妇女，究竟经历了怎样的人生道路，才书写了如此华彩的乐章？

从南充出发，过蓬安县兴旺镇，一个半小时后，就到了三青沟村。站在山顶俯视，一片青山绿水中，小村庄安详地坐落于此，宁静而从容。

沟底，一排冬水田之上，两座大瓦房呈丁字形排列，这里就是陈建清的家。顺着山势向下，在道路的尽头，陈建清笑盈盈地为我打开了铁栅门，"我正在做午饭呢"，她慢声细气地搓着手说，脚底还踏着一双棉拖鞋，衣服也是随意穿搭的，那张被岁月吹打的脸庞，洋溢出一缕朴实的笑容，也彰显出一丝自信的神色。

走进三青沟，就走进了一个女支书颇具有传奇色彩的人生故事中。

20世纪60年代中期，陈建清出生在蓬安县济渡乡洋驴滩村，父亲是当地水电站的一名普通工人，母亲则是村里的小学教师和赤脚医生。父母的言传身教，对她今后人生的发展起着很重要的作用。

从小品学兼优的她，一直读到了高中。1984年夏季，陈建清从济渡中学毕业，可惜名落孙山，与梦中的大学校园失之交臂。但开明的父母并没有给女儿泼冷水，相反却安慰着她："你有知识，在农村一样大有作为。"

1986年2月，像大多数女孩子一样，经人介绍，陈建清和三青沟村的邓洪祥谈起了恋爱。"有女不嫁三青沟，坡陡田少路难走。"这是当时三青沟村民们的生存状况。村里的女孩子们都想方设法往外嫁，谁知有知识有文化的陈建清却选择了爱情，选择了在半山崖壁的一隅安家。

入乡随俗，从校园到田园，从学生到农民，这是陈建清人生的第一次身份转变。高中毕业的陈建清成了第一个吃螃蟹的外来媳妇，她的知识很快在三青沟派上了用场。

本来村小学有两个班，专门招收幼儿和高年级学生，谁知因为地势偏远，山高路陡，仅存的一个女教师也被吓走了。孩子们被迫解散，失学在家，学校也很快变成了废墟。

母亲多年教书育人，桃李芬芳，这早已在陈建清心里打下了深深的烙印。非常时期，父亲也主动站了出来，他郑重向三青沟村委会推荐："我女儿喜欢教书，绝不能让山沟沟里的娃儿们没有学上，成为新一代的睁眼瞎（文盲）。"

考试、审查……在曾经荒芜贫瘠的大地之上，陈建清终于完成了自己第二个身份的转变：实现了从女农民到当一名普通乡村女教师的简单愿望。

"我不想让娃儿们失学，尤其是女娃娃们。谁说女娃娃不得行？我想让每个娃娃都有书读。"接下来，每家每户走访、动员……孩子们很快回到了废弃已久的课堂。

把落满灰尘的桌子擦干净，把断掉胳膊的椅子重新钉牢实，把生锈的铁钟又搬了出来……清脆的上课铃响起后，三青沟小学校园成了全县一道特殊的风景：全校只有一个班；课程设置从幼儿园到一、二年级，因为再往上，孩子们就转到镇上学校读书去了；学生年龄从 4 岁到 12 岁。

教这样一个复式班，陈建清每天需要备几种课程。最关键的是，她需要不断转换自己的职业和身份：在课堂上，尤其是在年幼的孩子们面前，她既是保育员又是教师；在课堂外，遇到极端天气和特殊情况等，她还主动担负起了负责接送学生的任务；在寝室里，她还特地多准备了些碗筷，让那些留守的孩子们有饭吃。

最初那几年，每个月的代课费仅仅只有 6 元钱！为了做一名合格乡村女教师，从 1996 年到 1999 年，用了 3 年业余时间，她完成了蓬安县教师进修校的培训课程，如期拿到中师毕业证。

今天，无论遇见谁，他们都会动情地说："那个年代出生的三青沟人，基本上都是陈老师的学生。"陈建清所教的一二年级语文、数学每年在兴旺片区统考排名中，都是名列前 3 名。

从 1991 年 9 月到 2010 年 3 月，虽然家到学校的距离很短，但陈建清走了整整 20 多年。村小学后来并到镇上去了，陈建清自豪地说："我没有愧对三青沟村父老的托付，更没有耽误三青沟村孩子们的未来。"

20 多年来，山花开了又谢，孩子们一茬接着一茬长大。200多个三青沟小学生，从这里走了出去，走向了更远的远方。

二

婚后，因为丈夫远在外地工作，教书之余，家里大小事情都是陈建清一个人去打理：上山砍柴，下田栽秧，侍奉年迈的公婆，照顾生病的孩子……吃了很多苦。

因三青沟乡村卫生员的技术问题，儿子生下来后智力受损，身体发育也迟缓，直到 6 岁，才学会了简单的走路。为了照顾儿子，陈建清就每天背着他去学校教书。

这一背，就是 18 年。但命运似乎总在挑战这个不怕苦的女人，丈夫下岗，外出打工受伤；2008 年，她又被确诊患上了系统性红斑狼疮……

得知消息的那一刻，陈建清终于忍不住失声痛哭，她觉得自己绷紧的神经就快要断裂，不知道前方的路究竟还能走多远。

但就在这个时候，半山崖壁下的家里，挤满了来探望的村民们。尤其是当年教育出去的学生们，把一颗颗火热的心都捧来了，原来她对孩子们的好，他们都记着！

经历一系列家庭的变故，家人的病痛成了陈建清心里永远的痛，为了搬走这块巨石，她想当一名乡村医生的念头也不知不觉地冒了出来。她不禁想起了儿时父母肩上背的医药箱，那时候他们就带她到处采草药，在为家人和乡亲们治病疗伤的同时，也把爱的种子播撒到了孩子们心中。

万事开头难，陈建清买来了相关的医药书籍，刻苦攻读。与此同时，她又利用到镇上开会出差等机会，专门到镇卫生院去找老医生陈光杰讨教。

天道酬勤，2014 年 12 月，陈建清参加了县卫生局组织的乡村医生资格证考试，并顺利通过；2015 年 7 月，她取得了乡村医生执业证；2016 年春，三青沟终于有了自己的医疗室，陈建清也成了村里唯一的赤脚女医生。

宛如暗夜里出现的一丝亮光，她很快成了村民们的贴心人，尤其受到村里留守老人们的喜爱。无论是谁，也不管白天黑夜，只要打个电话，哪怕翻山越岭，陈建清也要准时把药送到他们身边。

还记得那年冬天的一个晚上，村里一个叫张兴杰的老婆婆突发疾病，因儿子一家人外出打工，孤苦无助的老人只好打通了陈建清的电话。接到电话的陈建清立马赶到村卫生室，拿了药品等，又迅速来到老人家中。看她身着薄衣，又塞了几百元钱给她，叮嘱她去买件羽绒服过冬。

病愈后，张兴杰成了村医疗卫生室的常客。老人们平时没事都喜欢到这里来聊聊家常，顺便检查下自己的身体。陈建清也很乐意为他们服务，小到为他们查查血压，大到一些慢性病的治疗等。

陈建清又专门做了一个记录本，上面记着哪个人的什么病，需要什么药治疗。遇到下乡的时候，她便随身带上这些药品，及时送到人们手中。看着人们脸上的笑容，陈建清心里的疾痛似乎也减轻了很多。

这边放下教鞭，那边早已背上药箱，风雨兼程，陈建清完成了自己第三次身份的转变：从一名出色的乡村女教师到一名合格的乡村女医生。

三

春风化雨，润物无声。

三青沟成了陈建清人生的分水岭：山外是童年、少年的梦想和追求，山里是生活多年的乡音和乡情。这里的一草一木、山山水水都融入她的生命和血液中，助推着她在梦想的道路上一步一步不断前行。

回想当初，从繁华之地嫁到穷乡僻壤，陈建清最不能适应的是这里的照明条件。那时候还在当教师，每天晚上，忙完一天的教学任务回家后，趴在陈旧的桌子上备课，昏暗的煤油灯光映照着四壁，也照着备课本上模糊的字迹。闻着浓浓的煤油味，陈建清不禁动起了心思。

走进校园，最让她不能忍受的是下雨天，天气阴沉，大风刮开简易的木窗，板着冰冷的面孔，三两下吹灭了讲台上的蜡烛，这常常让她懊恼不已，也让娃娃们惊慌失措。

山外早就通电了，难道眼前这些孩子们就只能点着蜡烛，或者在昏暗的煤油灯下做作业吗？还有村民们打米磨面，都要挑到5公里以外的地方去，生活极为不便，为什么不牵一根电灯线来，把山外的温暖送进三青沟呢？

趁回娘家的机会，她把自己的想法简单告诉了家人，没想到得到父母的大力支持。父亲带她到了自己工作的地方，陪着她四处求情，终于打动了电站主管人，同意把电灯安装到5公里以外的三青沟。

但是让陈建清万万没想到的是，一听说安装电灯，村民们举双手赞成，但听说要交安装费时，大家都哑口无言。为了让村民们见识光明的重要性，陈建清带头拿出了积蓄，首先为学校安装了电灯。父亲也积极配合女儿的工作，向村民们主动提出：除去必要的电桩等成本费外，安装费一律免去。

在父女俩的积极努力下，1991年的一天，电线很快牵到了三青沟村。当明亮的灯光照进村民们房屋的那一刻，整个三青沟都沸腾了！

有了电灯，村委会成了人们的聚集点，谈论的话题就多了。村里定期召开的党员干部会，都要邀请当教师的陈建清列席参加。天长日久，陈建清又有了自己的打算：为什么不加入中国共产党呢？这样就可以多了解国家的政策，多看看山外世界的发展和变化，三青沟就可以不再那么落后和封闭呀。

她开始郑重地向组织递交入党申请书，村民们也希望陈建清能为他们做更多的事情，于是在2001年的村两委换届选举时，让陈建清完全没有想到的是：她全票当选村委会副主任。村民们第一次把一份至高无上的荣誉，给了一个外来的媳妇。

这一份期盼和信任，让陈建清感动的同时，也觉得心里担负的责任更加重大。2004年6月19日，连续四次递交入党申请书的陈建清终于实现了自己的梦想，她加入了党组织，完成了自己身份的第四次转变，也是一次最重要的蝶变。

陈建清感觉自己肩上的责任更重了，她把目光投向了脚下的山路，国家的政策这么好，什么时候不再等靠要，让它变成坦途直通山外呢？从 2012 年春开始，陈建清挨家挨户收集情况和信息，但是这次她遇到了真的"拦路虎"，村民们都愿意修路，但是谁都舍不得自己的一亩三分地。

了解情况后，陈建清回到家里，二话不说，立即把家里的几亩菜地给挖平了。陈建清身先士卒，村民们再也不好说什么了，都开始纷纷让地修路。2014 年，当三青沟村道全线贯通时，有的老人笑得合不拢嘴，因为他们有的一辈子也没有走出过三青沟啊！

2014 年，脱贫攻坚的号角吹响，村里要把婆婆定为贫困户，她坚决不准，说自己能养。听说每年的扶贫救济金 1200 元被媳妇取消了，婆婆气不打一处来，找上门来理论。为了消解婆婆的怨气，陈建清一摸口袋，身上只有 200 元。她赶紧跑到镇上医院同学那里，借了 1000 元，加上身上的 200 元给了婆婆，谎称是要回了扶贫资金。

婆婆后来知晓了实情，深感为难了媳妇。而村民们却都服了气，再也没有人挑起事端。"只要真心为老百姓做事，不自私，心地善良，再困难的事情都做得好。"陈建清坦荡地说。

2018 年村里危房改造，村里一户人家建好新房后，坚决不拆除其占道的旧房子，并扬言陈建清只要敢动手，就要把她家里的瓦房掀翻。陈建清听说了这些话后，主动找上门去，坚决支持这户人家拆掉自己的房子。人非草木孰能无情？问题最后也迎刃而解。

村里山多地少，老百姓如何增加收入是个大问题。在市县相关部门的大力支持下，陈建清放开思路，准备引进养羊大户周世莲夫妇，以带动一方百姓致富。为了打动他们夫妻俩，那天雨下得很大，陈建清带着 20 多个人，雨水混着汗水，终于将 50 多只种羊一只只地抱进了三青沟的羊场。同年 9 月，总投资 800 多万元，流转土地 1000 多亩的领头羊羊场就建成了。

有了领头羊羊场的示范作用，以生猪养殖闻名的德康养殖园也落户了三青沟，并年出栏生猪 12.5 万头。村民们就近务工，收入猛增。除此之外，村民们还因地制宜，种植药材等增加收入。2016 年，三青沟村退出了贫困村，并被评选为南充市脱贫攻坚先进村。2018 年，陈建清全票当选为村支部书记，让自己的身份完成了第五次华丽的转变，实实在在地变成了三青沟的领头羊！

抚摸着从北京领回来的奖状，她向我描绘着三青沟的未来：中国人的饭碗要自己牢牢地端在手里，下一步三青沟将盘活闲置的荒山等土地资源，抓农业，种粮食……她说不知道自己的人生究竟还能走多远，但回首来时的每一天，都是值得的。她相信三青沟的未来还会更好。

是的，在她的家外，青龙一般逶迤的乡村公路通向了山的那一边。村道边那一座座灰瓦白墙的小洋楼，以及近处那一个个层层叠翠的果园，它们在无形中都汇聚成了一股巨大的暖流，涌进了人们的心怀。

作者简介：

邹安音，女，中国作家协会会员。作品见《人民文学》《人民日报》《人民日报·海外版》《文艺报》《散文选刊》《散文百家》《草原》《青海湖》《四川文学》《牡丹》《西藏文学》《草地》《剑南文学》等。曾获得第八届冰心散文奖，第六届中华宝石文学奖提名奖，第三届《人民文学》美丽中国奖，首届邱心如女子散文大奖，第九届漂母杯散文奖，第三届四川散文奖等。出版散文集《心上青居》《菩提花开》《嘉陵江从镜头前流过》。

紫色的梦想

李春蓉

阿紫不是人名，是川玖集团董事长李长江的家乡九寨沟县双河镇罗依的一个地名。紫水溪，顾名思义就是一条溪流了。从小，李长江就被家乡美丽的名字吸引，紫色，让他入迷，为他划定了一个目标，他究其一生的努力，穷其一生的积累，好像是为了延续他紫色的梦想。

家乡如此贫穷，他怎能容忍自己一个人富有？紫色的梦想没有完全实现，他又如何安心？

李长江的前半生殚精竭虑，成果累累。后半生对李长江来说，他想实现孩提时的梦想，为此，他孤注一掷。2022 年 3 月，当阿坝州委书记刘坪把"九寨沟县酿酒葡萄现代农业园区获评阿坝州五星级农业园区"的牌子授予李长江时，他百感交集，多年来的努力被认可，他初步实现了梦想。回乡创业，他用几十年的时间实现着梦想；精准脱贫，他用一己之力撬动了原本根深蒂固的贫穷；乡村振兴，他和他的家乡依托土地流转，用酿酒葡萄实现了指日可待的幸福。

当捧着授牌，李长江没有自豪和骄傲，有的只是更大的责任和担当，还有任重道远的决心和勇气。他不但要继续做紫色的振兴梦，还要用紫色的梦唤醒沉寂的家乡，让乡亲们和他一起做紫色的致富梦。村民雷凤贵老人说："喇嘛们上知千年，下知千年，那么千百年前喇嘛给李长江公司总部背后的山取名阿紫，水取名紫水溪，是不是冥冥之中暗示了什么？"

一

谁不说咱家乡好。李长江从小目睹并感受着家乡的贫穷和落后，在他幼小的心里怎么也对家乡自豪不起来。罗依素有"九寨沟县粮仓"之称，不论天干下雨，在这个锅状地形的地方，粮食出产一如既往地都是大丰收。可是远离政治、经济、交通中心，偏僻一隅，贫穷如顽疾，麻痹着人们的思想，千百年来的惯性使得人们只知道去地里干活，固步自封，外界的消息很难到达罗依。罗依如一潭死水，春风被罗依的环形大山挡在了外面。

贫穷和肮脏是一对孪生体。年少的李长江不能改变贫穷，让他最不能忍受的是肮脏。上小学时，他每天要把自己仅有的衣服洗得干干净净。没有洗发水，哪怕用洗衣粉也要洗头。一个农村娃总是以干净整洁的面貌来到人前，给老师和同学不一样的感觉。"这个娃不同寻常，以后能干大事。"罗依有人这样预言。

老师讲："一屋不扫何以扫天下。"不能改变贫穷，可以改变落后的卫生习惯。这是一个十来岁的山里娃仅能做到的事。

看得出，李长江从小的志向就不在"屋子"里，而在"天下"。

长大后他走遍祖国的大好河山，经历磨砺，他认为他的"天下"还是在老家罗依。

二

罗依的地形是个环形，只有一条道路通往外界。这个环形的世界鸡犬相闻。清晨，阳光透过一片蓝灰色的炊烟唤醒了沉睡的大地，夜晚，四周圆形的高山披上墨蓝的点缀着亮闪闪的星星的厚被子，大地进入梦乡。春耕夏种，罗依堪比世外桃源。

可是进入互联网时代，光有饱腹的粮食，而远离城市的繁华，没有经济的拉动，没有与时代的接轨，注定是贫穷落后的。年轻人不会再像老一辈人一样日出而作，日落而息在土地刨食，他们的眼光看向外面的世界。随着九寨沟旅游的日益兴旺，需要更多第三产业的服务人员。罗依的年轻人走出罗依，他们来到九寨沟景区或者县城，从事加工业或者服务业。拥有一技之长的他们，享受城市生活的便捷，他们租房子住，孩子上城里的小学或者幼儿园，日子过得精彩充实。跳广场舞、逛商场，他们的精神享受、吃穿用度和城里人一样。家乡的贫穷和落后，让他们越发躲避家乡，家乡因此越发贫穷。

李长江感到痛惜，素以粮仓自称的罗依，所产的粮食不及投入劳动力的价值。大片土地撂荒，人们都去城里打工挣钱去了。就连村头那棵千年的红豆杉都知道，眼前熟悉的田园牧歌般的日子一去不复返了。李长江更是清楚地明白，身处发展大潮中的罗依，已经不是记忆中的罗依了。

家乡罗依走到了十字路口，它左右环顾，不知道脚步该迈向何方，它犹豫不决，它需要助力，需要它的孩子的帮助，比任何时候都需要。母子连心，母亲的为难，李长江自然能感受到。母亲在呼唤，李长江不能无动于衷。

三

这些年，李长江也经历了很多。

他抡起斧头当过伐木工，挥汗如雨地挣过辛苦钱；他开大汽车拉过木材，没日没夜地跑过运输；他当过 8 年的民选乡长，没拿过一分钱的工资，完全是为人民服务；他搞建筑，辛勤劳动，逐渐有了资金的原始积累。

小山村能出个这样的能人，那是非常不容易的了。在别人的眼里，李长江是功成名就了。可是就到这个时候，李长江才更清楚地认识到，知识才能改变命运，眼界才能决定头脑。要想实现自己从小的理想，到了该转变思维的时候，该学习该充电了。于是他函授学习经济管理知识，在西南财大 EMBA 高级研修班学习过，在清华大学总裁班学习过，更多的时候是向发达地区的优秀同学学习。积累了多年的学习实践，有了政策的理论支撑，李长江茅塞顿开。市场经济给了他飞翔的翅膀，政策理论为他的腾飞助力。思想飞得越高，他看得越远越清楚。他看见了家乡罗依踩着不变的步伐导致了贫穷，也看到了罗依像一个孤苦老人般孤独无助，更看到家乡大片土地的荒芜和好政策不能落地……

李长江学习经济学知识，第一次接触到"土地流转"这四个字。他眼前一亮，茅塞顿开，一个想法在他的头脑中萌动，为此他的心脏剧烈地跳动起来，因为他知道，自己的余生已经被"土地流转"这四个字"征用"了。

有好政策，有理论支撑，有一定的经济积累作保障，有上万亩的土地，这一切构成了李长江回乡创业的前提。是时候回去了，是时候实现梦想了。家乡母亲养育他长大，现在母亲需要他，是到了他该反哺家乡母亲的时候了。

四

这些年来，国家鼓励乡村振兴的好政策一波接一波。国家制定了《国家农业科技园区发展规划（2018—2025 年）》，四川省委提出《农业产业园区发展纲要》："一个园区，一个产业；一个产业，一个产品；一个产品，带动一方经济。"

李长江等来了东风。

李长江大刀阔斧做的第一件事就是由九寨沟县罗依农业科技有限公司流转 8000 亩土地，每亩土地由他每年支付 500 元的流转费用。其中 5000 亩种植酿酒葡萄，其余的发展生态农业。8000

亩的流转土地，需要大量农业产业工人。李长江的酿酒葡萄现代农业园区年用工平均达到 30000 余人次，每人每天劳动费用 100 元，李长江一年支付劳务费用 300 余万元。这样一个家庭一年有几万元的收入。

在家门口能挣到钱，还能照顾家庭，这是其他地方的人无比羡慕的事。就算九寨沟遭受"8·8"地震、两次特大泥石流，新冠疫情的影响，李长江一人扛下所有的压力，发展不停，用工不减，薪水不变。他每年用川玖集团旗下其他公司的经营所得，支付罗依土地流转金、员工工资、工人务工费 1600 余万元。而且，这么多年企业没有卖过产品，没有收入。员工们不忍心看着他如此艰难：李总仁义，我们不能当木头，只有好好工作，减少企业成本，上下一心，共渡难关。

李长江做的第二件事是由九寨沟县九寨庄园葡萄酒业有限公司收购葡萄，酿制葡萄酒。如今，紫水溪旁容量 5000 吨的酒窖里，一个个巨大的罐子装满了葡萄酒。

李长江和村民的希望就在这紫色的葡萄酒里。

到年底了，按惯例是该给流转了土地的老百姓们结算的时候了。当李长江和工作人员将红灿灿的人民币堆成一座小山，逐家逐户发放土地流转金和务工费时，罗依沸腾了，罗依的老百姓沸腾了。他们深信如此下去，家家户户都会过上好日子。罗依大寨村的村民姬国清家流转了 47 亩土地，一年收入 23500 元。身穿节日盛装来领土地流转款的姬国清老人没想到，自己家荒山野坡的地，也会有 2 万多的收入。那地如果自己种，一年能有几百元的收入就不错了。

罗依的老百姓第一次因为自己是罗依人而产生了自豪感。看着乡亲们喜形于色，口袋鼓胀，李长江欣慰地长长舒了一口气，这不是多年来自己希望看到的吗？这不是自己为之努力奋斗的吗？

　　这看似简单的事，其实内涵两次革命历程：由第一产业农业向第二产业工业的转变，即由从事第一产业的农民转变为从事第二产业的工人；其次是生产、销售进入互联网大数据时代。这两次飞跃，对于自给自足的边远山区的农民来说，一步跨了千年。

　　土地流转，规模化、现代化经营，以第一产业向第二产业迈进，这是李长江对家乡反哺的开始，也是他实现改变家乡的初心的开始。

　　李长江对家乡充满激情，满怀信心。农业园区的发展前景是很好的，但是现阶段很困难，至少自己要一步一个脚印坚持地走下去。

　　李长江说："我付出了许多，失去了许多，但是我也收获了许多。我收获了民心，收获了党和政府的关怀。"

五

　　晚秋时节，葡萄地里一排排黑紫色的葡萄发出醇厚的香甜味。赤霞珠、美乐（梅鹿辙）、长相思、水晶等品种的葡萄以累累硕果回报李长江的厚爱，回报农业工人们付出的辛劳。

　　葡萄酒业带动了旅游的发展，罗依旅游度假区顺势成立。既然有游客，那么对周边风物的美观就有要求。他们按规划把农业园区划成块状，春天有金黄的油菜花，夏季有粉色的荞麦花、紫色的蓝莓，秋天有橙黄的金菊、紫色的葡萄，冬天的园区自然就是白雪的世界。一年四季大地上覆盖着不同的颜色，因而呈现出不同的风姿，飘散着不同的农作物的味道，既满足了游客对美的要求，又符合农业园区自身发展的需要。

　　葡萄和葡萄架是最有特色的景点。李长江要求葡萄架既要美观好看，又要有利于葡萄病虫害的防治，确保葡萄丰收。葡萄树苗种到地里第二年就可以结果，但是葡萄的质量不是最好。为了让葡萄酒的味道达到最佳，原材料葡萄的质量至关重要。李长江让地里的葡萄生长到第四年才结果，这个时候的葡萄就是绝好的味道了。前三年没有任何产出，这期间还要发生各种费用，如田间管理费、工人的劳务费、土地的流转费用等等。据统计1亩地发生的各项费用一年可达到2800元。算算，5000亩葡萄基地，又需要多少资金支撑？李长江硬挺了这么多年，只是为了提高葡萄酒的质量，为了做一个传世的葡萄酒品牌。

春夏季是决定葡萄收成的关键时候。也许花期的一场雨，葡萄花授粉就会被影响；如果是长时间的阴雨天伴随高温，葡萄就容易生病害；也许一场病虫害，就会影响葡萄一季的收成，甚至绝收；葡萄成熟的后期也许有马蜂等虫子的叮咬，葡萄腐烂，就成了次品，直接影响葡萄的收成。农业园区的副总侯德荣说："白天看到葡萄还好好的，一夜之间就发生变化，可能3—5天的时间就决定了一年收成。葡萄开花和摘果的那一段时间，觉都不敢睡。害怕一觉醒来，葡萄园的天下大变。没办法，这个产业有时候还得是靠天吃饭。"

我采访时，酿酒师张洪和侯德荣正在商量葡萄树和葡萄地的事情。他们再三叮嘱工人，要从下往上打预防药，重要的是打在叶子的背面。葡萄叶子背面有一层绒毛，害虫最爱藏在叶子背面了。葡萄有没有好收成，这一步至关重要。他们说积累了这么多年的管理经验，现在都要用上，防患于未然，努力让葡萄增收。

张洪告诉我，种植葡萄这个产业挑战人的心理承受能力，心脏不好的人受不了葡萄的瞬息万变。

六

李长江对葡萄酒的质量有着严格的要求，他要做纯天然的葡萄酒。他的理想是在他有生之年，努力创建出一个葡萄品牌，一个生产标准，一个葡萄酒窖。因此，他没有急于出售葡萄酒，每年酿造的葡萄酒，他用于品鉴，多方听取不同的意见，不停地改进酿酒技术，他积攒经验，为的是下一年葡萄酒品质的提升。他没想产品出来就上市销售，他要做一个自己满意的，能传承百年千年的"九寨庄园"和"LCJ"系列葡萄酒品牌。他要将"九寨庄园"和"LCJ"系列葡萄酒做成知名的品牌并且传下去，让儿女们、孙子们接着干。

要建成一个能储藏5000吨葡萄酒的葡萄酒窖，需要符合很多条件。首先酒窖必须长期保持恒定温度16℃—18℃的状态，其次湿度在65%左右，第三还要有流通的新鲜空气。李长江认为要建成葡萄酒窖，为九寨庄园葡萄酒安个家，这三个条件必须满足。经过专家实地考察论证，罗洲湖旁的成科庙山脚下就是理想的地点。九寨庄园的沉浸式酒窖，完全和成科庙山体融为一体。这些紫色的液体，或许正在现代化的不锈钢酿酒容器里经历着华美的蜕变，或许在橡木桶里沉静得像待嫁女子。酒窖旁的紫水溪，闻着酒窖里的紫色液体散发出的酒香味，也许惭愧自己的名字徒有空名，真正的紫水在酒窖里呢。

酿酒师张洪说："李总做的不是葡萄酒，做的是梦想，是情怀。"

李长江说："九寨庄园的酒，最重要的是品质，我们一直按自己喝的葡萄酒的标准做。我等全国产业结构调整，对假冒伪劣产品和不合格产品重新洗牌。习大大在宁夏讲话后，最快动作起来的都是高质量的精品酒。对此，我信心满满。九寨庄园葡萄酒的产品定位、品质能不能得到消费者认可，这至关重要。这么多年，我没卖过酒，我这样做葡萄酒，很多人不相信能挣钱。十年、二十年后他们可以看到结果。三年后，酒窖里罐子里的葡萄酒装得满满的。那时，认同九寨庄园葡萄酒的人会增多。"

他自信而低调。

也许，从小和李长江一起长大的侯德荣，和李长江接触最多的酿酒师张洪才是最了解、理解他的人之一。不管多难，他们在紫水溪旁种葡萄，用葡萄酿酒，他们一起做着紫色的葡萄酒梦。罗依这依山而建的 5000 亩葡萄基地搭建了李长江实现梦想的天梯。

只有实现紫色的葡萄酒梦，罗依老百姓的收入才有保障，贫穷才会彻底和他们再见。只有梦想成真，罗依的乡村振兴才有可持续性发展的抓手。

七

文化是实现乡村振兴的思想保障，是民族团结的基础。对此，李长江有深刻的理解。

他挖掘过罗依的历史文化，特别是从雷凤贵老人那里听说过许多罗依的故事：罗依藏名叫冉依沙昂，遗锣被称为锣遗，后演化为罗依。罗依有八景，有阿紫、紫水溪，有特色饮食……

这些都是发展特色旅游必不可少的具有罗依特色的文化元素。李长江安排雷凤贵老人给游客讲这些故事，他深知文化是旅游的灵魂。

李长江今后要实现的目标是：以农业园区为基础，以工业产品和名优特色农产品为特点，以旅游服务业为最终抓手，一二三产业结合起来，实现一条龙的发展模式。项目辐射当地老百姓和周边的老百姓，带动他们一起富裕。

八

葡萄酒业带动起来的，不光是种植业，还衍生了旅游业。来罗依度假区品酒、休闲、垂钓、观光的旅游者，好像来到了世外桃源。他们被罗依独特的风光吸引，流连于罗依宜人的气候、纯天然的食品。更让游客感兴趣的是罗依的风土人情、罗依的历史。

于是，旅游服务业兴起，从事服务的人数骤增。

　　乡村振兴，不光是产业振兴、文化振兴，还有人才振兴。李长江预判了这个需求。很早以前，他就有意培养罗依本土的管理人才，让他们跟班学习管理。他知道乡村振兴中人才振兴是关键。

　　李长江对管理人员说："掌握一门管理才能，走到哪里都能找到工作。况且，我们正需要这类人才。"对葡萄种植的产业工人说："就是种植管理好地里的葡萄，这些都需要科学知识。你们一天挣100元钱并不是目的，你们掌握葡萄的种植管理技术才是我希望的。"

　　这么多年，跟随李长江走上管理岗位的罗依人，比如李长江的发小侯德荣，如今是农业园区副总经理。这几天他还要安排工人们在3000亩土地里种上黄豆、荞麦、油菜、玉米等。这几天天气不好，连续下雨，侯总急得不行，他说百十亩的地里需要下种，再下雨，可就迟了。天气不如意，侯总让太阳晒得黝黑的脸色变得更黑，和我交谈时，他不停地起身走到外面观看天色变化，在手机上查看近几天的天气情况。坐定后他自言自语："但愿明天天晴，一个劳动力可是100元呢。我们可得想着给李总节约，他的压力太大了。"

　　看着眼前的侯总，我感觉到了发小之间的深厚感情和责任心。

　　度假区总经理陈开斌，对罗依大寨子雷凤贵的小女儿雷幺花赞不绝口。雷幺花原本在外县宾馆打工，父母年纪大了，家门口就可以打工，何必走那么远呢。于是，她回来做了一名宾馆的服务员。幺花做客房工作熟练、认真、有责任心，被领导赏识，被提拔为客房部经理。经过一段时间的锻炼，他们说幺花具备当副总经理的才能，还准备提拔幺花为副总。

　　陈总说，幺花有干好副总工作的能力。

　　县城九寨庄园可品酒、喝茶、打牌、住宿，是李长江集团公司的一个综合项目。因为是综合性的，千头万绪的管理，难度有点大。项目的负责人王付花，也是一个罗依的女子。她一米七几的个头，干事风风火火，但不失细心。她用眼睛一扫，就知道客人需要什么，没等你开口，她就递了过来。

李长江提供了学习平台，罗依本地的管理人才正在迅速成长。

九

李长江对儿女要求非常严格，重视教育，更多的是言传身教。他深信"知识能够改变命运"。他送儿女们接受了最好的教育。女儿李映霞，本科就读电子科技大学，美国密歇根大学研究生毕业。儿子李映辉，本科就读上海大学，目前川大 MBA 在读。受父亲的影响，女儿研究生毕业后也回到罗依，成了李长江的得力助手，帮助父亲管理集团事务。

李长江在儿女们的眼中是个怎样的父亲？我和映霞有过交流。

映霞说："我眼中的父亲是一个坚韧、好学、非常有责任感的人。他以身作则，给我和弟弟做了一个非常好的榜样，从小他就教育我和弟弟'士不可以不弘毅''达则兼济天下'。小时候会觉得父亲很严厉，对于学习、生活、作息，要求都非常严格，长大了就能理解他的良苦用心。他总是教育我们不要被外界的物质世界影响，不要怕经受挫折磨难，要坚持自己的理想，要让自己变得强大，要带动亲人朋友一起奋斗。身边的朋友也总说父亲对我们的影响很大，是的，他是父亲，是朋友，也是老师。我们理解他的远大抱负，目睹了他这么多年的艰辛和坚持，也相信他能实现他的理想。这也是促使我们愿意回到家乡，扎根土地的原动力。"

罗依何其有幸，李长江和儿女们两代人扎根这片沃土，为的是实现他们的初心。紫水溪旁的罗依人，在李长江的带领下，继续在葡萄树下做着紫色的致富梦、振兴梦。

李长江的脚踩在罗依肥沃的土地上，乡村振兴，罗依基础有了，按国家的政策尽快实现，达到目标，做好表率。

李长江对罗依的大山深情表白：我的目标是"带领家乡父老过上富裕、有尊严的幸福生活"。

作者简介：

李春蓉，四川省作家协会会员，九寨沟县作家协会主席，鲁院四川班学员，2018 年、2020 年中青年高研班学员。作品散见于《人民日报》《民族文学》《广州文艺》《四川文学》《星火》《四川作家报》《晚霞》《草地》《格调》等，出版非虚构作品《血脉》、报告文学《心安》、散文集《扶州记》。曾荣获四川省作协建国七十周年优秀作品奖、四川省文学扶贫先进个人、阿坝州创建全国民族团结进步示范州优秀个人、阿坝州"讲故事，话长征"征文一等奖、阿坝州生态环境征文散文类二等奖。

瓦岩河畔的成长

——记凉山彝族自治州越西县板桥镇瓦岩村第一书记沙马石古

罗　薇

　　瓦岩村地处凉山州越西县板桥镇，属大凉山的一个彝族村落。自阳糯雪山流泻而下的溪水汇成清澈的瓦岩河，缓缓穿过村庄，滋养着两岸生灵。古老的彝族文明在这里生养繁衍，它和中华大地千千万万个村庄一道，滚滚汇入乡村振兴的时代洪流，水波激荡，在明媚春光里熠熠生辉。如同沙马石古此刻的眸子，明澈炽亮。沙马石古成长的凉山州美姑县，与越西县毗邻。她从未想过，自己有一天会来到这个邻县的村庄，扶助它，伴随它一段时光的成长，而这也是她一生中最重要的成长。明媚的春光，孕育出与之相应的明媚特性——不挂阴霾，质朴透亮。

光荣的使命

　　时光回溯到 2021 年 6 月，一个艳阳高照的午后，我和沙马石古在离她单位（省作协）不远的一个小餐厅吃饭。室内的幽凉将我们与燥热的外界隔开。分享彼此的创作构想，是我们常爱聊到、也是让我们最开心的话题。

　　沙马的手机蓦然响起，振动响铃粗声粗气地中断了我们的谈话，"开心"被迫中止。她从餐桌上下意识地拿起手机，一边听着脸色也越发严肃，干脆站起身来走到餐厅外，与电话那头"深度秘谈"。感觉她去了很久，我一个人甚是无聊，落寞又好奇地思忖着：看沙马那严肃的神色，出去电话了那么久，该不是遇到

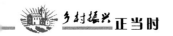

什么大事了吧？

待她回来坐定，对久等的我表示抱歉之后，接着立马回应了我一脸的好奇，说道："单位准备推荐我去凉山州任驻村第一书记，具体哪里尚不清楚。刚才电话在征求我意见呢。下午作协党组就要讨论决定，下班前必须报省委组织部！"

我吃惊不小，这可是一项十分艰巨的任务啊！没想到我们曾经感喟佩服的、那些奋战在脱贫攻坚一线的第一书记，而今这使命就要落在我最亲近的朋友身上！

我打趣地说："真是使命光荣啊！沙马，没想到你就要成为我最敬佩的人啦——"沙马不好意思地笑笑，领受了我这夸张却无假意的恭维。

她接着说："前段时间，单位通知自愿报名驻村帮扶，我因手头工作紧，一犹豫，就忘了。这次省作协也是经过慎重考虑，因为按照组织部要求，要选派政治强、业务精、作风好、素质高，而且有基层工作经验，最好是懂彝语、熟悉彝区生活的干部。前面的我不好说，后面'有基层工作经验、懂彝语、熟悉彝区生活'这条件我符合，只有责无旁贷了。"

长相显小、乖巧可爱的沙马，是80后土生土长的凉山州美姑县人，当年中考还是全县第一呢！之后大学毕业又回到美姑县工作了13年。在我眼里，她品德能力自是没得说，工作兢兢业业。单位推荐她，确实选得非常精准。

下午作协党组讨论如无意外，她将回到大凉山，那片她情有所钟、心有所系的故土，投入到巩固脱贫成果、全面推进乡村振兴的大潮中，奉献青春与热血、才智与力量。相信她此次前行，定会不辱使命，圆满完成驻村帮扶任务。

不辱使命

2021年7月初，沙马被派往凉山州越西县板桥镇瓦岩村。

越西县在脱贫攻坚时期属国家层面的深度贫困县。脱贫攻坚胜利后，2021 年 8 月又被列为全国 160 个国家乡村振兴重点帮扶县之一。这表明当地具有政策倾斜扶持的优势，但同时也说明当地在巩固拓展脱贫攻坚成果上的任务还很重，在确保成效可持续方面更加考验基层干部，尤其是驻村第一书记的智慧和毅力。

而她在瓦岩村的任务不轻，该村常住人口 158 户 787 人，脱贫户 67 户 335 人，脱贫人口近半。

时间转瞬来到 2021 年 12 月，沙马走马上任瓦岩村第一书记已是第 6 个月了。不知她在那里的工作生活怎么样了？

一日中午，我在朋友圈里看到她发的一条信息："20 天内两次进这个地方，对越西县连续阴冷的天气确实喜欢不起来。"配图是一栋大楼的照片。

我准备出去午饭，便匆匆点了赞，出了办公室。一边想着：估计她又是去县委县政府大楼跑资金项目去了吧，为了瓦岩村的发展，疲于奔走，这第一书记可当得真不容易啊！

饭后我回办公室，午休前习惯性瞄会儿手机。浏览朋友圈时，又翻到沙马那句话，隐隐感到哪里不对。应是话里的悲观吧，这不太像平日乐观的沙马呢。

点开那张大楼图片，放大细看，楼顶竟然挂的是"越西县第一人民医院"的红色牌子。原来如此，这才像沙马——不来个几次重感冒这年就过不了！一般人感冒无论大小，吃个药两星期就好，有的甚至不用吃药。而她是逢感冒多半须进医院，唯有打针输液才能好了。

我赶紧在微信里对她精神安慰一番。但我内心始终觉得愧疚，无论自己说再多安慰的、暖心的、鼓励的话，都是虚有其表，那些都无法实实在在地帮到她。该承受的身体的苦、承担的工作的累，都只能是她自己一个人扛着。因身体欠佳，她的那份辛苦更是多于常人。

而在她到瓦岩村的短短 5 个月里，做出的成绩竟超出我的预想。曾经在省作协创联部以写材料为主业的她，没想到基层实战，仗也打得这么漂亮。

她驻村的头一个月，便紧锣密鼓地投入到防止返贫动态监测、低保核查、疫苗接种"清零"行动中。在白天挨家挨户地走访中，她注重留意村民的急难愁盼问题，记录在本、记挂在心；晚上，查阅资料、分析难点、思考对策，同时兼顾撰写总结、简报以及填表等工作，通常一干就到凌晨，有时竟是通宵。

这一个月之后，沙马便带领村干部们因地制宜，拟定了瓦岩村 5 年帮扶规划和 2021 年定点帮扶计划，提出了"建一片产业、创一个品牌、辟一个景区、富一村百姓"的"四个一"目标，勾勒出了瓦岩村蓬勃兴旺的发展蓝图。

这头一个月，我还常给她打电话，后来渐渐少了。不是我对朋友不够关心，而是因为她的工作实在太忙，感觉每次电话都打在她的忙点上。她不是在村委会忙开会，就是在村里忙具体事务。我能从电话这头，听见电话那头的她，周围有一大堆的人，正忙着一堆棘手的事。

我实在不忍心再打扰、挤占她本就不太宽裕的时间。

在瓦岩村的发展目标规划确定后，接下的任务就是确保落实。她明确了驻村工作队和村两委责任分工，规范了管理制度；为提高工作效率，完善了村级班子议事规则和决策程序；为充分调动党员干部积极性，凝心聚力，积极组织队伍开好"三会一课"。

同时沙马带着村干部们一道，利用财政、金融、土地等帮扶政策，以及东西部协作、定点帮扶、社会力量等帮扶资源，加快补齐瓦岩村发展短板。

沙马主动协调省作协结对帮扶瓦岩村脱贫户 21 户，并促成宁波市江北区孔浦街道办事处村企结对帮扶。协调江北·越西东西部协作社会帮扶资金5万元，建成瓦岩村党建展厅，成立新时代文明实践站，宣传党的主张，发动、组织、教育群众，激励瓦岩干群协力同心、砥砺前行。

她积极向省作协争取资金53万余元，带领党员们开展10余次"我为群众办实事"实践活动。为村里2个幼教点购置了空调、取暖器，提前帮小朋友解决了过冬问题；为越西县图书馆、文昌书院、中小学以及各乡镇农家书屋赠送了8300余册、价值5万元的《星星》诗刊；分别为瓦岩乡中心小学校、村图书室捐赠图书共计400余册；为脱贫户发放"新春送温暖"慰问物资0.73万元；为瓦岩村修建蓄水、沉淀、过滤池各1口，垃圾池5口，帮助村民解决了饮水安全和生活垃圾管理问题；协调7个省直定点帮扶单位，创新组团式帮扶模式，共同成立了越西县瓦岩电子商务有限公司，采购农特产品3万余元；开展送文化下乡、"学党史、听党话、感党恩、跟党走"主题宣讲等活动6期；组织村级干部群众和致富带头人到凉山、眉山、遂宁等地乡村振兴先进示范村考察；充分发挥省作协职能优势，协调单位出资35万余元，在越西县开展乡村振兴主题文学活动。

她通过部门联动，协调四川省审计厅干部职工为瓦岩村捐赠1万余元衣物及学习用具，省教育科学研究院附属实验小学与瓦岩中心校学生结对连线、捐赠0.5万余元衣物及学习用具，宜宾市南溪区审计局捐赠学习用具、衣物、大米、食用油和棉被等慰问品1.1万余元，江安县与越西县残疾人联合会分别向瓦岩村残疾人共计捐赠轮椅9辆、拐杖18副，越西县残疾人联合会为村中残疾人发放"冬季送温暖"慰问金1.1万元。

她带领村干部们积极向所在县、镇两级政府汇报，争取到近千万元资金，启动了瓦岩村肉牛农作物种养循环现代农业园区建设项目；做好花椒基地提档升级，花椒树下套种170亩万寿菊；结合瓦岩村彝区民族特色，开发乌塘乡村旅游，继而打造出一条集现代种养、乡村旅游、农产品加工等多业态融合发展的产业之路，致力将瓦岩村创建成为彝族特色村寨、商贸名村。

为推进瓦岩村乡风文明、美丽宜居建设进程，沙马多次向省作协汇报，积极争取在瓦岩村开展"深入生活·扎根人民——四川作家为瓦岩添锦绣""起居环境与健康财富"等系列活动，培育文明乡风、良好家风、淳朴民风，培养健康生活习惯，提升群众美化村容村貌意识。

沙马的成绩单还很长，我无法全部罗列于此。在翻看她的材料时，但觉这乡村工作千头万绪，涉及村里每家每户，而沙马总是事无巨细，皆不敢忽。

明媚中孕育着明媚

时间来到 2022 年 4 月。一天在沙马朋友圈"九宫格"中，看到几个小朋友的图片，一看便知这是瓦岩村的孩子们，大都三五岁的样子，个个小脸嘟嘟，红彤彤地吸足了大凉山丰富的紫外线。再看配文："今天最愉悦的一件事，就是在瓦岩村'岩薇新风超市'为捡垃圾的小朋友兑换糖果。有这些小卫士的监督和帮忙，村里的环境卫生明显改善了。"

但见其中一图，是一个穿橘红衣裳的小姑娘，双手捧着一堆烟头，眼睛朝下，害羞地躲着镜头。而另一图是，那个橘红衣裳的女孩一只手举着糖果，满眼的不敢相信，瞪圆了黑亮无邪的大眼睛，天真地望向镜头，似乎在问："阿姨，你真的把糖给我了？我换给你的是叔叔们不要的烟头呢！"

我分明从图片背后，看到了笑语盈盈的"沙马阿姨"，一边开心地夸赞着孩子们，一边躬身将糖果送到"环境小卫士"的手中。

一张张红苹果似的小脸蛋，可爱又纯真，我希望自己能立马飞到小超市，和沙马一起，亲手给小朋友们兑换糖果，然后再告诉沙马：你把我捐赠的"小资金"发挥得这么有意义，实在开心呐！

去年我和沙马合著的脱贫攻坚纪实文学集《先行者》，在朋友们的支持下，售得一笔小小的书款。我于是委托四川省扶贫开发协会捐赠给沙马挂职的瓦岩村，当时意向是捐给村幼儿园用作教育经费，为此我打电话征求沙马的意见。

沙马听后激动地说："哎呀罗薇姐，能不能改一改捐赠意向啊？我正想建个新风超市，刚好用到你这笔钱做启动资金呢！"

我心下疑惑：难道瓦岩村的幼儿园条件不需要改善了吗？

没等我问，她就接着解释道："村里幼儿园我已多处协调，争取了5万元的物资用作改善。创建'新风超市'，村民可以用获得的积分兑换超市里的生活用品，用以激励、增强大家的荣誉意识，引导他们以'德'换'得'。"

我听后连连称好，这真是个好主意！小资金也能撬动大善行——培育文明新风，引导村民在环境卫生、移风易俗、优良家风等诸多方面提升进步。

我开心地说："沙马，你这脑袋里的好点子可真不少啊！之前做了那么多好事——创建组团式帮扶公司，引进种养循环项目，还想法为村民们争取到了那么多帮扶资金和物资，解决了那么多实际困难。现在居然还有没使完的点子！"

沙马赶紧说："虽然做了很多，但多亏我们单位和那些帮扶部门支持，加之越西县委、县政府各个部门都很给力，每次去找他们申请资金项目什么的，他们都热情接待、鼎力支持。"我听后大为感动，如今政府部门工作作风也越来越好，如果继续保持这样良好高效的工作作风，就能替老百姓办更多实事、解更多难题。

沙马继续说道："我目前确实还有很多想法，有很多想做的事，两年的驻村时间可能还不够呢……"

谁不愿与沙马石古这样积极向善的人做朋友呢？和一个与物为春、乐善好义、心生明媚的人为友，真是有生之幸呐！

天地有好生之德，故而派生春天，地气上扬，育养万物。中华大地在打赢脱贫攻坚战、推进乡村振兴的道路上，培养了大批优秀的党员干部，他们破茧成蝶，实现了人生中最重要的蜕变与成长；他们以时不我待、只争朝夕的精神状态，投入到新农村的建设中，不断开创，建构立新，擘画出春光明媚的乡村美丽新图景。

作者简介：

罗薇，四川省作家协会会员，鲁迅文学院四川班学员。曾在《人民日报》《中国扶贫》《四川日报》《四川经济日报》《晚霞》《华西都市报》《成都日报》《四川扶贫》等报刊，以及国内各大网站上，发表过记叙文、散文、诗歌、新闻通讯、论文等数百篇，并著有散文集《风随四季》、脱贫攻坚报告文学集《先行者》。

甘孜华丽转身

刘裕国

千古呼唤

这是一片古老的土地。自春秋战国时期，原始先民就在这里居息和繁衍。这里的先民与北方羌人相互融合，与汉人茶马互市，在这片土地上开创了自己独特的文化，诞生了《康定情歌》这首康藏高原上最古老、最响亮的情歌："跑马溜溜的山上，一朵溜溜的云哟……"美好的旋律，唱出了对美好生活的向往，唱出几多朝阳，唱落几多夕照……

这是一片神秘的土地。海螺沟莽林泛涛，贡嘎山冰川交汇，木格错湖水天一色，塔公草原草青地阔，丹巴古朴的藏寨、碉楼、亚丁瑰奇的仙乃日峰、央迈勇峰、牛奶海、杜鹃坪……数不尽上苍馈赠和厚重的历史文化背景，无不闪耀着绚丽夺目的光彩。

这是一片豪迈的土地。中国工农红军长征途经这里，穿林海、爬雪山、过草地、飞夺铁索桥……18个县（市）的山山水水，都留下了英雄们不朽的传奇。当年，红军飞夺泸定桥，和二、四方面军在甘孜胜利会师，给甘孜人民带来希望和力量。抬担架，送军粮，救护红军伤病员，书写颂扬红军的诗歌，甘孜人民表现出衷心的拥戴和如火的热忱。

文明富裕，甘孜人世世代代的追求和梦想。新中国诞生后，康巴大地，千年农奴有了自己的土地和牛羊。70 多年来，党的一项项温暖的政策，像一道道彩虹升起在高原。党的干部像一粒粒光亮的种子，撒向康巴，落地生根。甘孜多雄峻，山地面积占80%，山峰 5000 米以上的有 200 余座，6000 米以上有 20 余座，这一切，决定了建设甘孜的无比艰险与悲壮！有数据显示，几十年来，有 300 多名干部倒在甘孜奋进的路上。但，我们的干部从来没有畏怯，我们的党从来没有放弃！

2013 年，一场史无前例、波澜壮阔的精准扶贫伟业拉开帷幕，甘孜州作为四省涉藏州县的重要组成部分，是习近平总书记很关心的民族地区。红军的脉搏，跳动在康巴大地，磅礴的伟力，激励着甘孜儿女踏上脱贫攻坚新的长征路。

历史的机遇将重塑甘孜。

康巴大地广袤神奇，旅游资源丰富，拳拳服膺，不再守着丰富的旅游资源受穷，用美丽战胜贫困，全域旅游推动乡村振兴的口号在全州上下叫得山响！

初夏，走进甘孜，我被这片土地的自然之美和智慧之美深深打动。草原辽阔，草地茵茵，种类繁多的花朵竞相绽放，争芳斗艳。彩色卵石铺就入户路，新建藏寨错落有致，藏家乐、乡村酒店彩旗飘飘，宾客满堂。围绕春赏花、夏避暑、秋观叶、冬玩雪的四季主题，推出环贡嘎山生态文化之旅，香格里拉之魂生态游，川藏线"中国最美景观大道"等精品线路，引导全域旅游"连点成线带面"推进……

全域旅游推动乡村振兴，甘孜人做得潇洒自如。甘孜，正在华丽转身。

用双脚丈量

2013 年初春，又一次走进甘孜。分管州旅游工作的时任甘孜州委常委、宣传部部长毕世祥告诉我：甘孜旅游扶贫是一篇大文章，有许多未被开垦的处女地。在毕世祥看来，只有用双脚丈量，才能探明它们的价值，才能揭开它们神秘的面纱，让这些养在深闺的景点靓丽地展示在世人面前，进而揭开甘孜州旅游发展的新篇章，实现旅游扶贫的战略目标。

6月，高原上的阳光白得耀眼。高山峡谷间，几队人马正在穿行，土道上迤逦着一行行深深的马蹄印。这是时任州旅游局局长毕世祥组织的旅游开发考察队伍，他们分别来自甘孜南部的稻城、乡城、得荣、巴塘、理塘五县。

几路考察队伍跋山涉水，走得疲惫不堪。高原气候"变脸"快，时而还被阵雨浇湿了衣服，冷得打战。当他们到达格聂神山脚下汇合处，迎接他们的是皑皑雪峰、清幽溪流、悠悠彩云、如茵的草地、竞艳的野花……考察队员们惊叹不已，一阵欢呼雀跃。

这是"走"出来的激动。很快，毕世祥勾勒出甘孜州南部香格里拉生态旅游一体开发的蓝图。

这是"走"出来的机遇。很快，毕世祥的这一设想被国家旅游局纳入"中国大香格里拉生态文化旅游区"规划。这对甘孜南部旅游产业的发展乃至亚丁机场项目的落地，都起到了至关重要的作用。

开发甘孜州旅游是大事，却也是难事。毕世祥善抓大事，敢碰难事，靠的就是一双腿。他说："干部有担当，就要有铁脚板底下出思路的坚持。"

甘孜州尚未开发的景点大多藏在深山峡谷之中，毕世祥硬是凭着一股敢担当的劲头，走进甘孜州一处处美景。冬迎雪花，夏顶骄阳，毕世祥带队骑马，常年穿行在雪山草地间。有同事问他："每年骑马走那么多险峻的山路有必要吗？"他说："发展旅游对老百姓是大事，多下去走走，多摸实情，旅游才能规划好，发展快。"由此，他得了个"马背上的局长"的雅号。

一次，他带队考察乡城县巴姆七湖景区，连续 6 个多小时的奔波，本已人困马乏，毕世祥却还要坚持登上 5000 米高的顶峰观测。同行的干部说："毕局长，你歇着，我们上，你等着看照片就行了。"毕世祥说："不入虎穴，焉得虎子？"说完，抬腿就往山上爬。

上顶峰要攀岩爬壁，毕世祥又有高海拔头疼后遗症，但他依然顽强地攀登着。当登上山巅最佳观测点，望着呈阶梯状分布的 7 个蓝幽幽的高山湖泊，他不禁脱口赞叹道："七湖连阶，直通天界。"他建议将巴姆七湖更名为"香巴拉七湖"。这个名字沿用至今，被世人熟悉。

"全域旅游"构想

又一次，毕世祥策马赶路，风急火燎地赶到乡城县一个景点。这里正在召开村组以上干部参加的旅游发展现场会，他是调整了手头的工作计划专程赶来的。他明白，当地不少农牧民"身在宝山不识宝"，对发展旅游这门新型产业认知不够。他觉得，要让基层干部群众行动，先得让他们"心动"。

到了现场，他擦了一把汗，往起一站，说开了。他从旅游发展的远景到群众的切身利益，娓娓道来，一讲就是一个多小时。会场鸦雀无声，大家听得全神贯注，不少群众自发赶来听他讲。雪竹区一位活佛会后激动地说："毕局长不仅腿能走，还嘴能说，甘孜州旅游有这样的带头人，一定会开创出一片新天地！"

一次次走景区、摸实情，甘孜旅游发展思路在毕世祥脑中越发明晰。

不久后，全州旅游规划体系形成。毕世祥提出：打造东部环贡嘎山旅游圈、南部香格里拉生态旅游区、北部格萨尔王文化旅游区。甘孜先后启动了海螺沟、稻城亚丁、木格措、美人谷、泸定桥、德格印经院等一大批生态文化景区建设。

2013 年，甘孜旅游再一次沐浴春风，迎来一个振奋人心的喜讯：到 2018 年，把四川涉茂州县打造成世界级的自然遗产高原生态观光、藏羌文化体验旅游目的地，把旅游业培育为涉茂州县主导产业和主体产业，这是四川省委的号令；把旅游业占服务业比重的增量、农牧民收入中乡村旅游收入比重的增量等指标，纳入政府目标管理，这是四川省委的鞭策。

只争朝夕，策马扬鞭，甘孜州委一班人深感使命如山。12 月 16 日，已担任州委常委、宣传部部长、分管旅游的毕世祥再一次乘车上路。他一直惦记着新龙，这个偏远的国家级贫困县，旅游脱贫的方案亟待形成。清晨，一场大雪刚停，冰雪厚积的路面，车轮碾过，碎冰"吱吱"呻吟，车轮不时打滑，越野车爬上 4412 米的高尔寺山时，突然直溜溜滑向悬崖，随即"轰隆"一声巨响，惨烈的车祸发生了！53 岁的毕世祥不幸遇难，把他宝贵生命献给了旅游脱贫路……

几年来，毕世祥所走的上百个景点，覆盖甘孜州东部贡嘎山、南部香格里拉、北部格萨尔故里，他亲手写了几十个旅游发展规划方案和几十万字的论文，人们都尊称他是甘孜州的"旅游规划师"。事业未竟身先去，他带走的是遗憾和奔忙，留下的是用脚步丈量美、用眼睛发现美的求索精神。

毕世祥走了，从州政府到个 18 个县（市），无数个毕世祥在行动，他们一次次蹚江河，越峡谷，穿密林，一次次摸实情，定方案，绘蓝图，当他们走遍甘孜州的山山水水，一个全国领先的"全域旅游"构想喷薄而出。

思路一变，天宽地阔，康巴大地处处是风景，从一滴水到一条河，从一棵草到一株树，从一块石头到一座山，从一座建筑到一个人，都是全域旅游的资源。甘孜还营造全民重旅游的氛围，喊响人人都是旅游的服务者、经营者、管理者、参与者的口号，通过旅游产业开发，确保脱贫奔小康的路上不落下一户一人。

2016 年 2 月 6 日，国家旅游局发布首批"全域旅游示范区"创建名单，把甘孜州全部纳入创建范围，甘孜人欣喜若狂，奔走相告。时任州委书记刘成鸣万分感慨："这是我们推进全域旅游进程中具有里程碑意义的大事，是我们多年来为之奋斗、梦寐以求的喜事，是甘孜发展底部突围、转型升级的希望所在！"

全力以赴，全神贯注，大手笔运作——

甘孜州委常委会专题研究部署甘孜州创建国家全域旅游示范区的相关工作。甘孜州政府在 2016 年创建实施方案的基础上进一步完善制定《甘孜州创建国家全域旅游示范区实施方案》；制定立足"文化铸魂、旅游兴州"的总体定位和建设国际生态文化旅游目的地的发展目标。

2018 年 8 月，四川省委领导率领工作组再次走进甘孜。他们历时 3 天，兵力分 5 路，头顶烈日，步履铿锵，蹲点督导脱贫攻坚工作。他们先后走进康定市 20 个偏远山村、5 个旅游、农牧科技公司。他们看到的是甘孜"全域旅游"浓墨重彩地描绘出的一幅幅新画卷：木雅村民居旅游红红火火；提吾村优质黑青稞被加工成热销的旅游商品；羊厂村生态观光农业成为村民增收新亮点……省委领导越看越欣喜，认为甘孜州旅游脱贫找准了方向走对了路，鼓励干部群众合力决战，殚精竭虑，念兹在兹，昼夜兼程，不胜不休！

忘我的鏖战

甘孜的旅游脱贫，并非一支浪漫的圆舞曲，而是一场忘我的鏖战。蜿蜒起伏的沙鲁里山、巴颜喀拉山、岷山、大雪山，相互交融的冰川、森林、草甸、河流、湖泊，复杂的自然条件与深度贫困相互交织，相互制约，改善基础设施，提升自我形象，是啃硬骨头，是打攻坚战，是担当与奉献。

2018 年 5 月，甘孜州农机推广服务中心助理工程师马伍萨带着一身农技专业技术和满腔激情，入驻夏拉卡村任"第一书记"。

甘孜县贡隆乡夏拉卡村地势开阔，是雅砻江造就的一个冲积平原。这里没有雪山草地的先天旅游优势，但在甘孜州全域旅游的推动下，一条从雪山到草原的旅游环线穿村而过，为夏拉卡村群众的运输和出行带来极大的方便和发展机遇。尽管如此，马伍萨来到夏拉卡村时，仅有 27 户人家、430 余亩耕地的夏拉卡村，仍有 6 户贫困户。

通过走访，马伍萨发现很多剩余劳动力待在家，他就鼓励他们外出打工。

土登降措家里 6 口人，农闲就耍。他会画画，马五萨介绍他去了甘孜州一个旅游景点为游客画纪念肖像，每月轻轻松松地挣着不高也不低的净收入 3000 元。马五萨通过景区工作的一些朋友，在全村仅 136 人中，先后劝导、介绍 35 人到周边旅游景区打工，实现了家家有外出务工、户户有"外来收入"。

夏拉卡村底子薄，没有旅游景点，增收路子窄，一直种青稞、土豆、豌豆传统品种，农产品单一，马伍萨引进甘蓝、香葱、白菜、西葫芦等蔬菜种子 300 余包，筹划为 7 户贫困户分别建一座"庭院小棚"种蔬菜。他说，他负责向各景区农家乐、各宾馆酒店餐饮部门联系供货。

可惜小棚尚未建起，他却不幸去世，把生命融入老乡们美好的愿望中。

在这场鏖战中献出生命的还有为乡村生态旅游奔波而倒下的菊美多吉。他的岗位在 4000 多米的高海拔地带，他的战场在雨雾缭绕的崇山峻岭。作为道孚县瓦日乡乡长，菊美多吉最大的期盼就是让乡亲们尽快走出贫困的泥潭。当他意识到靠山吃山靠水吃水，旅游扶贫是最现实的出路时，他就像一只不知疲倦的陀螺，全身心扑向大地。牧民建新居，新貌引游客，旅游促脱贫，这是四川省委的新思路，菊美多吉想一想就兴奋。一天，他听说龙灯乡牧区有一位老阿妈对建定居房不理解，她家建房搁浅，便急匆匆翻山越岭，专程来到老妈妈跟前，给她讲道理。老阿妈却说："牛马跟着水草走，牧民跟着牛马走，千百年来都是这个理。"说完，坐在门口老旧的栅栏处，闭目摇着转经筒。菊美多吉很耐心，说："政府要给大家修新房子，新房子有大玻璃窗，亮堂得很，还有太阳能热水器可以洗澡，条件好了，才好发展旅游……"老阿妈终于笑了。

围绕旅游调整农业产业结构，甘孜全州一盘棋，让村有主导产业，户有致富门路，作为一乡之长，菊美多吉有太多的事情要做。这天早晨，天空下着小雨，菊美多吉排好一天的日程表，骑着摩托上路了。快些，再快些，去了尧日村，又奔鲁村。高原春播种时节到了，他担心有村民擅自播种传统农作物，影响州县旅游兴村的统一布局。来到村上，走进田间，苦口婆心劝，以身做示范，从早上一直忙到夜幕四合。晚上 8 点，他才在老乡家里吃了两个韭菜包，喝了一碗霍麻汤，又让表弟开车送他去县城，开办农家乐，村民们都等着安装太阳能热水器。到县城和安装队接洽完毕，已是夜里 12 点。长期工作在高原，他年纪轻轻就落下了高血压病，这天，他又爬坡下坎，走村串户，一路颠簸，骨头早快散了架，夜里，坐在吉普车后排座就睡着了。这一睡，就成了永远，他脑溢血突发，33 岁的生命定格在凌晨两点钟。奋战脱贫攻坚路，菊美多吉交出了生命的最后时刻表。他的生命虽然短暂，人生的句号却画得圆满。

铁索桥见证

红色文化，甘孜州旅游资源的一大亮点。红军精神，甘孜人攻坚克难的利器。

泸定县委书记陈廷全自豪地说："飞夺泸定桥的精神，已经融入泸定大地、融入干群心灵。"泸定美丽而奇峻，海拔 1600 米以上的高半山区就有 63% 的行政村，那里居住着全县 90% 的贫困人口。高山大河，崎岖激流，那一道道天然险阻，80 多年前，阻挡红军长征路，80 多年来，阻挡泸定致富路。

2014 年，凭借甘孜州"构建旅游大动脉，交通三年大会战"的方略，定位红色文化旅游和生态旅游相融发展，头号文件应运而生。在迎新春的鞭炮声中，泸定城乡旅游公路网络建设攻坚战的进军号吹响，大渡河畔，彩旗猎猎，机声隆隆。县委书记、县长披甲上阵，挂图作战，他们不分昼夜地上高山，进村寨，指挥施工，督战质量和进度。

依托红色旅游脱贫，泸定不负春光。泸定冷碛镇团结村，素有"康巴第一村"的美誉，却是典型的"藏在深闺无人问"。该村位于川藏公路咽喉部二郎山隧道左侧的山谷里，国道 318 线与之擦身而过，村民们只能眼巴巴地看着一辆辆满载游客的旅游大巴飞奔而来，又飞驰而去……不能再叹息，不再留遗憾，泸定县委果断拨款给团结村修路，让团结村与国道线接轨，连通全州旅游大环线。消息传来，团结村沸腾了，修路的激情，像突遇火种的干柴，燃起腾腾烈焰。村党支部书记陈昌率领村班子打先锋，全村老弱妇孺齐上阵，砸石子、平路基、淘沙子……几个月后，一条蜿蜒光亮的柏油路诞生了，一头弯进团结村，一头咬住国道线。

路通，人欢，业兴。2018 年，团结村成立了全州首个伟昌蔬菜种植专业合作社和全州首家家庭农场——吉祥农场等新型经济社会组织，完成 1000 亩大樱桃、1000 亩蔬菜种植的产业结构调整，打造出集生态旅游、红色旅游和农家观光为一体的现代文明示范村。一辆辆旅游大巴、自驾车、一个个驴友群兴致勃勃进村来，尝鲜果，拍美景，住农家。去年，团结村村民人均收入由 2011 年的 2200 元猛增到 1 万多元，259 户村民提前实现整体脱贫。

陈廷全说，大渡河奏鸣，铁索桥见证，泸定人在新长征路上，拿出了当年红军飞夺泸定桥的精神来打造旅游基础设施，换来累累硕果，呈现喜人景象。"过去到处打零工，只能填饱肚子，去年在家里招待游客，净赚了 20 万元。"杵坭村 44 岁的村民雷元强兴奋不已，他在自家院子里修建小桥流水，办起农家乐，乡村旅游彻底改变了他的命运，让他神采飞扬。目前，杵泥村内有农家乐 20 多家，6000 多米的旅游快速通道沿线，平均 300 米就有一处农家乐。樱桃节、赏花节，旅游产业带动乡村振兴，点亮杵泥乡杵泥村。2018 年，全乡旅游产业年收入达到 1000 余万元。

凭着一股子拼劲，甘孜高效率推进全域旅游脱贫。去年 5 月，甘孜启动大渡河流域乡村振兴示范区建设。全州整合首批 1.45 亿元资金，投入到脱贫攻坚、特色产业融合、生态宜居乡村建设、优秀文化传承等 7 个方面，全力打造 282 个示范村。3 个国家雪山公园、16 个国家森林公园、15 个国家湿地公园正在完善，一批生态工程初露端倪；深度开发的酒、肉、果、蔬、茶、菌、药、水、粮、油成为"圣洁甘孜"10 大特色旅游产品，正在走出千村万寨；3000 多公里的新建高速公路和通乡油路，横贯东西南北，形成网络体系；康定、亚丁机场，去年 9 月通航的格萨尔机场，在千古高原架起国际空中走廊。交通大动脉成为甘孜旅游脱贫腾飞的翅膀。11 个自驾车营地、19 个文旅驿站、4 家星级酒店、154 家星级乡村酒店、近百户旅游民宿达标户……

甘孜全域旅游风生水起，乡村振兴场景蔚为壮观。

点燃众人心

激活沉睡的美，点燃众人的心，让美灿万家，让福满高原，这是甘孜州"全域旅游"的杰出效应。

四川甘孜稻城的香格里拉，怀抱著名的亚丁风景区。这里因为美丽而闻名遐迩，是很多年前的事，而用美丽战胜贫困，却是近几年的事。

从稻城到香格里拉镇，新修的旅游大环线蜿蜒盘旋，乌亮宽阔，小车一路下行，溜冰似的轻盈平稳，70多公里的山路，打个小盹就到了。场镇依山而建，彩色卵石铺就步行道，水景观与绿树相映成趣，鳞次栉比的藏式风情建筑展现新姿，桑吉林街，商贾云集，镇里黑眼睛、蓝眼睛的中外游客络绎不绝。就两三年工夫，这个"偏僻的角落"变为名副其实的"国际旅游小镇"。

场镇的呷拥社区，声名鹊起，热闹非凡，皆因一家名叫"四季莲花"的客栈。店主李雪是藏家女子，家住康定，她在情歌城和蓉城都开办了文化旅游投资公司，生意火红，可4年前，她一头扎进这个距离成都900多公里的偏远小镇。她说是香格里拉的美好前景让她动了心，给她壮了胆。镇党委书记黄晓冬说："镇上从没见过这么大手笔的女老板，她在场镇中心租了一条街，开咖啡店，开商店，租房合同一签就是15年。"在呷拥社区，李雪租下贫困户阿里呷家的房屋开客栈，900多平方米光装修费就砸进去380万元，她花重金打造出一个融藏汉风情于一体的国际化经典小客栈。今年夏天，客房很走俏，北京、上海、深圳的游客都住得不想走，不少老外慕名而来。李雪的好生意，也让阿里呷乐得合不拢嘴，他出租的这10多间房，过去都用来堆柴火，拴牦牛，屋角结满蜘蛛网，臭气刺鼻，现在却是助他脱贫的漂亮客栈，每年坐收红利。他说，这得感谢亚丁的美景。

景美人气旺，香格里拉从场镇到乡村，闲置房不再闲，一夜之间变成抢手货，脱手就是一把钱。丁杰东是亚丁村的脱贫户，在政府的帮扶下，几年前，他家那幢闲置破旧的三层石头白房子摇身一变，成了风情浓郁的藏家小洋楼，由村上帮助协调，出租给景区旅游公司，年终一结算，25万元的"红花花"摆在他面前，惊得他目瞪口呆。亚丁村的其他34户村民的闲置房，也都在当地旅游产业的辐射中齐刷刷变成了"摇钱树"。

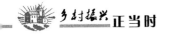乡村振兴正当时

没有死角

当双臂向美景张开时，香格里拉脱贫便没有空白地带，没有死角。

旅游路段沿线和景区核心村很热闹，理所当然被确定为旅游服务产业区。居民就地转向参与旅游服务，旅游餐饮和特色产品加工出售一下子火起来。4 年一眨眼，全镇民居酒店由零蹦到 142 家，实现每天 8000 人的接待能力。

低海拔山区村组乘势而上，定位为农业产业区。这些地方气候有优势，适宜土特农作物生长，于是，群众盯着旅游餐饮项目，规范化种植蔬菜水果，大大提升了品质和产量，效益十分可观。

高海拔山区村组不再偏远，不再孤独，它们被划分为特色肉食品、奶制品养殖区。这里气候相对较冷，适宜于高原藏香猪特色肉食品养殖，村民你追我赶地为当地旅游餐饮和旅游市场提供优质的特色肉制品和旅游产品、崖柏制品等等。效果让你想不到，位于海拔 3600 米高的拉木格村，16 个建卡贫困户年人均收入过万元。

香格里拉镇的发展模式，真具有甘孜州城乡旅游脱贫奔小康全部的特征和内涵：依托核心景区的区位优势，拉长旅游产业链，全域一盘棋，创造跨越式脱贫速度。

今日的甘孜，从农区到牧场，从草原雪山，各种内外因素"叠加共振"，"我要脱贫"的口号响彻甘孜大地。

海拔 4000 余米的理塘县，是川滇大香格里拉旅游环线上的中心城市和一级支撑点，"全域旅游"给理塘人带来了全新的机遇，旅游业被嵌入产业扶贫格局中，雪山变成"金山"，草原变成"银滩"。

瞄准旅游需求调整产业结构，理塘县村村寨寨干得欢。这两

年，村戈乡乡长单真成了大忙人。他蹲点托仁村，刚去时，一望无边的草场植被资源天天燎着他的心。他带上村干部，马不停蹄地奔走。白天外出取经，晚上挑灯夜战，很快制定出从"靠天养畜"到"科学养畜"的转型升级方案，开办起集体牦牛牧场，招收 7 户贫困户到牧场打工，牧场生产的酥油、奶渣、牛毛等产品由县国资公司统一销售。单真乡长很有成就感，他说："一年下来，全村 26 户贫困户人均增收 2000 多元。"

章纳乡查冲西村位于格聂景区核心区，风景这边独好。这两年，这个村老百姓脱贫的心气儿特别高。村上以每户村民 10 亩土地，加上县里拨给村里的 100 万元产业扶持资金作股份，入股州旅游公司，签订 15 年合同，联手建设旅游营地，累计收益达910 万元。村民们越干脑筋越活泛，在村里组建起文艺表演队、导游队、服务队，天天活跃在旅游营地。从此，23 户贫困群众源源不断吃上"旅游饭"。

旅游环线是根藤，村村寨寨都是瓜。拉波乡正呷村的蜜蜂养殖产业、德古村的俄色茶种植业、呷洼乡日西村的黑木耳基地、绒坝乡卓亚村的藏香猪合作社……真可谓旅游新村，千帆竞发。

好风凭借力。甘孜州的高海拔县石渠和色达，同样不让一户人家错失脱贫快车。色达县的农牧民技术培训中心，向每一个贫困户敞开大门，目前有 200 多个来自贫困家庭、爱好唐卡绘画、金银加工和藏装制作的青年聚集在这里学艺。石渠县色须镇达拢牧业发展合作社成立于 2014 年 6 月，最初，在镇党委、政府苦口婆心的劝说下，16 户贫困户牧民才抱着试一试的心态加入了合作社。他们没有想到的是，从此就踏上产业扶贫道路——生态畜牧、特色手工业等优势资源让他们年年收入颇丰。

5 年前，雅江还是一个交通不便、基础设施落后的小县，如今文旅融合，农旅互动，集聚发展。2019 年，全县接待游客82.18 万人次，实现旅游综合收入 8.17 万元。吉仁湖、高尔寺、康巴汉子村、白狼古羌国遗址……美轮美奂的自然风光和厚重的地域文化闹红一方经济，着实让人流连忘返。

美景迎笑脸

潮平两岸阔，风正一帆悬。

千秋伟业，人为本，甘孜州委政府睿智决策，彰显大气魄。他们通过引导扶持，在甘孜大地掀起了风起云涌的创业大潮，在全州打造出系列旅游扶贫示范工程：千名创客引领千村万户旅游富民；千名返乡农民工、千名大学毕业生、千名专业技术人员实现旅游自主创业……

甘孜州地处青藏高原边缘，农产品纯天然、无污染，成为上乘的旅游商品，近年来，他们将"圣洁甘孜"作为甘孜州公用商标，统领全州"酒、肉、茶、菌、果、蔬、水、药、粮、油、文化、旅游"等系列产品发展，大力实施"圣洁甘孜"区域公用品牌发展战略，以品牌效应带动农牧民脱贫致富。

康定、稻城亚丁两大雪域空港让鲜美的松茸走出康巴，走出天府之国，北上京城，南下深圳、广州。从稻城亚丁机场出港的松茸平均每天能达到5吨以上，最多时一天发货量至七八吨。夏季，是甘孜州大量野生食用菌上市的旺季，上午采摘的松茸，下午就能摆上大城市市民的餐桌。如今的成都人，一说到甜樱桃、青红脆李，就会联想到甘孜康定。甘孜不少县的精品小水果都做成了响当当的"金字招牌"，一批特色农牧产品悄然崛起，成为产地广大农牧民脱贫致富的重要依托。

"文化搭台，旅游唱戏。"近年来，甘孜以山地旅游文化节为统揽，统筹主办，让各地参与文旅活动。2020年，一年一度的"四川·甘孜州山地旅游文化节"，覆盖全州，持续一个多月，参与人数上百万，接待游客13万多人次，同比增长36%，实现旅游收入上亿元。茫茫扎溪卡草原上，1300幅唐卡构成的组画，全景式表现出喜马拉雅地区民俗、文化、艺术、历史、地理等综合风貌，吸引游人驻足……凝神定气，下笔如有神，像藏族同胞挥舞如云的长袖……理塘县勒通古镇，藏族书法家们把藏文书法朱擦体、丘伊体、乌金体等 20 余种字体风格展示得淋漓尽致。炉霍山歌、霍尔文化……一大批高原瑰宝，沉睡上千年，如今大放异彩。

2021 年，甘孜州接待游客 3500 万人次，旅游综合收入 385 亿元，分别是 2016 年的 2.6 倍、2.9 倍。未来甘孜州将更加注重文化资源的挖掘，文化创意的提升，实现文旅融合。甘孜藏族自治州文旅局局长刘洪说，自 2021 年 3 月底开通短视频账号以来，"甘孜文旅局局长刘洪"在抖音平台发布了 93 条短视频，全网曝光量超 46 亿次。来自字节跳动的大数据分析：甘孜州是四川省除成都市外，在抖音平台上最受网友关注的一个市州。

欢歌伴锅庄，美景迎笑脸，康巴大地尽情演绎着"全域旅游"推动乡村振兴的壮阔波澜，向世界展示别样风采！

作者简介：

　　参见前文《山村来了新支书》。

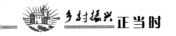

夹金山下的玫瑰

蒋 蓝

有人说世界上最容易成功的有两种人，一是"傻子"，一是"疯子"——"傻子"会去相信，"疯子"会去行动。在四川省阿坝藏族羌族自治州的小金县，有一位出名的"玫瑰姐姐"陈望慧，她用"疯子"的想法、"傻子"的做法，谱写了小金县从无到有的玫瑰种植史。小金县从此多了一个美称——世界高原玫瑰之乡。

野猪与玫瑰

陈望慧醒过来时，尽管初夏时节的冰雪已在窗外滴滴答答地融化，但她感觉到银光中泛黑的夹金山，还紧紧压住她的梦境。她好奇自己的名字，望慧长、望慧短，父母真是盼望智慧能带来落地的财富吗？

小金县旧名懋功，位于四川省阿坝藏族羌族自治州南部。小金，藏名"赞拉"，又因沿河产沙金得名小金川。小时候上山，陈望慧被山上霞光中变幻的金树银枝所震撼，林涛如海，让她心旌摇曳。

此时距离日出还有一段时间。陈望慧侧头看了看窗台上的那盆兰花，感觉有点异样：兰花耷拉着头。什么时候干枯？她猛然一惊，一阵内疚涌上来……这一阵为了村里的事，忙得晕头转向，不要说无心打理兰花，就是相敬多年的丈夫，也对自己越发不满了。

窗外山影灰蒙蒙的。山里自古有地泉，冬季涌出汩汩温泉，到了春夏季则冒出寒彻骨的清流，泉水叮咚不绝，山就叫冒水孔山，村就叫冒水村，登高可看到壮丽的夹金山——红军长征途中翻越的第一座大雪山，终年积雪，道路险峻。

这是2010年夏季的一天。几个月之前，陈望慧高票当选阿坝藏族羌族自治州小金县达维镇冒水村村委会主任。达维镇有8个村，她由此成为全镇唯一的女村主任。一查账，发现村委会账目不但没有一分钱，村民来开会也都是站着，抽烟、咳嗽、随地吐痰……她掏钱买回460根凳子，宣布制度、纪律，这是最起码的礼节啊，她的细腻与耐心赢得了村民的信任，村主任的家从此被村民踢破了门槛，老百姓遇到鸡毛蒜皮的事都会找上门。她每每看到父老乡亲期望信任的眼神，只能决心一搏，发誓要带领乡亲们摆脱贫困，过上好日子。

今天，她要带村委会干部上山去查看村民反映的问题：野猪糟蹋粮食的灾情。

冒水孔山海拔3200多米，位于山之阳的冒水村海拔也不低，有2700米。冒水村分为两个大组，山上一组60多户村民，山下一组分布在俄日河的河坝，有50多户村民，全村藏族占70%，汉族有30%，446名村民靠天吃饭，世代以种植小麦、土豆、豌豆、胡豆、油菜籽为生。由于山间野猪特别多，经常糟蹋庄稼，这对贫穷的村民来说更是雪上加霜。

陈望慧来到山腰，面对一片被野猪糟蹋过的光秃秃的庄稼地，她心情很糟。村里多次请县里的森林专业队来对付野猪。野猪鬼精，似乎预感到了某种危险，纷纷逃进深山躲避。几天后等专业队员一走，它们一拥而出，就像鬼子进村，对庄稼来一场报复性地洗劫……但陈望慧一回头，看见一株玫瑰花悄然挺立，就像土地挤出的鲜血，四周空荡荡的，显得特异而妖娆。显然野猪对玫瑰花毫无兴趣。小金县野地里一直生长有玫瑰，对于村民而言，最大的用处是来做汤圆和饼子馅。开过多年餐馆的她，对于玫瑰的食用性了如指掌，那玫瑰还有别的用途吗？

这一株火红的玫瑰花就是她的"启示录"，"轰"的一下点燃了她的想象：能不能把玫瑰变成滚滚财富？那样的话，玫瑰漫山遍野地种植也不怕野猪糟蹋呀。

这是一个非常"可怕"的想法，她甚至不敢对任何人说。一旦提出来，嘲笑一定是免不了的，别人还会反问："你说得跟花似的。种来干啥？你想让我们饿着肚子欣赏玫瑰?!"

但陈望慧是那种可以被一个想法拉扯着走千里万里的人，义无反顾，在所不惜。

穷，有一个凉凉的鼻尖

回到村里办公室，陈望慧独自坐到了中午，毫无食欲。

她想起了爸爸。

1985 年腊月 25 日，在陈望慧一家渴盼春节的欢愉中，一个晴天霹雳砸过来：爸爸遭遇车祸去世了! 一家人感觉天都塌了。最终，奶奶和母亲擦干眼泪，顽强地为 5 姐弟撑起了全副重担。那年她 11 岁，最小的弟弟才 2 岁，她深深体会到了苦痛，恨死了"穷"字。

13 岁那年，奶奶得了重病，兄弟姊妹要读书，陈望慧被迫辍学。四川涉茂州县盛产松茸，为贴补家用，她第一次离家跟着亲戚进山采松茸。妈妈送她到村口，她强忍眼泪，头也不回向前走。松茸生长在密集有刺的青冈树丛，她全身都被刺烂，一声不吭拼命采摘。别人见小姑娘浑身带血的伤口，问痛不痛，她笑着说"没事没事"，村民的眼里全是心疼和赞叹。整个采集季节下来，陈望慧收获了 270 元。当她把钱交给妈妈，奶奶伸手抚摸着她的头，含泪说："以后我们家好过了，孙儿可以挣钱养家了!"

奶奶妈妈笑了，笑得一脸灿烂，满屋生辉，她第一次发现她们可真美啊。

从那以后陈望慧喜欢上了笑脸。她认定一条硬道理：自己的人生不管好还是苦，都要用微笑面对。

自此之后，她上山捡野菌、挖药材、修公路、修房子、当小工，再苦再累都干。因为这样家里就不愁奶奶的药钱、弟妹们的学费。后来她借钱开面馆，接着开酒店，还在四姑娘山景区开办了餐饮分店，注册了野生资源公司……日子越来越好。

有一天，陈望慧拿起酒店桌上的一本杂志浏览，读到一首诗。她很少读诗，这首诗分明就是书写的自己和冒水村的过去："穷，有一个凉凉的鼻尖/四周全是麦地/全是太阳金晃晃的影子/全是太阳风吹起的尘暴/……田鼠落进门里/落进灰里/灶台上燃着无色的火焰/穷，有一个凉凉的鼻尖。"

她看到了高原上的村民，那些古铜色的、具有岩石一般褶皱的脸上，为什么穷就是一个凉凉的鼻尖？比喻太精妙了。因为她看到了太多这样的被冷风、被冰雪、被忧伤、被眼泪所塑造的鼻尖。她由此记住了这个诗人的名字：顾城。

2019年10月8日晚，我和陈望慧在成都碰面。她掏出了一小瓶自己提炼的玫瑰精油，盖子一揭，引得食客们窃窃私语，接着满堂喝彩。我们在香气扑鼻的语境里，竭力返回到她最初的那个玫瑰想象。谈起这些往事，她用一双大眼睛盯住我："我家的日子好起来了，但我发现村里的大部分群众日子紧巴巴的，这让我觉得别扭。我总是想，要是乡亲们一起富起来，大家其乐融融该多好呀。"

她一个字一个字地说："我们——绝对——不能——再有——凉凉的——鼻——尖！"

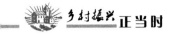

天南海北寻"真经"

就像最初开办餐馆一样，陈望慧并非仗着一腔热情胡打乱撞。

她决定去研究玫瑰，与玫瑰来一次亲密接触。第二天她赶到小金县县城，请老朋友在网上查询玫瑰的用途。朋友查了半天，说："玫瑰精油在养生口服、化妆品领域需求量极大，市场前景广阔。玫瑰精油被誉为液体黄金，非常昂贵。"陈望慧激动起来："玫瑰精油不用跟黄金比，比种土豆、豌豆、小麦强就好。"

她决定外出考察。

她的想法遭到了家人激烈反对。老公很是恼火："我们家日子过得很好了，你为什么要去瞎折腾？而且是带着几百号村民瞎折腾！万一弄不好，你负不起这个责任。你坚决要外出的话，丢下我和孩子，咱俩的日子就别过了！"

陈望慧讲了一番掏心窝子的话："我是共产党员，我是村主任，我们家过得好，村民们过得好吗？村民与我们很多都是世交，别人怎么看我们？一个人富不算富，大家富才是真的富。"老公知道陈望慧的性格，知道她一旦认准的事情，八头牛也拉不回来，最终只好同意："你试试吧。你出门少，路上注意安全。"

终于踏上了寻找玫瑰的人生之路。可是到哪里才能找到玫瑰"真经"？

世上的事是说起容易做起难，真要想把玫瑰花变成财富，过程曲折而艰辛。为取到"真经"，陈望慧首先去甘肃省永登县苦水镇考察玫瑰。那是她第一次独自出远门。

苦水玫瑰是中国四大玫瑰品系之一，是世界上稀有的高原富硒玫瑰，目前中国玫瑰精油标准和国际玫瑰精油标准都采用苦水玫瑰作为标准样本。路上，一个老是对她瞄来扫去的包车司机，看得她心里发毛，她高声叫司机直接开进永登县人民政府大院。

这里她一个人也不认识，她站在门口大声说："我是四川藏族人，来学习玫瑰……"

一位中年男人接待了她，请她去食堂吃饭，耐心听她急迫地叙述，当她讲到冒水村的野猪，讲到自己必须带领几百号村民脱贫的决心时，这人站起来，鼓励她要认真考察，不枉此行。他派人接陈望慧去玫瑰种植园、精油提炼车间考察，还送来一大包珍贵资料……陈望慧后来才得知，此人是分管农业的副县长。陈望慧至今不知道对方的名字，但她感受到的那份正直与善良："这是我玫瑰之路上的一个大恩人！我永远铭记在心！"

在苦水镇一玫瑰种植户家里，一位老人张开五个指头对她讲："我只有5分地，一年可以卖出5000多元的玫瑰。种玫瑰比养一个儿子强！"冒水村的传统耕种收入，一亩地就四五百元水平。老人这一句话，烙铁一样烫着她。

她面临的最大问题是，苦水镇海拔1700多米，这里的品种能否适应昼夜温差大、日照强度不同、且海拔大大高于苦水镇的冒水村？但海拔高也并非没有好处，昼夜温差更大，玫瑰出油率更高。重要的是，低于2500米的区域一般要使用农药，而冒水村的高海拔与高原气候令害虫根本无法存活，纯生态玫瑰将是一大绿色亮点！

她马不停蹄，又去山东、云南、贵州等24个省区考察，最辛苦的时候7天竟然跑了5个省。新鲜的玫瑰苗不敢耽搁，她自掏腰包坐飞机来回。一次病倒在途中，精疲力竭的她感觉自己会永远倒在路上……但她退无可退，她必须站起来。

她向当地政府提交了一份详尽的调查分析报告，县领导鼓励她大胆实验，有了实实在在的收效，才有说服力，才能让村民引种。

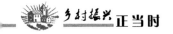

"玫瑰姐姐"带财来

经过一系列实地考察，陈望慧对玫瑰有了全面认识，种植玫瑰已不再是想象。

2012年，她把来自8个省的12个玫瑰品种引进到冒水村试种，面积扩大到60多亩。她每天就待在地里精心打理，拍照、做观察笔记，一有空闲赶紧往地头跑……家里的生活能对付就行。她在梦里竟然也喊出了"玫瑰、玫瑰、玫瑰……"。有一天，陈望慧丢下饭碗又要下地，老公幽默地叹气："哎，如果我是玫瑰就好了!"

根据比对，陈望慧最终选择了推广出油率高、具有国际香型的大马士革玫瑰。大马士革玫瑰对环境要求极为苛刻，空气纯净，阳光充足，以及极大的昼夜温差。这种玫瑰1000多年前沿西北丝路传入中国，而国内从无高海拔大马士革玫瑰种植园。实践证明，小金县独特的高原半山气候特别适宜大马士革玫瑰，亩产量达800公斤以上，是其他玫瑰品种的3倍。平原地区的食用玫瑰花期只有20天，在川西高原有三四个月花期，这蕴藏了观花季的商机，就像绚烂的天路，从海拔2000米到3500米花开不断……

2013年9月，陈望慧把1000多斤玫瑰花收集好，怕玫瑰干枯，夫妻俩驾车两天两夜赶到甘肃苦水镇。经过5个小时的提炼，她拿到了一小瓶精油，她生平第一次见到千呼万唤的宝贝。检测结果是，冒水村上午采摘的玫瑰出油率在0.3‰，下午的出油率约0.27‰，主要的有效成分香茅醇和香叶醇含量大大高于国外同类玫瑰。专家给予了肯定答复："冒水村由于日照充足，昼夜温差大，纯绿色生态的玫瑰出油率高、香气纯正。高原玫瑰种植大有可为!"那一刻，她再也控制不住了，眼泪夺眶而出。

在内心里，她把每一株玫瑰当成了自己的孩子，把它们从不同地方带回了家，从种植、发芽、结蕾到开花，她对玫瑰有太多太多期盼，忐忑不安：喜的是发现玫瑰花蕾多，花大瓣厚，怕的是玫瑰精油的品质和出油率低，因为这将决定是否大面积推广。此时已是深夜，她攥着一小瓶精油，立即给县委领导通话……她仿佛看到了这个贫困村，被玫瑰簇拥的未来！

陈望慧性格强硬，但心细如发。她又到山东玫瑰研究所请教专家："虽然我是种玫瑰的，但我不能自卖自夸。我种植的玫瑰到底如何？"拿到检测报告，专家指着《本草纲目》给她看玫瑰的功效，并且肯定了冒水村的玫瑰含油量大，纯度、香型都优于很多种植园。

玫瑰花在三四月种植，六七八九月摘花收获，收效立竿见影。陈望慧用积蓄买回花苗免费发给村民，并进行系统种植培训，但事情却一波三折。乡亲内心并不相信玫瑰可以卖钱，管理粗放，玫瑰成活率低。她看在眼里，急在心里。天有不测风云，2014 年到 2015 年又遇玫瑰市场低谷，陈望慧怕村民吃亏，以高于市场 40% 的价格收购玫瑰。这笔收购款是她借贷来的，即使自己吃亏，她也必须让村民得到实惠。那年冒水村村民收入了 8 万多元，初尝甜头，他们服气了。

2016 年，陈望慧担任冒水村村支部书记，责任更重。脱贫是自己的工作，致富是自己的目标。小金县是深度贫困县，说一千道一万，都不如让村民拿到实惠更有说服力。冒水村有 16 名党员，支持陈望慧的工作，带头种植玫瑰，起到了示范效应。她继续用高价收购村民的玫瑰花，这引起了更多人注意。2016 年，冒水村玫瑰大丰收，她四处借贷，凑齐了 130 万元现金，摆在村委会桌子上，她要兑现承诺，继续以高于市场 40% 的价格付给村民现金。她就是要让村民看到：种好玫瑰可以收获真金白银。

拿到钱的村民喜笑颜开，鼻尖发亮，都说种玫瑰好！以前村里无一个万元户，现在每家都是！70 多岁的穆老婆婆，带着智障儿子种了2亩玫瑰，拿到卖花款，她老泪纵横："谢谢玫瑰姐姐！您就是我们的福星。"陈望慧收获了村民的笑容，还收获了一个爱称"玫瑰姐姐"，从此"玫瑰姐姐"伴随花香越传越远！

高原遍开玫瑰花

一年初春，冒水孔山间春风荡漾，将怒放的玫瑰吹得花枝乱颤。玫瑰花在逆风里似乎读懂了冒水村的气息，它们打开了全部花瓣，香气唤醒了高处那些蛰伏的姐妹。玫瑰园是从低海拔向着高海拔区域层累而上，就像是一个空中花园。陈望慧独自行走其间，不由得热泪盈眶……

面对新事物，不断冒出来的问题就像玫瑰花刺一样，很是棘手。比如，村民又担心：一旦陈望慧不收购玫瑰了，怎么办？在县委县政府大力扶持下，她探索出"公司+合作社+农户+基地"一条龙模式：新成立的公司负责玫瑰加工销售；合作社负责育苗、技术培训；老百姓负责种植管理。全村老少和残疾人通过劳动，得到了收获，更找回了自信，既脱了贫，又长了志。

陈望慧算了一笔账：把玫瑰运到省外加工成本太高，于是决定筹建提炼加工玫瑰花的厂房。她把银行积蓄、城里的房子、商铺全部卖掉，还把朋友的房子借来抵押贷款，又去银行贷款2000多万元，个中艰辛难以道尽……现在车间每天可加工玫瑰鲜花20吨，还可出产精油纯露、玫瑰花冠茶、玫瑰酱等系列产品。企业进一步带动了当地贫困户和残疾人就业，仅仅是季节工就能提供180个岗位，成了名副其实的"扶贫车间"，2017年年产值达到4410万元。

面对她砸锅卖铁的固执，那时村里人和亲戚朋友都说，"玫瑰姐姐"变成了"玫瑰疯子"！她经常能察觉到身边人异样的、担忧的眼光。尽管个人经济风险极高，但陈望慧很坦然，带领乡亲们致富奔小康，一直是自己心中的执念。

残疾人、贫困户喻福良实现华丽转身，现已是玫瑰种植能手。2015年他开始种植玫瑰，2016年收入3700元；2017年收入3万多元；2018年收入飙升到5.7万元；2019年超过7万元。中央电视台记者来采访，他兴奋地说："是党给了我们好政策，是'玫瑰姐姐'给我们找到了好路子，让我们脱贫致富，过上了好日子。"

2019年9月底，陈望慧本年一共收购了390吨花，发放花款400多万元。她先后带动冒水村以及周边村近2000户8000余人实现脱贫增收，贫困群众户均年增收5000余元，走出了一条生态扶贫之路。

陈望慧带领村民探索出来的"冒水村模式"，引起各界强烈关注。2017年到2019年，小金县县委、县政府大力推广玫瑰花种植。东方风来满眼春，邻村邻乡的群众闻风而动。到2019年种植期，全县玫瑰面积达12560亩，覆盖12个乡镇38个村，其中贫困村30个，带动贫困户1100多户，残疾人家庭400多户……2019年7月12日，在2019中国·小金首届高原玫瑰"七夕情人季"开幕式暨顶峰论坛上，中国花卉协会月季分会会长张佐双指出，小金县一跃成为全世界海拔最高、面积最大的大马士革玫瑰种植基地。

最现实的"会师"

玫瑰种植技术、深加工、销售渠道、玫瑰观光旅游等，能否支撑全县脱贫攻坚战的全面胜利，并找到一条可持续发展的生态之路？就在这一历史关头，小金县迎来了他们的重要的牵手伙伴——成都市新津县。按照中央、省委、市委脱贫攻坚相关决策部署，新津县主动扛起对口帮扶责任，积极帮助小金县全面打赢精准脱贫攻坚硬仗。新津县尤其重视高山玫瑰产业发展，县委书记唐华率相关部门负责人多次奔赴小金县，考察玫瑰基地，他们先后投入 600 余万元，打造农旅融合高山玫瑰示范基地、搭建玫瑰产业展示平台、畅通产品营销渠道，还多次组织台湾农业专家团队现场指导。

在新津县帮扶下，小金县玫瑰产业园出产的玫瑰茶、玫瑰酱、玫瑰醋、玫瑰酒、玫瑰精油、玫瑰露等等产品陆续上市，部分产品已出口至韩国、日本等地。

鉴于玫瑰花具有深层滋养、修复效用，玫瑰精油之外还能开发哪些产品？新津县委有关领导积极协调，引进了新津县一家高科技公司与玫瑰基地进行合作。该公司接到研制玫瑰面膜的任务后，赶制出第一批样品，试用后发现效果很好。针对用户反馈，目前已调制出第四批样品，即将投入市场。

2019 年 9 月 20 日，陈望慧获得"全国脱贫攻坚先进个人"荣誉称号。她却在思考，如何才能让玫瑰开遍小金县，彻底实现乡村振兴。

冒水村距离红军达维会师的达维镇只有 2 公里。达维会师具有非常重要的意义，长征由此掀开了崭新一页。陈望慧经常路过达维桥，看到很多旅游者，她才想起，自己多年没有外出旅游过了。一到花期，她开车 5 天才能跑完全县的收购点，这就是旅游。人们都称赞小金玫瑰的美容功效，而陈望慧很少用，她称自己是"最不讲究的女人"，也"不懂浪漫"。仰望达维会师纪念碑，远眺雄奇的夹金山，她想，带领老百姓走上康庄大道，汇入波澜壮阔的改革进程，这难道不是一种最现实的"会师"吗？

陈望慧的得意之作是，将高原玫瑰与平原玫瑰进行嫁接，开发出的新品种既有前者的浓郁香味，又有后者的高产量，被命名为"金山玫瑰"。

由于"金山玫瑰"是全球海拔最高、花期最长、品质最好的玫瑰花，因此以往产品销售 70% 都依赖出口，但近年的疫情影响不得不改变以往的销售模式。目前，陈望慧已经搭建线上线下销售平台，通过直播带货、天猫、京东等电商平台开拓国内市场，建立零售渠道。同时，她正在申请贷款建立产品科研基地，开发更多玫瑰种植衍生出的高端产品，乡村振兴之路越走越宽广。不仅如此，她还在厂房附近种下了100多亩观光玫瑰，打造观光玫瑰基地，形成忆红军、看玫瑰花、品玫瑰茶的旅游发展模式……

陈望慧说，下一步将延伸玫瑰种植产业链条，走上高端化、精细化的模式，建立玫瑰产品科研基地，研发更多"金山玫瑰"产品，同时还要把玫瑰花田和乡村旅游结合起来，打造具有不可复制的以"金山玫瑰"为主题的新高原农业生态园，带动更多村民稳步致富。

记得总是不断有人问她："玫瑰姐姐，你最自豪的是什么？"

她说："我最自豪的是，我看到了乡亲的笑脸。用一朵玫瑰花，致富了千万家。"

作者简介：

参见《桑登的烟与火》。

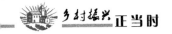

点燃希望的火种

——嘉祥定点帮扶小金侧记

税清静　向晏平

任何事情都需要人去做，尤其是乡村振兴，更需要人才。人才从哪里来，当然是从学校开始培养，如果学校留不住人，也就没法培养出人才来。2020 年我国进入全面小康以后，由于地区条件等原因，在巩固脱贫成果向乡村振兴衔接过程中，从嘉祥教育集团对口定点帮扶阿坝州小金县教育事业的案例来看，乡村振兴必须先振兴教育，定点帮扶就是比较有效的办法之一。

阿坝州小金县位于四川西北部，受制于交通、区位等因素，经济社会发展滞后，是典型的"老少边穷"县，2019 年刚退出国家级贫困县序列。一直以来，小金县教育存在师资结构不合理、人才引进难、教育教学质量不高等短板，很多家庭把子女送往成都、绵阳等教育发达的地区求学，教育支出成为许多家庭的沉重负担。如今，能在家门口享受到优质的教育，实现了小金县广大群众最为迫切的愿望。一切变化还要从嘉祥教育集团对口帮扶小金县说起。

成都到小金，缘起向克坚的教育初心

提到嘉祥帮扶小金教育，时间要追溯到 2018 年。嘉祥教育集团董事长向克坚首次走进小金，那里的山水和空气让他心旷神怡，那里孩子的眼睛干净纯粹，对外界事物充满了好奇……但那里的教育却相对落后。这让向克坚萌生了要去小金帮扶教育的

想法。

人们不禁要问：向克坚的教育情怀从何而来？原来，1985年，向克坚从重庆大学毕业，被分配到北京中石化机关。一年后，他有幸入选第二批中央讲师团，到湖北孝感地区南部的汉川支教。他被安排担任其中一个培训班的班主任，教英语和计算机。那时他刚满23岁，学生都是比他大三五岁的乡长、镇长。他不是师范出身，更没有任教经历，所以教育教学和管理班级的工作基本是在摸索中进行的。在这个过程中，他的教育情怀也逐渐萌芽了。

那时，每天早上，乡村老师会划着小船去接渔民的孩子，傍晚时分再把孩子一个一个地送回去。如果渔民当天收成不错，就会赠给老师几条鱼，收成不好就只能报以歉意的苦笑。学校的老师就靠着家长送的水产糊口养家。他们日复一日，心甘情愿地撑着船，往返于学校和渔家之间，为孩子们搭起了通向未来的桥梁。向克坚那时便暗暗下定决心：倘若有朝一日涉足教育，一定不让老师们为生计而奔波，一定要让孩子们接受最好的教育。

建章立制，确保教育帮扶落地生根

"以前，小金县中考优异的学生，很大一部分留不住。而2019年，全县中考前100名的学生中，有一半留在了小金县上高中。家长们都感慨，现在优质学校就在家门口，奔波少了，操心少了，一家人也终于在一起了。"四川省阿坝州小金中学校长袁顺桥说。

2018年6月，在四川省委组织部、四川省教育厅的支持下，嘉祥教育集团与小金县建立教育定点帮扶关系。确定通过4年直接入驻、6年教育帮扶的"4+6"模式，采取直办实验班、定期培训指导等方式开展精准帮扶，探索民族地区教育帮扶的新路径。

为保障支教工作的顺利推进，双方制定了系列举措保障帮扶落地：建立定期会商机制，双方定期召开联席会，确保教育帮扶落地见效；遴选优秀支教教师 11 名，全面推行嘉祥教育集团的教学方式、日常管理模式，在小金中学开设嘉祥实验班，常态化资助班内学生 12 人；组织小金中学教师前往嘉祥集团学校跟岗学习，参与教学教研和游学活动，提升本地教师的教学水平和综合素质；设立基金专项帮扶，嘉祥教育集团和小金县共同设立300 万元的名校发展基金，嘉祥教育发展基金会倡导爱心企业设立小金中学专项帮扶基金、乡村振兴艺术特色发展基金等；协调嘉祥云教育为小金中学提供在线教育资源，为学生提供辅导，协调清华大学教育扶贫工作室在小金落地扶贫项目，共享四川省优质教育促进会的平台资源，为小金县师生搭建开阔视野、更新观念、增长才干的广阔平台。

从实验班切入，全面带动当地学校发展

嘉祥的教师到小金县会不会水土不服？在当地教师眼里，这群教师有些"另类"：学校其他班都不出早操，而嘉祥实验班的学生从高一开始便由教师带着每天出早操；以前学校举行评课活动，大家尽拣好的说，而嘉祥的教师却从实际出发主要找问题、谈不足、谈改进；发现学校教师教学积极性不高、教研兴趣不浓，嘉祥老师就建言革新绩效考核制度，开展教育研讨评比。随着时间推移，看到学校发生的可喜变化，当地教师的疑虑渐消。

小金中学的学生大多来自偏远农村，父母常年务工在外，支教教师们在一次次讨论中达成共识：学校是让人感到温暖的地方，而教育的温度源自教育的本质，就是心灵的对话，要以爱和尊重为基础，让学生亲其师，信其道，尊其师，奉其教，敬其师，效其行，以亲密的师生关系，填补父母陪伴的缺失。引导学生在成长的关键时期，形成健全的世界观、人生观和价值观。有

了以上共识，支教教师们有了主攻方向，工作也做得更加实、细、准。

在正常的教学之外，他们深入学生家庭家访，联络爱心人士资助家庭经济困难的学生，组织学生游学，让学生们走出大山，得到了家长信赖、学生尊敬，结下了深厚的藏汉情缘。支教教师的办公桌上常常出现"神秘礼物"，有时是学生自家种的苹果、樱桃，有时是几块饼干、一盒牛奶，有时是学生从山上挖来舍不得卖的几根虫草。

三年多来，太多的师生情谊、两地友谊持续温暖、丰盈着每一位支教老师的内心，激励着他们坚守教育初心。

成都、小金两地相距 300 多公里，单向车程 6 个多小时，几乎全是山路。冬春季冰雪天气多，夏秋季塌方泥石流路段多。3 年往返，每个人的行程几乎都有 8 万公里。支教教师唐继勇初到小金县时儿子才 1 岁多，女儿上小学，归家时，女儿就该初中毕业了。

"网红"老师，教书育人带动当地经济

一个周末，支教老师王超应邀到小金中学一位老师家里去做客。她在村子里闲逛时，意外碰到班上一个名叫王万婷的学生。当时王万婷站在一辆三轮车上，驾驶三轮车的老人看上去 70 多岁，他们准备上山摘苹果。得知王老师是从成都来支教的，而且就是孙女的老师，老人便热情地邀请王老师去地里摘苹果，王老师欣然前往。她从老人处了解到，王万婷父母因故离异，各自组建了新家庭，没有多余的精力照管王万婷，孙女就只能跟着年迈的爷爷奶奶生活。孙女很懂事，周末在家完成作业后就会帮着爷爷奶奶做些力所能及的事。

家里三块地的苹果树是他们家唯一的"摇钱树"。苹果上市的季节，老小三口都到地里摘苹果，然后背的背、抬的抬，把苹

果搬到山路边的三轮车上，再由爷爷拉到大马路边，奶奶守在路边出售。运气好时有过往游客买几斤，运气不好时就只能收获过往车辆扬起的灰尘，滞销的苹果最后只能廉价卖给收购商。看着两位老人艰难地攀上高高的苹果树摘苹果，看着他们在地里颤颤巍巍搬运苹果，看着这一家老小忙碌的身影，王老师心酸的泪水在眼眶里打转。

"我要做个'网红'，为高原的果农代言!"王老师的脑海里顿时产生了这样的想法。她便以大山和蓝天白云为背景，在网上做起了直播，宣传起高原苹果的生态与香甜，讲述起果农喜获丰收却没有销路的不易，并以4.5元/斤的价格买了500斤苹果，让王万婷的爷爷直接拉到山下的快递点，将苹果赠送给了成都、泸州、重庆等地的亲友、同事和同学。果农们的苹果通过王老师的宣传走出了大山。几天后，尝到小金苹果"甜头"的亲友们纷纷表示要买小金苹果自食或送亲友。远在泸州的一位企业家听到王老师支教的故事，被她的大爱之举感染，专程驱车到小金为学生送温暖，返回时一下就买了几十件苹果。就这样，几件、几十件、几百件……很快，王万婷家的苹果销售一空，她邻居家、亲戚家的苹果也销售一空。

2021年11月的一天，结束3年支教工作回到成都新岗位的王老师再次接到一位家长的电话："王老师，您帮我们宣传一下苹果嘛。"王老师随即又在朋友圈、同学群宣传小金苹果。买苹果的除了回头客，还新增了很多她不认识的尝过小金苹果的受赠者。王老师答应小金一些家长，以后每年11月都义务帮他们做宣传。

王老师曾说，教育就是爱与影响，以爱育爱。她用实际行动影响并带动着成都的亲友、同事以及她以前的学生、家长等，近200人在她的影响、带动下先后帮扶小金的学生，为他们提供资助、筹集书籍、学习用具和衣物。

3 年多来，太多的师生情谊、两地友谊持续温暖、丰盈着每一位支教老师的内心，激励着他们坚守教育初心。

更新理念，培养带不走的教师队伍

张莉是由妈妈陪着支教的女硕士。2018 年，初到小金中学，承担了嘉祥实验班和成都七中网班的数学教学工作。一个学年后，张莉将工作重心完全转移到了嘉祥实验班，希望能帮助学生们实现升学愿望。

在小金工作期间，张莉结婚了。她和同样在嘉祥工作的丈夫聚少离多。从小金回到成都，起码需要 6 个小时。她一般是周五中午后离开小金，回到成都大多七八点钟，匆匆吃点食物，就赶快乘动车去内江，然后再辗转到丈夫当时工作的嘉祥自贡校区，一般都是晚上十一二点了。周日，她又必须早早地返回小金。

张莉怀孕后，她的母亲专程从乐山老家到小金陪伴和照顾女儿，成为嘉祥支教团队的"编外人员"。张莉说，妈妈到小金后，自己将更多精力放在了工作上，真的希望能够为孩子们的成长助力，帮助他们尽量实现自己的理想。2021 年高考后不久，张莉产下一名男婴，取小名为"小金"，她要让孩子今后也记得这段特殊而有意义的经历。其他支教老师都跟张莉一样，克服了各种困难，深深地扎根在小金，他们的帮扶成果也非常显著。

"老师们的到来，带给我们最大的变化是思想观念的转变。支教老师们管理有方，所有的工作都按流程操作，规范、执行力强，促使我们在规范管理、制度建设方面上了一个大台阶。"谈到对口帮扶给学校带来的变化，袁顺桥说，支教教师业务水平和奉献精神极大影响并带动了小金中学教师队伍发展，让老师们更懂得怎么上课、上好课，帮扶 3 年多来，小金中学共有 86 名教师被评为州级骨干教师、州级学科带头人和州级名师。

袁顺桥提到，由于帮扶，学校教育教学水平快速提升，这两年，到县外就读的学生有 30 余名回流小金中学，还吸引了不少其他县的学生。嘉祥优质的教学资源、丰富的教学经验，有效促进了全县教育质量的整体提升。

爱心接力，谱写支教新篇

嘉祥教育集团在小金开展教育定点帮扶的善举得到了小金当地政府和群众的赞誉，也在学生的心中播种了爱、播种了真善美、播种了责任与担当。2021 年，邹建等多名毕业学子按民族加分后的成绩，都可上国内 211 高校，却选择定向回小金，大学毕业以后服务小金当地的教育、医疗事业。这让小金政府和群众看到了希望。

经嘉祥教育集团积极推动，受小金县委县政府委托，2021 年，四川省优质教育促进会加入小金教育定点帮扶的公益行动中，充分发挥其平台和资源优势，与小金县人民政府面向社会联合发起"爱心延续，情暖小金"的教育帮扶倡议。经过两个多月的招募和会员学校推荐，来自嘉祥教育集团、绵阳南山中学、电子科技大学实验中学的 3 名老师加入第三批小金支教团队。其中，李官怀是已有 43 年教龄，曾三次被中国语文学会评选为"全国优秀语文教师"的"四川省师德标兵"。在小金中学，他们汇合嘉祥教育集团前期派驻在那里的 4 名优秀教师，一起承担小金中学 2022 届、2024 届嘉祥实验班主要学科的教学工作，并对小金当地教师展开传帮带。

从一个民办教育集团派出优秀教师赴民族地区驻扎，到一批学校（包括公办学校和民办学校）的积极参与，引领当地教育发展，这种全新的支教模式得到了越来越多人的认可和支持。

几多牵挂，几多深情。从决定帮扶小金教育那天起，向克坚就谋划着给小金人民办更多的事。小金中学一些学生，从学校回家，除坐车外，还得骑马翻一两天的山路。生活环境虽然很闭塞，但高天流云、青山碧草却滋养了淳朴的他们：能说话时就会唱歌，会走路时就能跳舞。向克坚一思忖，既然他们有能歌善舞的天赋，我们为什么不为他们的梦想插上翅膀呢？在他的积极倡导下，2021年10月，成都嘉祥教育发展基金会再次向小金县捐资80万元，用于发展当地艺术教育。

3年多来，嘉祥教育集团做实教育定点帮扶。在定点帮扶的关键时期，为民族地区教育的发展培育了人才、注入了活力、增添了动力，也为乡村振兴、民族地区教育发展进行了有益探索。下一步，向克坚表示，将坚定贯彻落实党的教育方针，传承红色基因，总结帮扶经验，深化教育改革，提高教学质量，培育时代新人，努力开创小金教育事业发展新局面。为巩固脱贫攻坚成果，实现乡村振兴，实现"两个一百年"奋斗目标和中华民族伟大复兴中国梦而不懈奋斗！

作者简介：

税清静，参见《从自闭少年到电商达人》。

向晏平，四川通江人，四川教育学院中文系毕业，大学本科学历。成都市作家协会会员、成都市书法家协会会员、四川省摄影家协会会员、北京世界华人研究院研究员、《四川优质教育探索与研究》主编、《嘉祥报》主编。经其编辑的报纸和书籍逾800万字，多篇文章入选国家大型文献，荣获国家级奖26项（其中一等奖6项）、省级奖4项、市级奖1项、县级奖1项。先后荣获"全国推进素质教育先进工作者""全国企业报刊优秀编辑""中国文化传播影响力人物""四川省优秀指导老师"等称号。

赤胆忠心故园情

——记阆中市凉水镇崇山观村支部书记戚彦杰

邹安音

　　他曾是一名军人，为了战友前程，主动放弃了进修提干的机会；他曾是一名乘龙快婿，为了村民，妻离子散；他是一名铮铮铁骨汉子，被毒蛇咬伤生命垂危，历经劫难死而复生，却又拄着拐杖，依旧劳碌奔波在山乡风雨。家乡的贫穷，是他解不开的情结，放不下的心头事儿；改变家乡的面貌，是他向大地做出的庄严承诺，向党组织交出的一份满意答卷。

　　他叫戚彦杰，中共党员、中专文化，曾经在部队工作12年，现为阆中市凉水镇崇山观村党支部书记。难舍故园情，就是这样一个放弃城里工作回到山乡，又被村民推选出来的"芝麻官"，即使被毒蛇咬伤后，仍然穿着拖鞋继续战斗在扶贫第一线。阆中的山山水水，因此叠印了这个被村民们亲切称为"拖鞋书记"的身影。

故园之恋

　　丘壑崇林，山路崎岖；僻静闭塞，贫穷落后。这是崇山观村曾经的真实写照，也是省定的贫困村。

　　1976年，戚彦杰在一间贫穷的小屋呱呱坠地。随着年龄的增长，他常常望着山的那一边幻想：什么时候能看看山外的世界？山连着山，仿佛没有尽头，但是刻苦攻读的戚彦杰却实现了自己当初的梦想。他不但离开了大山，跳出了"农门"，当了一名海军，而且在部队发展得非常好，因为成绩突出，受到时任海军政委杨怀庆的亲切接见。前程像鲜花一样绽放在眼前，谁知他却把到海军蚌埠士官学院培训的机会让给了战友，"他比我更需要这次培训"。直到现在，这个脸庞黝黑、身材敦实的汉子依然没有后悔当初的选择。1995年参军，1999年入党，2007年戚彦杰退伍回到老家，在市民政局一个下属单位工作，日子过得风平浪静。

平地起春雷。祖国各地，四面八方，当农村扶贫攻坚战役打响后，有着24年党龄的戚彦杰坐不住了。父母年事已高，仍然居住在村子里，每次返乡看望他们，绕过那一段段崎岖的山路，他的心里都不能平静。家乡贫穷、落后的面貌，如丝般缠绕着他的心灵，"我要回老家，和乡亲们一起打好这场脱贫攻坚战。"他对妻子说。

说干就干。2016年6月，戚彦杰毅然放弃城里舒适的生活，在妻子的眼泪中，回到崇山观村协助村委会工作，同时花了几万元购进果树苗栽植，决心给村民们做个榜样。

崇山观村共有村民1221人，520户，精准贫困户128户，287人。当时正值脱贫攻坚高速推进的重要节点，既要推进项目建设，又要上报软件资料，工作量极大。由于村上其他干部年龄偏大，大多不会使用电脑和智能手机，文字和填报电子表格工作基本不能参与，戚彦杰就主动请缨。白天他走家串户，为贫困户做工作，晚上加班赶资料，短短几个月时间，就让这个正值壮年的退伍老兵增添了许多银丝。因为如此投入，妻子不能忍受这个不顾家的丈夫，提出了分手，戚彦杰不得不答应了她的请求。

困难像大山一样摆在人们面前。崇山观村基础设施严重落后，债务重重，危房改造亟待展开……攻坚克难，戚彦杰高负荷运转，却从未在亲人前吐过苦水，一直咬牙坚持着。好在这时他却重新收获了爱情。在重庆工作的未婚妻到崇山观村探望戚彦杰，看到因为脱贫工作日夜操劳而有些憔悴的他，决定放弃重庆的高薪工作，留在崇山观村，一边照料戚彦杰的生活，一边在村委会当"义工"，整理文件、填报表格等。两人还当众在村委会约定：崇山观村不脱贫摘帽，他俩就不结婚。

有了未婚妻的支持，戚彦杰干劲十足，崇山观村委会办公室更是成了他临时的家，加班到深夜也是这对情侣的"家常便饭"，困了就一人一把椅子凑合一夜。当时的崇山观村委会办公室刚新建，非常潮湿，办公室里新添置的办公桌椅油漆味都没散去，村民们看到这一幕十分心痛：戚彦杰分明是在拿健康和生命扶贫啊！

凝心聚力

真情换得民心归。2017年崇山观村村支部换届选举，戚彦杰因工作能力突出，被推选为村支部书记。

由于历史原因，崇山观村群众与群众之间、干部与群众之间矛盾较多。为尽快打开脱贫攻坚新局面，戚彦杰狠抓党建工作。他召集村两委一班人会同驻村工作组想办法、出点子、形成合力多帮多带，并及时组织大家学习全省脱贫攻坚文件以及党的十九大会议精神，提高党员干部政治素养和思想素质，树立了崇山观村党组织及党员干部在村民中的良好形象。

通过抓党建活动，崇山观村党员干部形成了一个团结有力的班子，大家一心促发展，真心实意为群众解难题，办实事，谋利益，带领群众致富。同时，密切了干部与群众之间的关系，重塑了基层干部在人民群众中的新形象，赢得了全村老百姓的信任和支持，党群、干群关系更加和谐融洽。

为了凝聚民心，听取村民的建议和意见，戚彦杰建立了村民微信群，向常年在外的村民和乡友征求发展建议。初始，在外的乡友们都骂村干部无能，占据位置，不干事情。为了正确引导村民的情绪，调动他们对家乡建设的积极性，戚彦杰在这个群开展政策宣传，举办农民夜校，公开村上的政务和村上要开展的重点项目。微信群逐渐被村民接受并喜爱，其中李成党的儿子患病，在微信群发出消息后，大家纷纷捐款，共计募集资金 2 万多元。

"村民贫穷首先是思想上有问题，思想扶贫比什么都重要。"戚彦杰如是说。为了解决这个难题，他使用了各种招数。村民王某长期酗酒，不思进取，对帮扶的村干部常常出口不逊。戚彦杰为了接近这个"酒鬼"，不惜锻炼自己酒量和胆量，一次次陪王某喝酒，终于在一次醉酒后获取了王某信任，把他当作座上宾。而王某从此洗心革面，一心一意奔致富路，到镇上打工挣钱，不但修了新房，还四处做思想落后的村民工作。

村里还有一个 71 岁的老人，长期敌视帮扶干部，对任何人都失去信任，家里啥活不干，也不听取亲人的劝说，没事就到村委会和镇上上访告状。了解情况后，戚彦杰采取迂回曲折的攻心"战术"，每天吃罢晚饭就陪老人唠嗑、拉家常，又帮老人解决低保问题，终于有一天，被真情感动的老人不禁抱住他的肩膀痛哭。

2018 年的春节，这是一个不寻常的节日，一大早，青翠的山村就被鞭炮的响声惊醒了。那一刻，崇山观村热闹非凡。山长水远，在外面打工的人回到了久别的家乡，村民们欢天喜地，摆上了坝坝宴。大家欢歌笑语，美丽温情的家乡，第一次那么亲切那么真实地出现在他们面前。

鞠躬尽瘁

面山而居，山路弯弯。

一直以来，位于阆中市凉水镇西北的崇山观村，就因道路坑洼不平，物资运送困难，发展严重滞后。看到这般状况，戚彦杰决心整合各种扶贫资金，着力解决农村的基础设施建设问题。

俗话说"要致富，先修路"。"修路，哪条先修？怎么修？项目如何来？这规划，那审报，普通老百姓是不理解的，甚至有部分人扯皮耍泼。"戚彦杰说。让他印象深刻的是，在修建柿子垭至黄包嘴社道1.6公里村道时，包括个别老党员都因为不理解而设置重重阻力，哪怕是占他们一点土地都不得行。可这条村道线将改变全村8户贫困户及25户一般住户的交通现状。面对此情况，戚彦杰就采取个别谈话、重点突破的方式。经过他耐心细致的讲解，并多次上门做工作，最终消除了村民心中的疑虑。在他的感化下，为打通这条致富路，村民们主动无偿拆除了7套民房，给接下来的项目实施带了个好头，实现了全工期零障碍施工。

"三改一建"项目实施中，贫困户刘泽伟家迟迟无法施工，村干部多次上门做工作，他要么采取消极态度，要么提出过分要求。对此，戚彦杰又是拿出"敢担当""敢啃硬骨头"的工作劲头，白天工作忙没时间，他就利用晚上上门做工作，进行感化教育，最终让刘泽伟从抵触到理解，并积极支持工作。"路通了，我们致富就有奔头了！"崇山观村交通的变化，让老百姓全都拍手称赞。

2017年，是崇山观村的基础建设年，在他的带领下，崇山观村实现硬化社道10多公里，彻底解决了全村1000余人出行难的问题；新建蓄水池10个，整治山坪塘5口，基本解决了老百姓生产用水难的问题；全村的人饮工程主管网全部铺设，村民户户喝上了安全饮水；农网改造全村改造完成，实现了户户安全用电；广播电视实现了户户通信号；2017年10月全面竣工村级办公场所一处，文化广场一个，并配设了文化活动室、图书室，彻底解决了村办公条件问题；全村共高标准地完成了贫困户危房改造共53户，其中C级26户，D级27户，完成改厨改厕105户，修建便民路102户，共3200米，让贫困户们住上了好房子……在这组大数据的背后，只有戚彦杰和他的同事们知道这其中的艰辛。

农村易地搬迁工作中遇到阻力，又是戚彦杰冲锋在前，为乡亲们不厌其烦地做工作。2017 年的一个晚上，戚彦杰与同事从村民家回，不幸被毒蛇咬伤。在医院住院期间，他关心最多的还是村上的脱贫项目进展情况，伤情一好转，他就缠着医生要求出院。由于脱贫攻坚工作环环相扣，工期倒排，节点紧逼，如此高强度超负荷工作，治疗和休养却没有跟上，致使戚彦杰腿部伤口红肿疼痛，行动不便，只能穿着拖鞋走路。

就是这个村民们眼中的"拖鞋书记"，母亲被毒蜂蜇伤住院时，自己却没有陪伴在身旁；父亲骨折住院后，也没有看到儿子的身影；九十高龄的奶奶在家无人照顾，常常呼唤孙子的名字。每次想起这些，戚彦杰眼圈总是发红，他总是埋怨自己对家人做得不好，但是看到崇山观村老百姓对自己的信任，看到他们幸福的笑容时，戚彦杰感觉自己的付出没有白费。"得到群众的认可，这就是最高的荣誉。"朴实憨厚的他欣慰地说。

乡村振兴"领路人"

青山绿水，金山银山。

脱贫后，产业还需要继续发展，给予乡村振兴新的活力。为了给崇山观村寻找发展的动力，戚彦杰主动联系了邻村的七羊山肉牛养殖基地，寻找合作的机会。他找到基地负责人，主动提出要为养殖基地建饲料基地的想法。这个朴实的汉子用真诚打动了对方，其想法得到了投资方的认可。抓住这难得的机遇，戚彦杰立马带领支部村委挨家挨户做动员工作，流转了 300 余亩土地用于种植青饲料，建起了青饲料种植奔康产业园。当年贫困户全部入园，土地流转金 9 万元，分红 1.5 万元，当地农户入园务工收入 5.5 万元。

同时，戚彦杰还与村委会一起，采取"党支部主导+产业园+

贫困户参与"的联动模式，利用到户资金、产业发展基金、小额信贷等资金，在全村共建小微园区 2 个，奔康产业园 1 个，其中獭兔养殖共 61 户贫困户入园合计 161 人，分红 13685 元，人均增收 85 元；蛋鸡养殖共 49 户贫困户入园，合计 109 人，分红 10355 元，人均增收 95 元。

但是在建设獭兔、养鸡、奔康园入股分红等工作中，困难重重，农民的想法都很实际，就是分一点现金就可以了，不能持续发展。贫困户王玉清就多次刁难、作梗，在靠近兔园的周围使用农药，给獭兔繁殖造成了影响。戚彦杰了解情况后，主动与对方联系，将办公地点设在了田间地头，20 次的走访，通过宣讲其行为的非法性、后果的严重性，让对方最终主动承认了错误，并转变为村民积极分子，成为崇山观村贫困户中不等不靠、自力更生的标兵。

近日，戚彦杰又按照上级统一部署，因地制宜地规划建设庭院经济，前期已规划 100 亩土地用于种植银杏，实行全村全员参与的方式，近期将全部完成种植；同时他还培育两户贫困户成为果树种植大户，目标将达到 100 亩种植面积，并辐射全村大部分贫困户。

这一系列规划落地，给崇山观村注入了新的经济活力，也给全村带来了增收。大伙儿都兴奋地说，戚书记不愧是乡村振兴路上的"领路人"呀。

山乡巨变

村子的人们住上好房子以后，还要过上好日子、养成好习惯、形成好风气。

戚彦杰分析了村里的风气现状：党员干部思想保守，群众眼界狭隘，上访户不断出现，为鸡毛蒜皮之事经常吵架不断，打牌、酗酒之风盛行……为了改变这些问题，他与村社党员干部、村民积极分子一起研究，对症下药。组织群众修订完善了村规民约，充分发挥"农民夜校"作用。在不耽搁村民干农活的前提下，成立了农民夜校流动课堂，宣传讲解国家的方针政策、法律法规、基层治理、实用技术、家风家教、日常生活等内容；大力开展"三比三评"活动，"三比"即比精神、比环境、比成效；"三评"即评感恩奋进之星、环境优美之星、奔康之星。

曹某好吃懒做爱上访，戚彦杰了解情况后，迅速与村支两委形成决议，对他的合理要求一定想办法解决，对无理取闹、别有用心的坚决给予回绝，并进行思想转化教育。曹某无地自容，就安心在城里打工了，这为崇山观村营造风清气正的环境打下了基础。

村民戚怀培，对干部总是挑刺，很多干部见到他都绕道走。戚彦杰经过深入了解，在群众大会上说，村上的事情，每个村民都可以参与。有一天，专门来村上准备挑刺的戚怀培来到村办公室说："我来看你们几爷子在干啥子？"结果看到戚彦杰一班人正在忙碌着做软件，实实在在做事情，深受感动。戚彦杰和他拉家常，并请他继续关心村上的事情，为了将其彻底感化，戚彦杰又带领村上班子成员到戚怀培的家里继续摆谈，戚怀培态度大变。

春节前，村民自发成立的爱心基金会收到善款近万元，目前救助4人；李成党的儿子李德国在外落户成家，但经历坎坷得了重病，大家慷慨解囊捐款2万余元。

今年春节，在戚彦杰的倡导和组织下，崇山观村举办有史以来的第一台村晚，当村民们走上舞台，或者唱歌，或者舞蹈……小小的山村沸腾了。他们突然发现，自己生活的乡村，是那么美丽，那么让人自豪和骄傲。

怎样做好农村工作？"在政策上，绝对不能贪污；在老百姓的利益上，要一碗水端平。做到公正、耐心、拒绝私欲！"戚彦杰有感而发。

春风化雨润真情。通过干部和群众的共同努力，如今的山村，在戚彦杰的带领下，全村老百姓正一起奔向新征程。真道是：雄关漫道真如铁，而今迈步从头越！

作者简介：

参见《情暖三青沟》。

村和万事兴

李春蓉

  阳春三月，从九若路（四川省阿坝州九寨沟县至四川省阿坝州若尔盖县）中途的黑河镇七里村一下车，就感觉上午十点的太阳热烈得让人想躲避。

  阳光下的土地散发出特殊的香味，抽动鼻翼使劲吸气闻闻，有醇厚、有清香，是肥沃大地的体香。这是七里村千亩樱桃园散发出的味道。大地如此醇香，这片肥沃的土地上养育出的甜樱桃，如拉宾斯、艳阳、红灯、牛心果、美枣、雷继拉、莎密拓，它们又该蕴藏着怎样迷人的香甜？我不由得口舌生津，回忆起春末夏初成熟的甜樱桃：熟透了的甜樱桃如桂圆大小，细长绿色的根茎色泽黑紫或者红紫，甜樱桃树将根深深地扎入大地深处，吮吸着大地的营养，供养着满树繁盛的甜樱桃。每一棵甜樱桃树就像一个巨婴，没日没夜地索取营养，大地母亲该要有何等强壮的身体，才能供养这满园甜樱桃的生长需要？此时樱桃的盛花期已过，枝条上残存白色的樱桃花已经不成气候，前几日千亩的雪白被今天千亩的碧绿覆盖，狭长的樱桃叶有手指那么长了，与太阳见面的时间不多，颜色显得有些稚嫩，树叶使劲伸展着身体，遮盖着枝条上的褐黄色的樱桃残花。米粒大的绿色果实急不可待地伸出头来，将本已谢幕的残花使劲地推到前面，憋得脸色发绿，腮帮子滚圆。

  我既错过樱桃花盛开的时候，又在樱桃还没有成熟的季节过早地来到。此时，"早春第一果"的樱桃还在使劲地生长中。早熟的樱桃在五一劳动节的时候就可尝鲜了。今天我不是来观赏花的，也不是来采摘的，我其实是想看看樱桃生长的过程，想了解一个 500 多人的村庄里 4 个民族的村民是如何和睦相处的，更想看看七里人是如何努力地过上如今的幸福生活的。

放眼望去，阳光下的七里村一派欣欣向荣的景象。

一　前世今生

七里，老辈人喊"七舍坝"。因为发音的原因，直到今日，我都错误地认为"七舍坝"是"骑射坝"。旧时九寨沟县有 3 个坝：刀口坝、七舍坝、罗依坝。追其根源，3 个坝都有千亩平坦的土地，千百年来都和战争有关。我把"七舍"误认为"骑射"，就是七里的历史和地理位置误导的。

从七里顺着河水逆行，会经过老地名称为一道城、二道城、三道城、四道城的地方，再往上走，到达海拔 4000 多米的山顶——喇嘛岭的郎架岭，黑河就发源于此。喇嘛岭是游牧民族和汉族的分界线，也是牧区和农区的分界线，如今是九寨沟县和若尔盖县的分界线。而历史上修筑四道城池，显然是为了阻止游牧民族冬日青黄不接时翻过喇嘛岭来抢夺粮食或者钱财。《南坪县志》记载："凤仪二年（677 年），五月，吐蕃攻占扶州，临河镇（今九寨沟玉瓦区，紧邻黑河镇）守将杜孝升被俘，蕃军逼杜孝升投书松州都督使武居寂，投降吐蕃，杜孝升拒威不从……"

因此，我的印象里血腥战争的"骑射"，颠覆了田园牧歌的"七舍"。

那命名"七舍"，又是何种理由？

相传很早以前，这里居住有"马、贾、王、何、苏、苟、周"七个姓氏的人家。七家人和睦相处，互帮互助，过着田园牧歌般的生活。"舍"有"房屋、舍间"的意思。七个房屋，称为七舍。七舍建立在一个宽敞的平坝上，称为"七舍坝"。这是一个有温度的名字。

又一说，还是和这里的军事要道有关。古代行军三十里为一舍，如"退避三舍"，就是退避九十里。或者住一宿的地方，称为舍。如今演化为宿舍，睡觉的地方。"七舍"，就是七个三十里，从哪里出发到这里是"七舍"的距离呢？总之，"七舍"的名字，有浓浓的战争色彩，有冷兵器的锋利，有战争的无情。这种解释和我理解的"骑射"同理，听起来耳朵里满是冰凉的感觉。

"七里村"是新名字。新中国成立后人口猛增，已经不是原来的"七舍"了。古代五家为邻，五邻为里。"舍"已经不能满足时代的进步最终要被"里"替代。如今七里村的 156 户人家该是三十一"里"了，标志着进入大发展的时期。

而经过精准扶贫后的七里村，已经进入乡村振兴大发展的新时代。

二　以和为贵

百年的核桃树，像一个历经沧桑的长寿老人，默默伫立在村寨的水沟边、田坎上、每家人的房前屋后，看着人们忙碌的身影。百年来，它看到无论村民们怎样起早贪黑地忙碌，风调雨顺的年份，也只能填饱肚子，经济收入只能靠卖百十斤核桃或者上山挖野药换钱。苦啊，太苦了。无论如何，村寨里的这棵核桃树没有孤单过，总有一块大大的石臼被人们放在树根的位置和它朝夕相伴。天黑前夕，总有人来到树下，取下挂在树枝上的木头锤，在石臼里擂着红辣椒、芝麻、荏子，或者洋芋糍粑。更多的时候，村民们是来擂核桃仁的。

七里村出产洋芋。人们在地里忙碌了一天，回家时筋疲力尽了，煮一锅洋芋蘸加了毛毛盐的核桃仁细末，这是最简单的家常便饭，不但味美，还能饱腹。因为七里的陵江核桃最有名，皮薄肉厚，色泽雪白，富含油脂。在陵江乡和黑河乡撤乡并镇成黑河镇前，七里村属于陵江乡的一个村。陵江核桃名声可大了，在核桃中属于佼佼者。如果说七里人有能卖钱的经济作物也只有核桃了，仅存为数不多的几棵老核桃树。核桃树闻着石臼里核桃仁散发出的浓郁香味，就像一个母亲看着自己辛苦养大的孩子有出息了，满是欣慰和自豪。

核桃树既为核桃自豪，又为村民的苦日子担忧。同时，看到村民们和睦相处，它更是欣慰。因为"核桃"的"核"和"和睦"的"和"谐音。在满是核桃树的村寨里，村民们能和睦相处，更让人赞赏。

七里村的村民们能和睦相处，真不是一件容易的事。

全村 156 户 545 人，其中藏族 99 人，汉族 350 人，回族 90 人，羌族 6 人。是不是 4 个民族组成了一个大家庭？而且，各民族的生活习惯、宗教信仰各不相同，怎样才能既互相尊重各自的习惯和信仰，又在时代的发展中携手并进？在七里村这个小小的村寨里，既要像"石榴籽一样紧紧地团结在一起"，讲团结讲和谐，又"要给农业插上科技的翅膀"，讲发展讲致富，这是个难题。

村寨里的清真寺，满足 90 位回族村民每天 5 次的礼拜。人们早已习惯了早晨 6 点多钟时，清真寺里传来晨礼的祷告声，声音是那么遥远，又是那么临近，那么空旷，又那么真实，声音能穿透清真寺的房顶，穿透云霄，到达很远的地方。

我采访的那天，回民马培贵从我下车就一直陪着我，给我讲解。临近中午时分，马培贵频频看时间，他的老朋友汉族村民赵朱来说："快去快去，时间快到了。"是回民们晌礼的时间到了，这是回民们铁定的时间，不能耽搁。赵朱来、张德俊和马培贵，他们虽然是几十年的老哥们，可是他们之间对于各自的信仰非常尊重，对各自的生活选择深深理解。在他们看来，马培贵的祷告，是那么理所当然，就像吃饭睡觉一样正常。我想，互相尊重各自的民族习惯，这是他们践行"和"的基础。

日常生活中，几个老哥们儿互相提醒，你的高血压要记得吃药哦，你的身体不能喝酒哦……

虽然是生活中不能再小的琐事，但是在我看来，即使一家人，也无外乎就是这样互相关心关爱了。突然想起孟子的一句话："老吾老以及人之老，幼吾幼以及人之幼。"我不禁脱口而出："爱吾爱以及人之爱。"确实如此，只有做到我爱大家，大家才会爱我。短时间的相处，我也能窥视七里村的民族团结。老年人的言传身教，年轻人的互相合作。"和"是做好一切事情的基础，以和为贵，代代相传；以和为贵，万事兴旺。

村口入口处那个"民族团结进步示范村"的牌子可不是凭空得来的。

三　樱桃，樱桃

入村的这条路我既熟悉又陌生。几年前因为要写脱贫攻坚报告文学《心安》，我曾经来过这里，从这条路走到贫困户徐培代的家里。那时的路面狭窄、泥泞，有些地方还有断裂，要跳过去才行。徐培代家门前核桃树的枝丫上放着玉米草秆，树底下歪歪斜斜地用几块木板搭着猪圈和牛圈，臭气熏天，蚊蝇乱飞。我们走进徐培代的院子，刚修起的房子只有一楼有住人的迹象，楼上敞着，空空如也。院子里刚种的樱桃树苗小得像一个婴儿，还无力为这个贫困的家做些什么。

4年过去了，今天又到了熟悉的地方，昔日用两三根木柴横挡在路边当临时的院门，挡住牛马不让进的院子，如今高大气派，木头青瓦红檐，大门没有安装门扇，青石板铺就的地面与木头房子互相映衬，就连几张石板桌子和周边的环境都显得协调统

一．徐培代家院子里的甜樱桃树茁壮得像一个生机勃勃的青年，此时正是它生命的高光时刻。樱桃园里有半米高的木质栈道围着樱桃树，踩踏在栈道上采摘、喝茶、吃饭、发呆，多么惬意的环境。

看得出，经过几年的发展，甜樱桃和农家烧烤等项目的收入，让从前的贫困户徐培代家彻底脱贫了。

在世代种植玉米的土地上种植水果——甜樱桃，对七里村村民的惯性思维是个巨大的挑战。村名赵朱来的地里虽然种上了政府免费发放的甜樱桃树苗，他的心里对樱桃可不怎么认可。虽然甜樱桃树苗免费，但是甜樱桃要 3 年才挂果，谁能知道挂果后甜樱桃销路好不好？卖不掉的话，这么多的樱桃，能当饭吃吗？种上樱桃树，牲口连吃的草都没有了，怎么办？生活中固定的程序被小小的甜樱桃打乱，人们一下慌了神，甜樱桃树苗被很多村民拒绝领回。如果村民都这样认为，那么种植甜樱桃实现增收致富的计划可能会流产。于是村两委班子发动党员干部率先实践，带头种植。

回族村民马培贵家的 3 个大学生读书需要钱供养，甜樱桃要在种下 3 年后才有收成，他可等不了，他要上山挖野药，换现钱寄给 3 所不同大学读书的孩子。村民毛脑壳的母亲，观念僵化，硬是不种甜樱桃，村干部好说歹说，终于同意自家的九分地全种上甜樱桃了。3 年后她的九分地的甜樱桃卖了 1 万多元钱，此时的她笑得合不拢嘴，逢人就说："幸好当初没挖掉樱桃树，要不然，我一个老婆子，一年上哪里去挣一两万元钱呢？而且这钱还年年都有呢。"

村民们露出难得的笑容，这是丰收的喜悦。

赵朱来的地里好说歹说种上樱桃树。树是种上了，可是他的心里不愿意呀。第二年开春时，赵朱来想在地里种玉米。他认为从古到今，土地是用来种粮食的，农民得靠地里产的粮食维持生活。他越看樱桃树越来气，谁要樱桃树，来来来，自己挖去。有人挖去了地里的甜樱桃树，赵朱来舒心地种上一季玉米。转眼又是一年，七里村的甜樱桃不但挂果了而且当年就是大丰收。赵朱来家被人挖去的甜樱桃树和其他人家的甜樱桃树上挂满了硕大的甜樱桃果子，被人以6—7元每斤的价格全部收购，根本不存在销售不出去的问题。这是把几千元钱拱手送人了啊！一年收入几千元，几年累计收入多少钱？赵朱来脑袋里的算盘打得噼啪响，他后悔不已。没办法，只有来年开春时重新种上甜樱桃的树苗，耐心地再等3年。赵朱来自己掏钱买了甜樱桃树苗，赶在春天里种上。赵朱来想：3年后，我和你们一样，厚厚的一沓人民币就装入口袋了。赵朱来仿佛看到满树紫红的甜樱桃和看不到尾的甜樱桃收购车，他仿佛看见幸福生活就在前方不远处等着他。

甜樱桃挂果的第二年，销售价格开始飙升，一直卖到15元一斤。再后来，网上销售达到几十元一斤。

销路和价格这么好，当然，这是有原因的。

熟透了的甜樱桃裂口，影响品相，自然就会影响价格。甜樱桃成熟期相同，扎堆销售，同样影响价格。乡镇干部和村干部们看在眼里，急在心里。去绵阳销售甜樱桃的村民回来说，汉源销售的甜樱桃上都套有白色的纸袋子，取掉纸袋后的甜樱桃个大、色深、味甜、肉多，销售价格比普通甜樱桃高许多。

原来是这样。村干部下定决心，要让村民种植甜樱桃的利益最大化。村支书李培英带领村干部们风尘仆仆赶到汉源九龙，考察学习别人甜樱桃的套袋技术。看到汉源漫山遍野的大棚，他们才明白大棚和甜樱桃的关系。取回真经的一行人回到村子里，党员带头，实验大棚套袋种植甜樱桃。

天不遂人愿，一场大风吹得大棚的塑料噼啪乱舞，将还是绿色的甜樱桃果子拍落了一地。这可是大家伙的心血，是养家糊口的经济来源啊。大家痛定思痛，查找问题，解决问题。大棚需要加固，顶上的塑料太轻，想办法在大棚下吊一瓶水，增加重量。从此，樱桃在大棚里使劲地生长，再没有被大风吹掉过。

套上袋的甜樱桃，使劲长个子，水分充足，成熟期迟，味道甜香。别人的甜樱桃罢市的时候，正是七里套袋甜樱桃大量上市的时候，价格稳定在每斤十几元。2021年，全村共出售甜樱桃35万斤，村民收入340万元。

甜樱桃，让七里获得"第八批全国一村一品示范村""四川省乡村振新示范村"的荣誉称号。

四 "黄金大道"

一条两人可以并排走的黄色小道，七里人更喜欢叫"黄金大道"。路道不宽，寄托的是七里人对美好生活的美好愿望。

七里背面有座山，名叫"马脑壳"，这座金山采矿权面积2.57平方千米，盛产蚀变岩型雄雌矿化、辉锑矿化、硅化、碳酸盐化金矿石。金矿石经过无氰堆浸—炭吸附—碳解吸—提纯冶炼工艺处理后得2#成品金。"马脑壳"至今已累计生产黄金12.5吨，产值23.6亿元，目前仍保有金矿石量701.2万吨，是座名副其实的金山。

黄金，在中国人的印象里，可是值钱的宝贝。就算矿石里含有再多的黄金，可也要用特殊的方式方法才能提炼出来，就算抱一块石头回去，还是一块石头。七里人祖祖辈辈住在黄金富矿旁，很多上了年纪的人，一辈子都没有见过黄金，更不要说佩戴黄金首饰了。

九若路使九寨沟景区连通了S301省道，旅游沿线配套设施逐渐完善，神仙池景区旅游日臻成熟，农家乐、甜樱桃采摘渐成气候，更重要的是游客日渐增多，旅游者中有想了解黄金解析过程的，还有想购买黄金及黄金饰品的，这一切促使七里黄金主题展馆应运而生。

游客采摘甜樱桃、吃农家饭、住农家屋，还会沿着"黄金大道"到达黄金展馆，目睹黄金解析过程，年轻人亲手制作独一无二标志的项链、手链或者耳环，表达情比金坚的誓言；中年人或者老年人给家人定制有特殊含义、有纪念意义的首饰，表达珍惜和关爱。

阳光下，"黄金大道"熠熠生辉。走在"黄金大道"上，七里人感觉是走在金光大道上，这条"黄金大道"通向幸福。

作者简介：

参见《紫色的梦想》。

此间有新意

——走进新津，走进乡村振兴

罗　薇

闲暇之余，刷个抖音、览个快手，常会看到大量展示新农村的博主们"炫富"视频——广阔富饶的现代农田、宁静富美的山村景致、漂亮宜居的乡间宅院、绿色环保的生态农品、独特传承的美食文化……新意盎然，别有人间。稻田清风，山间乡居，清雅宁静的生活，为世人所共适。几年前，吾有幸于成都新津乡野，识得一闲中宝地，甚爱于此。是年春日，余又在其周边连连有新的发现——乡村大美，喜不自胜，遂一一拙笔记录。

一

好几年前，一日周末，天气尚好，家人正为选择去哪儿度闲犯愁。小姑子道，新津有一斑竹林景区，那里的烤面包"巴适得很"，景色也不错。既有美食又有美景，心下欣然，当下驱车前往。

新津区位于成都市南，从市区出发，约1小时即达。进得园中，路过一片围满菖蒲的池塘。春日已盛极而出，时令交由初夏。适逢蓝的、紫的、粉的，各色菖蒲花开，亭亭袅袅，其间尤以蓝色居多，甚是悦目。菖蒲属鸢尾科，花朵状似蝴蝶，翩跹于成片葱翠的剑形叶片之上，仙气飘然。

菖蒲又名玉蝉花，在日本，花开之时，亦是提醒人们，该是播种时节，于是菖蒲花开也预示好运来临。

此刻菖蒲与天空同镜，白云悠悠，一齐映入碧潭。水面轻风习习，拂面清凉，顿生惬意。

过了池塘，一片竹林掩映中，赫然现出一条民风质朴的街道。看街口碑牌，原是叫"番薯藤"的台湾风情街。

一眼望去，街巷并不算长，500 来米的样子，恰好适合那不喜过久逛街的人。街铺食物饮品皆具台湾风情，而建筑是川西民风，青瓦白墙，木格子栅门窗，倒也和谐。屋檐下，每根廊柱边脚，都靠摆着一个巨大的土陶花盆，开爆了红艳艳的天竺葵，明艳艳地装饰着这条素雅的街巷。

面包被烤制而散发的香气袭来，混合着小麦、黄油、香草的味道，恣意弥散，半条街都被这香气勾着魂。我们寻着香，很快找到了这家番薯藤面包店。

人气还不错。玻璃橱柜前围满了挑选面包的人，收银台前也已排起了长长的队伍。"人气——检验食品味道好坏的一个重要标志。"我下意识地想。

面包师傅在半开放式的厨房里忙碌。采用有机杂粮纯手工烘焙出的面包，焦黄色，橄榄状，个头很大，外形统一，无多余巧饰，予人以健康、厚实、新鲜之感。其品种有红豆、椰蓉、巧克力等多种夹心味道。我给自己选了个椰蓉夹心面包。我将裹着棕色纸袋、尚有温度的大面包握在手中，心里是满满的踏实与期待。

送入口中，皮肉柔软劲道，包裹着麦香、椰香、奶油的各种味道，一齐在味蕾上跳跃，在鼻息间奔走，于心里轰轰然炸开数朵烟花，弥漫的香气久久不散。

本已吃过早午饭的我，大半个面包下肚，却不觉罪过。心下宽慰：胖就胖去吧，先吃了再减，谁叫它这么好吃！

风情街两旁还设有台式餐厅、茶坊、咖啡厅，台湾特色有机食品、风味糕点、奶茶店，以及特色小作坊——体验 DIY 蛋糕、小饼干、香熏皂、插花等制作乐趣。

来过一次斑竹林之后，每每再来，除了受番薯藤面包的诱惑，就是被这景色吸引了。

斑竹林景区为川西平原腹地仅有的市级森林公园，占地约1500亩。景区打造之时，完好地保留了它的原始风貌。这里有上百年的竹林与桢楠，江安河、羊马河支流环绕其中。因为园区够大，通幽曲径众多，来此的游客虽是不少，散布开来也不觉拥挤，你总能找到那个属于你安适的地方。因势而建的平湖秋月、吊桥叠溪、姚滩湿地、水湄清音等景致，揽你入怀，亲近又自然。

静美的平湖秋月水畔，有个大草坪，是游客们喜爱的聚居之地。尤其是草坪南面的两棵大树——一棵榆树，一棵蓝花楹。阳光浓烈之时，两丛巨大树冠之下，聚满了几十上百的纳凉人。

几乎每次来，都能遇见前来拍婚纱照的情侣，有个大夏天，我居然发现了4对。他们顶着烈日，在草坪上摆出各种累人的姿势。我躲在榆树下"欣赏"，心里一边替他们叫着热、叫着累，一边庆幸着自己的凉快。这也难怪他们，谁想顶着酷热来此折腾？怨就怨那摄影师选的好景致。

我渐渐发现，园区里竟以蓝色花品居多：池塘边以蓝色基调为主的菖蒲，大草坪上巨大的蓝花楹，水湄清音池中的凤眼莲，姚滩湿地里的兰花草……每次面对它们，心里总会有莫名的怀旧情愫。建造师依自然之势，精心构架的花草景观，种下那些蓝色的花朵，与之遇见，是那么的熟悉与亲切，仿佛久未见面的朋友——

儿时生长的地方，夏日池塘里盛开的凤眼莲，总是令我驻足流连；年少时流行的校园歌曲《兰花草》，齐豫的歌声清婉动人，总能把我的思绪带向远方；成年后认识了高大的蓝花楹，看它在阳光中飞舞，总想起三毛的诗句"一半在尘土里安详，一半在空中飞扬；一半散落阴凉，一半沐浴阳光"，萦心之事每每化为宁静，若是做一棵树多好……

此境，应是心灵休憩的适地。身处其间，你才方醒，那清亮亮的水，那散落或聚居的树木与花草，原是与我们同族，我们休戚与共、一脉相生。

二

一个乡间旅游景区的建设，不仅为人们提供了美好的休闲环境，更重要的是，它还带动了一方农人就业，致富了一方百姓，美化了一方水土。

我发现，斑竹林园区里的工作服务员工，大多是附近村子里的人。在这美好的园子里工作，是件多么幸福的事啊，哪怕刨下土，除下草，扫下地，拾个垃圾……在园区漫步，偶与穿制服的员工们遇见，我们会相互打个招呼，我常会忍不住羡慕地问道："是否是附近居民啊？"不出所料，回答多是肯定的。

景区在餐饮服务、超市售货、治安管理、绿化养护、环境卫生管护等方面，为当地农民提供了多个就业岗位。我了解到，他们平均一个月收入在3000元左右，算一算，仅此一项每人每年可增收3万余元呢。

在斑竹林园区门前，三星路的两旁颇有人气。紧挨着开了许多餐馆，生意都还不错。尤其是离园门最近的那家豆花鱼庄，连着两家铺面都是他们一家人开的。到饭点时，常常座无虚席。

当家的老板是个40来岁瘦高男人，因为常来，偶尔和他聊上几句。故而知道，他们一家就是本地（新津区兴义镇）村民，因建设斑竹林景区而搬迁，分得这两家铺面，做了餐饮。铺面是自己的，当然不用交租金，做餐饮也就没多大风险，挣的基本就是纯利润。看他谈起这满脸的笑与自豪，就知道定是挣了不少的钱。

三

2022年春，我认识了天府农博园。游览过三次，每次都有新的使人愉快的发现，可谓"发现之旅"，而且它竟然与我所钟爱的斑竹林景区有着紧密的联系，真是令人欣喜。

是年春天，闻说新津两河口菜花尚好，我和爱人驱车前往。离开市区，驶上笔直的成新蒲快速路，广阔的成都平原一览无遗。

路上，远远见一处醒目的建筑群，共由5个巨型穹顶并排组成，状似从中剖开的巨大玉米棒，五彩斑斓地横卧大地。建筑墙体亮晶晶地反着光，原来是由彩色玻璃片拼接构成。其中以黄色居多，间或有蓝、红、绿色。

心下好奇，当车驶近，见一道旁路标，分明写着"中国天府农业博览园"！原来此处就是大名鼎鼎的天府农博园啊！我常听同事提起，因为他们在具体负责农博园内的农展馆、脱贫攻坚博物馆的展陈工作。

想必那建筑群便是农展馆咯？这与我头脑中设想的刻板肃穆的展馆形象有着霄壤之别——它竟是一个出人预料的自然、时尚与华美的融合建筑！

当车驶得再近些，双眼又被那田里突然呈现的景物点亮。大片大片的花，在展馆脚下坦阔的田野上奔放盛开、铺陈渲染。黄的一片，粉的一片，淡蓝的一片，嫩白的一片……共同绽放出一条条五彩的生态丝带，美得炫目，美如梦幻。

可惜那天是三八妇女节，人太多，田间布满了密密麻麻与花朵争艳、与蜜蜂抢夺地盘的美女们。一个在公路边人气太好的景观，不免让人联想到容易堵车和车位紧张的状况，由此我们打消在此停留的念想，待他日再来。

两周后，我实现了第二次游览天府农博园的愿望。第一次是名副其实地走马观花，这第二次可算是脚踏实地了。余在五彩油菜花地里饱足了眼福。而此行，我又有了新的重大"发现"——在大片五彩油菜花田地的边缘，有一条铺着红色沥青路的绿道。道旁种植着几簇红枫，绿色的草坪将其红色衬托得分外耀眼。它吸引着我们的双脚，从田埂跨上绿道细看。没走两步，但见一座小桥跨过溪流，往桥那头一瞧，竟是斑竹林景区的后门。

原来我钟情的斑竹林景区和天府农博园是连接成片的，它已成为农博园区的一个重要组成部分。

绿道上偶有农人经过，我心下想到，乡村建设得如此之美，他们天天行走在画中、生活在画中，叫人好生羡慕！

我第三次参观天府农博园，是有幸受新津区文联、建党工作室和作协的邀请。本就对农博园有好感，令我欣然往之。喜欢一个地方，自是希望对它有更多的了解。

四

这次前访，我了解到了它的建设背景。中国天府农业博览园的建设，是为深入贯彻习近平总书记关于擦亮四川农业大省金字招牌，加快实现由农业大省向农业强省跨越的重要指示精神，于2018年6月，省委十一届三次全会决定在新津区兴义镇创办，它将作为四川农博会的永久举办地，被打造成四川贯彻乡村振兴战略标志性项目。

园区规划面积为113平方公里，围绕"农博引领+乡村振兴"，聚焦农业博览、农商文旅体科教融合发展和绿色食品主导产业，积极培育以乡村为场景的新经济产业，着力呈现"永不落幕的田园农博盛宴、永续发展的乡村振兴典范"，创新探索美丽宜居公园城市的"乡村表达"。

目前，已实施建设了农博主展馆、大田展区、农耕文明博物馆、融媒体中心等重大功能项目12个，引进蓝城·沐春风、新希望智能养猪、58 科技农业总部基地等产业化项目 45 个，落户中国农大四川现代化农业产业研究院、中央党校精准扶贫实验室、中国农科院农业科技成果转化示范基地等平台机构。

这次对与我同去参观的作家们触动最大的，要数张河果园子社区建设。该社区属兴义镇张河村，位于农博园核心区域，集中居住 271 户 762 人。

从前的张河村，是一个典型的"空心村"。村里年轻人大部分出去打工，而留守的老人、妇女和儿童，守着田，却无力挣钱。田野荒芜，垃圾随处，乱棚搭建……曾经的张河村，经济困难，环境差，常遭到其他村落的嫌弃，更有"好女不嫁张河村"的说法。

可以想见，从前的张河村，要想改变是多么艰难，促进经济发展、基础建设的艰辛自不必说，要转变老百姓的观念也是个难题。

而张河村的改变，要从农博园的建设说起。当它被划定为农博园建设核心区域后，在四川省委省政府、成都市委市政府的关心支持下，新津围绕"把农博会办在田间地头"的理念，引导张河村开启了以"农博引领+乡村振兴"的全新探索发展之路。

在张河村第一书记谭其传、副书记李媛媛等一批党员干部的带领下，全村党群团结一致，努力奋战，抓住前所未有的机遇，巩固拓展脱贫攻坚成果，扎实推进乡村振兴。通过积极动员，引导 38 位青年返乡共同创业。整合土地，引进农业产业化、规模化项目，大力发展都市现代农业和乡村田园观光，强力推进农业博览与休闲旅游、文化创意等跨界融合，探索完善"合作社+平台公司+社会投资"模式，建成集趣果园子共享农庄，成功将田园变公园、劳作变体验、农品变商品，村集体经济年收入达 100 万元，村民人均年收入达 3 万元。

秉持共同富裕的理念，新津区委区政府将张河村成功致富的模式、复制到对口帮扶的阿坝州小金县，打造了木栏村"苹果共享农庄"，带动当地农民人均增收2300余元，该模式还被中央党校编入《从脱贫攻坚到乡村振兴》经典案例中。与新津共同探索、合作建设"共享农庄"的途远公司，还将成功模式推广到国内4个直辖市，18个省，50个县市，1个特别行政区及4个海外城市，让乡村之美遍及全国，让世界贫困乡村共同走向富裕。

在这个春日的午后，我们一行缓步行于张河果园子社区。环望四周，社区街道宽敞整洁，一排排别墅小院时髦精致。几个幼童，在路面上溜着滑板，风一般从我们身边划过，母亲们在后面追赶；一户人家的宅院大门敞开，一对老年夫妇，安详地看着电视。餐馆、小超市也都窗明几净，娱乐室里传来麻将哗啦啦的响声……社区功能一应俱全。

正值蔷薇花开，家家户户房前屋后，粉的红的，爬着墙、绕着窗，花团簇拥，叶片闪亮。我们走在温暖的春光里，就快被眼前的景致吸引了。

这乡居美得不要不要的，好生羡煞众生。我们半开着玩笑，纷纷向领队的村书记表达要购买这里别墅的强烈愿望——愿余生都住在这里，朝闻鸡犬之声，暮看"夕阳在天边燃烧，晚霞落在房后"，城市烦扰，皆消散在炊烟里。

五

东汉建安二十一年（216年），因彭山江口水患严重，犍为郡守李严深开辟了沟通成都平原与眉山一带的新渡口，新津被历史赋予重任，且由此而得名。

两千年时光飞度，世事沉浮，沧海巨变。看如今新津，在巩固拓展脱贫攻坚成果同乡村振兴有效衔接的进程中，又被赋予新的使命和担当——新津，正奋笔续写新时代乡村建设，呈现出新农村的华彩乐章。

　　曾经的农村，就是"土"的代名词，被一些人看低。四川话里嫌弃一个"土里土气"的人时，不管这人是城里还是乡下的，常会说——这人好"农"哦！你咋个"农豁豁"的呢？

　　究其根源，是因为曾经的农村穷、农民苦、农业真落后！沾了"农"字，就是沾染了"土气"。而如今，人们却巴不得到农村，去沾染这"土气"，还美其名曰"接地气"。在乡村，你能感受到自然之气，呼吸到氧分充足的新鲜空气。

　　你若再以老眼光看轻农村，那就是你"不洋气"了，是你"老土"了。城里人周末去乡村度假，或在乡村租赁、甚至购买一座房子，闲暇时住上一段时间，这是顶叫人羡慕和时髦的事情。人们摈弃了城里的快节奏，去乡村寻找心灵皈依的住所，追求享受原汁原味的乡村慢生活，这已然成为新的时尚。那是因为，中国乡村已经发生了沧桑巨变，农村变得更美，农民变得更富，农业变得更强了！

作者简介：

　　参见《瓦岩河畔的成长》。

泸州：清风送来花草香

刘裕国

　　盛夏时节，川渝作家环保行采风团走进长江泸州段。一路行走，一路眺望，一江清水，天光云影共徘徊。江水穿越绿意盎然的山川，在高楼林立的城市里蜿蜒，在星罗棋布的新村中镶嵌。足至江边，只见流水滔滔，清澈见底，纯如甘露，令人陶醉。终于忍不住，蹲下身来，掬一捧清亮的江水，捞一把飘逸的水草，仿佛一下子捞回了童年的记忆，又回到了童年的河边。

　　不得不为这一江清水喝彩。翻阅泸州市生态环境局发布的江河水质月报，今年3月，长江泸州段水质类别保持为二类水质，高于三类水质的国家规定。这是个奇特的数字，难怪有环保专家惊叹：泸州人向新时代交出了长江大保护最靓丽答卷！生态振兴，成为乡村振兴的重要支撑。

　　灿烂的阳光洒在江面，江水活力四射，从这里奔涌出川，欢快的浪花向我们频频挥手，向我们尽情诉说……

凝聚共识

2018年6月20日，这是值得泸州人记住的一天。

北京会议中心，专家齐聚，金色的阳光投进玻璃窗，明亮的会场洋溢着热烈气氛。经过充分讨论，最后形成共识。当主持人宣布《泸州市长江沱江沿岸生态优先绿色发展规划》通过评审时，会场即刻响起旋风般的掌声。专家们由衷地为此感到高兴！

他们知道，这个《规划》不寻常，它既是长江经济带第一个生态优先绿色发展规划，也是全国地级市层面第一个生态优先绿色发展规划。

第一个吃螃蟹？泸州人胆从何来？

"这是泸州的战略地位决定的！"泸州市相关领导回答提问，话语掷地有声。

"长江大保护，是新时代的国家战略。在长江流域的版图上，四川的位置至关重要。而泸州，是长江出川的最后一道关口，是长江上游地区重要的水源涵养地，生态环境保护责任重大。从某种意义上讲，泸州的长江水以什么质量出川，就代表着四川向全国交出了怎样的一份长江大保护答卷。"这位市领导向我们进一步阐释，说话时脸上透着坚毅的神色。

泸州地处长江上游，既是四川省生态建设的核心地区、生物多样性富集区、长江上游重点水源涵养区，也是典型的生态脆弱区和自然灾害多发区。泸州的决策者清醒地认识到，要加快建设长江上游绿色生态屏障，必须首先破除旧的思想观念屏障，让"绿水青山就是金山银山"的理念，成为社会共识，成为全民行动。

为此，泸州的决策者将一张蓝图绘到底，一届接着一届抓的思路打底，合力使用了三个招数，招招都有成效。

头一招，用科学的规划凝聚社会共识。早在2013年10月，泸州就出台了《赤水河流域经济发展战略研究》，并在2014年以后，相继编制了《赤水河（泸州段）区域环境保护规划》《泸州市绿色发展规划》，确定流域生态环境保护目标、思路和措施，并在此基础上形成了如今"两个第一"的《泸州市长江沱江沿岸生态优先绿色发展规划》。

第二招，大刀阔斧优化工业布局。泸州优化沿江产业布局，推进沿江产业、临江企业退江入园，严禁在长江沱江沿岸1公里范围内新建布局重化工园区，严控新建石油化工、造纸、印染等项目。近年来，泸州招商引资频现"拒签门"，为保绿水青山，落后的项目再大也不引进。泸州市民在的调整行动中，看到了党委政府走高质量发展之路的铿锵步履和坚定决心。

第三招，开展环境信用评价。按照四川省生态环境厅统一安排部署，泸州对全市 59 家重点企业开展四川省企业环境信用评价工作，评价结果通过市生态环境局网站、"信用泸州"网站等平台向社会公告公示，广泛宣传环保诚信企业，曝光环保失信企业。投入 160 余万元，在全省率先启动市级环境信用评价系统平台建设，2018 年底建设投运后，将全市 155 家企业纳入泸州市企业环境信用评价范围内。

尤其值得称道的是，泸州市"绿芽积分"活动，这是西部首个个人绿色生活积分。"绿芽积分"，点亮一条人人都能参与的环保征途，让全体市民都成为追光者！

据泸州市生态环境局有关负责人介绍，2018 年，泸州启动环保"绿芽"行动，成功推进绿色发展理念在青少年群体中落地生根。2020 年，泸州再度发力，以习近平生态文明思想为指引，以"绿芽"行动为发端，建立了泸州市"绿芽积分"。这是基于个人绿色行为的数字化激励模式，创新运用碳减排方法学，全方位采集绿色维度数据形成的个人绿色生活积分体系。简单来说，就是通过记录我们在日常生活中的环保行为、科学核算个人产生的环保贡献。

说起这件事，家住泸州主城区的市民、50 多岁的张女士有点激动："我每步行 100 步，就将记录 1.643 克减排量，我每天至少步行 5000 步，奖励'绿芽积分'10 分。"原来，这是其中的低碳步行项目：绑定微信运动，自动累计减排量。

泸州市这位负责人还介绍说，"绿芽积分"涉及市民个人生活的方方面面。比如，公交出行、支持绑定泸州公交卡、E 公交，首次绑定可获得 30 "绿芽积分";绿色金融,支持绑定泸州银行卡,首次绑定奖励 200 "绿芽积分";"绿芽集市"已开,大到家用电器、护肤品,小到零食优惠券等实用商品,都能使用"绿芽积分"免费兑换,让你的每一个环保行为,都能收获福利回馈。

2021 年 7 月 15 日上午,在合江县波光粼粼的赤水河畔,泸州市生态环境局组织开展的"放飞生态梦,守护英雄河'绿芽'增殖放流志愿服务活动"拉开序幕。当护鱼员发出洪亮的口令:"三二一","绿芽"志愿者们应声将鱼苗放生,一尾尾鱼苗,有序地游入清悠悠的赤水河。活动当天,共放流中华倒刺鲃 1000 余尾、鲤鱼 4000 余尾。据介绍,此次放生的鱼苗均为公众通过捐赠"绿芽积分"认领,市民们通过放流鱼苗,为赤水河流域生态保护贡献力量。

泸州市生态环境局长陈进说,"绿芽积分"将环保碳减排与公益结合起来,将泸州人生活中的环保行为"形成点""连成线""汇成面",科学精准地勾画出一条人人可感、时时可行的环保践行之路,推动构建生态环境治理全民行动体系。如今,"绿芽积分"已被生态环境部和中央文明办评选为"全国十佳公众参与项目"。

利剑治污

一枝红花,一蓬芦苇,一只彩蝶,动静相宜,相映成趣。轻轻举起相机,屏住呼吸,随着"咔嚓"一声响,一幅精美的微观生态图被定格。你怎么也不会想到,这画面是来自合江县城张湾生活污水处理厂渠系中。大自然一个动人的瞬间,珍藏吧!

合江人很自豪:千年古县,长江上游置县最早的三个县之一。位于四川盆地南缘、川渝黔结合部,因长江、赤水河、习水河交汇而得名,境内河溪纵横、水网密布。

合江人很忧虑:农耕文明留下了陋习——雨污混流,直入长江,延续千百年,污染的不仅仅是长江,而是我们这个时代。

今天，历史的脚步在这里出现了新的起伏。

2018年，专题讨论生态环境建设的合江县委常委扩大委会，开成了誓师动员会。"一班人"的共识，凝成了誓言："我们要用壮士断腕的决心来治理水污染，保护母亲河！"

然而，治污，合江人面临的困难如大山一样沉重。合江是农业县、贫困县，县财政家底太薄；赤水河流经合江七个乡镇，污水治理的面太宽、量太大。请专家一测算，修管网，建厂房，购设备，没有几个亿的投入，治污便是一句空话。可是，全县人不吃不喝，一下也凑不齐这笔钱呀！分管副县长张霜说，一想起这件事，吃饭都不香。

没有时间犹豫，没有功夫叹息。连续两个月，相关人员星夜兼程，马不停蹄地奔走，陆续争取到了国家、省、市几千万生态保护资金。不足部分，向社会融资，县财政勒紧腰带投入。合江下大力进行雨污分流的管网建设，从城镇到乡村，确保每家每户的生活污水入管道，雨水入渠系，告别雨污交叉污染的历史。雨水自然排入长江，生活污水通过处理厂进行无害化达标处理。

合江人因时而谋，顺势而为。用有限的资金，在大桥镇将军村建了垃圾中转站，2020年6月投入使用。采用垂直镇压的先进工艺，将千家万户的分类垃圾压缩后，转运至泸州及古叙垃圾发电厂。截至2021年7月底，中转站共计处理生活垃圾48465.55吨。

泸州市兴泸垃圾焚烧发电站，位于纳溪区新乐镇长安村，在长江生态环境大保护中应运而生，一期2015年12月投运，二期2019年7月投运，主要承担江阳区、龙马潭区、纳溪区、合江县、泸县城市生活垃圾处置工作。2020年，焚烧处理生活垃圾约70万吨，向社会提供约1亿度的优质电能，节能减排效果显著。

大热天，走进合江县城张湾生活污水处理厂，沿污水处理池行走，闻不到烈日下的水臭味。整个厂区，就是一个大花园，绿树成荫，花香阵阵，碧蓝的天幕高挂头顶。这个污水处理厂，引进了高科技设备，投入 7000 多万元，于 2017 年投入使用，覆盖整个县城。在合江，场镇污水处理厂居然多达 26 座，城区污水处理率达到 88% 以上，这在西部欠发达地区，实为一个壮举。

行走在合江县生活垃圾压缩中转站，遇见两个环卫工人，都是合江人，都是 70 后，身强力壮，模样英俊，干啥都行，可他们偏偏爱上了环卫工岗位。一位叫张学明，干环卫工已经 8 年，从垃圾清扫及清运，干到垃圾填埋场、污水处理厂，从扛扫把到开挖土机、推土机。另一位叫王正平，经历了垃圾清运、清扫、污水处理等岗位。2020 年 7 月，他们双双被调到新建的县垃圾生活垃圾压缩中转站，真真切切见证了合江环保事业的发展与艰辛。张学明在卸料车间当卸料工，每天，一辆辆运送垃圾的车辆卸料，洒落在入口处的垃圾，由他一铲一铲地送进存料池。而王正平，调到这个中转站任职驾驶班班长，每天，迎日出，送夕阳，带领 20 多台转运车辆在场镇和村落之间奔忙。张学明、王正平，还有众多的环卫工，岗位不同，却都是距离垃圾最近的人。他们长期与垃圾打交道，个个变得沉稳内敛，个性坚韧。他们在我的心目中的形象十分高大。

在泸州，有太多的环卫人，为天更蓝、水更清、环境更优美而负重前行，治理环境的决心，在他们身上体现得淋漓尽致。

泸州市龙马潭区，有一条罗汉街道，是 20 世纪 30 年代组建的一个兵工企业，居民区建得早，基础条件差，雨污混流几十年，是有名的"老大难"。2018 年，长江经济带建设号角吹响，中央督导组把此事作为雨污混流、污染长江一个典型案例，向当地政府提出来。

没有退路，没有商量。再硬的骨头也得啃，再脏的河水也得蹚。2 万多住户，2.6 亿元的投入，何等庞大的体系！整治方案一出台，市区两级主要领导督战，夏顶骄阳，秋套雾罩，风雨兼程。老旧排污道曲折而狭长，为了探明底细，他们请来了目前最先进的机器人，钻进污水暗道，把第一手资料提供给建设者。整改分为三步：整治污水明渠，新建生活污水管网，提升环境形象。3 年过去，罗汉社区排污系统嬗变。昔日，明渠雨污混流，臭气熏天，如今，绿草茵茵，繁花绽放，彩色的橡胶道蜿蜒相伴，成了市民散步的好去处。生活污水全部进入网管，被输送到污水处理厂。直径 1 米的管道，像一条游龙，时而钻入地下，时而凌空跃起，成为满目青翠的山冈上一道几何风景图。

2019 年，泸县启动了县城和乡镇的雨污分流改造项目，涵盖县城主城区约 7 平方公里，和濑溪河、龙溪河的 15 个场镇，投资 8 个亿。前段时间，一场大雨袭来，雨污有序分流，成果得到检验。

动真碰硬，利剑治污，现实留给泸州一串闪光数据：2013 年以来，泸州市累计投入 32.27 亿元，建成城市（县城）及一级场镇污水处理厂 136 个，实现流域内乡镇污水处理设施全覆盖。

浴火重生

有句话说得好，污染问题，现象在水里，根子在岸上。

泸州人在大规模的治理污染中，直面"痛点"，对症下药，如今，一大批传统特色产业浴火重生，提档升级，华丽转身。

先看酒业。泸州，千年酒城，香飘四方，闻名遐迩。然而，由于诸多历史原因，一些地方的酒类企业，规模小，数量多，分布散，污染严重。群众反映说，臭水流到河里，水浑了，鱼虾都醉了，越来越少了。小酒厂治污，迫在眉睫。

可真动起手来，政府部门却觉得这事很棘手。

有关负责人道出了苦衷，泸县小酒厂遍及 20 个镇（街道），按照原则规定，谁污染，谁治理，应当自建污水处理设施。可是，麻烦事来了。建小型的，要几十万元，建大型的，要几百万元，而且还要有环保专业人员来管理和运行。这笔钱可不少，叫小酒厂投入，力不从心。而白酒厂的废水，是随着季节的变化而变化的，比如，每年的夏季 7、8 月，冬季 2 月都会季节性停产，设备闲置，钱也浪费。当初，一听到自建的风声，泸县的酒厂老板们都叫苦不迭。

思路是逼出来的。

上述意见摆到了县委决策者的案头，"一班人"连夜挑灯开会，专题商讨。酒厂的代表也请来了。大家共同想办法、提建议，力图找到一个既能管理好，又能运行好的治理方式。

最后，决策者一锤定音：探索建立酿酒废水集中转移处理新模式。充分利用陈年窖酒厂大型污水处理设备的处理能力，实行集中转运处理酿酒废水。县财政出资购买槽罐吸污车，同时根据集中处理量对企业进行补助。2014 年 9 月，在鼓乐声声和一片喝彩中，该项目正式投运。

2021 年 7 月 21 日，我们走进泸县酿酒废水集中处理站，见证了这一历史性变迁。

这里有先进的酿酒废水处理工艺，在全国也是较早集中处理酒类污水的小型企业。大数据平台、在线监控系统、预处理系统、生化系统、高级催化氧化系统等等，环环相扣，科学有序，确保源头管控，让底锅、晾堂等污水应收尽收。污水通过集中转运处理后，再排入城市污水管网进行第二次处理，确保达标排放。较企业自行处理，不仅降低了企业治污成本，更是大大降低了环境污染风险。目前，泸县有 61 家酒类企业的酿酒废水实行转运处理。集中处理站建立了每个企业的转运处理台账，对废水转运作详细记录，实现废水从产生到排放的闭环管理。

创新废水处理模式，是泸州市执着的选择。除规模较大酒类企业自建设施处理外，其余区县中小企业酿酒废水，全部集中转移处理。

"轴轳千里，美景绵延，名酒飘香"，一幅崭新而壮美的画卷，正在酒城大地铺开。赤水河畔悬崖峭壁上，那"美酒河"三个大字，高达 41 米，鲜红、隽永，20 多年前镌刻，前年被修复一新，显得格外耀眼。字由人民日报社老社长、书法家邵华泽中将应邀书写，为当今摩崖书法字径之最。赞誉、期待、现实，在这里汇成激流，昼夜不息地向东奔去。

"赤水河，万古流。上酿酒，下酿（酱）油。"沿着赤水河逆流而上 3 公里，走进合江县先市镇下坝村酱油文化产业园，一道奇特的景观展现在眼前：一排排晒露缸，头戴"棕帽"，依山站立，整齐列队，像卫士一样庄严，静静地守护着身边的赤水河。

迎面走来晒露缸主人，他叫马超，合江先市酿造食品有限公司老总，看上去不到 50 岁，敦实的身材，一脸的微笑，仿佛装着一肚子高兴事。他说，先市酱油晒露场，创立于清代，目前，仅他的这个园子，晒露缸就已发展到 1.2 万口，全都按新的酿造标准改建的。

马超十分感慨："这几年按照政府指的路子走，对头了!"

马超所在的公司，自清朝末年创业以来，在原址坚守传统手工酿造，打造出"先市"牌酱油、醋等调味品。先市酱油为国家地理标志保护产品，于 2014 年入选国家级非物质文化遗产名录，是我国酱油行业唯一拥有"双国宝"的企业。

面对一块块金字招牌，作为先市酱油第五代传承人的马超，却感到肩上的担子沉重。和酱油厂打了大半辈子交道，他清楚，无论生产酱油还是醋，都有泡粮水、清洗容器水、锅底水、冷却水等废水产生，过去用的办法是沉淀、直排，造成空气和河流污染。这些年，生态环保建设的口号，政府部门叫得山响，若不跟上趟，企业路子就会越走越窄，企业办垮了，咋个对得起老祖宗?

马超横下一条心，对公司的治污设备来了个翻天覆地的改造。采用厌氧+曝气+消毒处理工艺，日处理 20 吨生产废水，经处理后的废水，通过污水管网进入先市镇生活污水处理厂，集中再处理。醋酱醅渣（豆渣）等固体废物如何处理？马超灵机一动，跑到周边村落找村民，陆续签订种养殖协议，由农户及时清运，用作猪、鱼饲料，果树肥料。2020年7月，这套设备开始运行，马超了却了烦心事，农民多了条致富路，两全其美！每天，园区车来车往，留下串串欢笑声。

"如今的酱醋生产园，花红、树绿、空气清新，每天下班，不转悠几圈就不想回家。"说着，马超又是一阵笑，像个孩子。

新环境孕育新希望。眼下，合江酱油文化产业园正在提质增速中扩大规模。总投资5亿元的永兴诚"五比一"新园区，建设工地紧锣密鼓，建设者们干得热火朝天。"我们将充分挖掘传统酿造工艺，打造中国酱油小镇，大力招引豆腐、豆瓣、醋、泡菜、酸菜等酿造食品企业入驻，形成生态食品酿造全产业链，建设赤水河酿造产业集群，实现一二三产业联动发展。"合江县发展和改革局局长李镠兴奋不已。

从绿掘金

走进尧坝古镇，古榕树撑起的一片绿荫，让人倍感凉爽和惬意。树下的"越石飞霞"石碑，引起了采风者们浓厚的兴趣。

碑为丹霞石质，高近3米，碑帽两角上翘，颇有气势。它刻立于大清同治五年（1866年），距今150多年，是泸州历史文化名城中的生态文化瑰宝，当地人称之为"生态警示碑"。两侧挂匾有对联："独立使君歌绿野，一轮明月照符阳。"石碑题文，记录了保护生态环境，惩戒盗伐，以儆效尤的故事。碑文记载告诉人们，我国古代贤哲早已有了保护林木和赤水河流域生态环境的意识。

尧坝古镇位于川黔渝三省市接合部，合江县、江阳区、纳溪区三县区的接合点，是三省区域联动旅游发展的金三角之心。近年来，尧坝镇党委政府一手抓防洪治理，一手抓绿色发展，瞄准生态旅游经济发力。2017年，尧坝古镇成功创建为国家AAAA级旅游景区，古镇保留完好，建筑完整，被清华大学古建筑著名教授陈志华称为"川南古民居的活化石"。

多年来，泸州市委各届班子都有一个共识：走绿色发展之路，大力发展绿色经济，才是长江大保护的治本之策。他们坚持不懈地将维护生态健康作为新的经济增长点，实现"从绿掘金"，一系列大手笔运作，振奋人心。

——现代林业基地突飞猛进。完成新造竹林15.78万亩，改造低产竹林10.16万亩、木质原料林6.62万亩。全市竹林基地总面积320万亩，面积居全省第一。

——林产工业转型升级。全市现有制浆造纸、竹木加工、家具制造、林副林化产品加工企业600余家，2020年实现林工年产值39.76亿元，比上年增长19.76%。

——生态旅游闹红乡村。双沙菜花节、纳溪金秋桂花节，黄荆山地车度假营、尧坝千亩乡村湿地公园、玉兰山景区琴蛙湖千亩高山湿地公园……一个个生态旅游项目接踵而至，一批批游客纷至沓来，开启了"全域旅游"的新篇章，拓宽了群众的致富路。

纳溪区绿竹变身，魅力无比。"泸州高新竹产业园区"成为靓丽名片，西部竹产业创新发展盟迅速崛起。合作者争先恐后，它们分别是国际竹藤中心、江西中医药大学、四川省林业产业联合会、四川省林科院、四川农业大学等，集教育、培训、研发、交易等为一体的服务业示范园，展现勃勃生机，综合产值达到100亿元！

"产区变景区，产品变商品，农房变客房。"纳溪区依托93.6万亩竹林资源，融合旅游、文化、酒等要素，实现竹旅融合发展，助推村民增收致富。目前，全区建成民宿326家，精品农家乐 130 余家，省级森林康养人家 5 家。

如今的泸州乡村，处处是动人心魄的新画卷。

炽烈阳光投进合江荔枝产业园，起伏的山峦绿意盎然，星罗棋布的荔枝地被揽入怀，足足有 15 万亩！位于长江、赤水河、习水河三江交汇处的荔枝产业园，山水相依，绿意同源，风吹绿野，这里回荡着时代的交响。

荔枝种植大户周远明，是这个园区大家庭中的一员，他家住荔江镇花桂村 11 社。自从县里打造了荔枝产业园，他就不再外出打工，结束了几十年浪迹天涯之苦。他回到家里，一门心思种荔枝，每年收入 20 多万元。周远明说："过去祖祖辈辈也种荔枝，可从来没有卖出今天这样的好价钱，最贵的每市斤 260 多元！"

"为啥这么贵？""当然要这么贵。"周远明挤挤眼，接着说，"我们种荔枝，都用绿色有机肥和农家肥，地里安装了太阳能杀虫灯，打的生物杀虫剂，送去检验都达到了出口标准。"

谈起合江县现代农业园，相关负责人李泳很激动："近年来，园区以创建国家现代农业产业园为目标，走的都是新路，敲的都是实锤。"

以"农牧结合、循环发展"为抓手，"农户微循环、园场小循环、合作中循环、市场大循环"，这四种循环模式，齐齐铺开，毫不含糊。建循环种养殖区，县上瞄准了温氏小寨、天兆正邦两个猪场，以它们为核心，配套周边种植基地，经过精确计算，1 亩荔枝消纳 3 头猪所产粪污。为这些事，县上领导没少跑路，绞尽脑汁，下足了功夫。

荔枝园区依托良好的山水资源环境，搭建产学研政合作平台，深化与华南农大、国家荔枝龙眼产业技术体系等合作，推进有机肥替代化肥行动，发展无污染、无公害农业。组建川渝滇粤桂琼闽七省荔枝产业联盟。合江荔枝成功出口美国、加拿大，实现四川省新鲜蔬果出口美国市场零的突破。2020 年，园区农民人均可支配收入达 2.3 万元，比全县平均水平高 22%。

边走边聊，对合江绿色农业，李泳如数家珍。据他介绍，赤水河流域沿线地势平整、土壤肥沃，是合江县粮食作物和经济作物主产区。近年来，合江县改善生态环境，除了大力发展荔枝产业，还让高粱、真龙柚产业生机勃发。

2019 年，一笔农业大订单，让沿江村民奔走相告。他们与郎酒集团合作，发展 12 万亩糯红高粱，为赤水河流域生态产业量身打造。大桥镇土地坝村，去年被确定为糯红高粱种植示范村，村民依靠种植高粱人均增收逾 5000 元。

真龙镇是合江县真龙柚的主产区，种植面积达 4.5 万亩，常年产量达 3800 万公斤，产值达 3.2 亿元。2020 年，合江县提档升级真龙柚博览园，打造市级现代农业园区，争创省级现代农业园区。

如今，赤水河两岸，荒山变绿，山间添绿，产业增绿，在"绿色马车"的拉动下，泸州绿色经济正在稳步向前发展。

密织"天网"

2020 年夏天，美丽蓉城。四川省生态环境监测技术标兵和岗位能手竞赛正在展开。赛场上，气氛热烈，参赛者来全省 21 个市州，个个摩拳擦掌，踊跃登场，各显身手。

在这些竞技队伍中，泸州队尤其引人注目。10 名参赛队员均进入决赛，并取得"标兵"或"能手"称号，成为全省唯一一支大满贯队伍。队员们兴奋不已，不约而同地把掌声和拥抱投向了泸州队总教练闫海全。

闫海全无愧于这个总教练。他 2009 年硕士毕业后，揣着梦想，离开黑龙江佳木斯老家，投身到四川生态环境监测系统，逐步成长为专家型人才。他是四川省环境应急专家、沱江流域环境保护法律专家，2018 年被评为"四川省十大最美基层环保人"。他也是四川省泸州生态环境监测中心站副站长。

作为环保监测人，考验他们的不仅仅是技能，还有意志和体魄。

闫海全，一个壮实的东北小伙，2014 年 5 月，他主动请缨，去了条件最艰苦的西藏那曲地区，进行技术援藏。那曲海拔 4500 米，他每天顶着强烈的高原反应，流着鼻血，咬牙坚持工作。中途病倒入院，出院后，医生劝他回内地康复，可他当天就返回那曲。因为援藏，他患上了慢性支气管哮喘，至今仍未痊愈。他说："我一点不后悔，如果再让我选择，我还去西藏！"雅安地震，他率队出征，风雨无阻，无所畏惧，在 6 天 5 夜的忘我工作中，足迹踏遍了芦山县每一个乡镇，用心监测群众饮用水源安全。

在泸州，有太多像闫海全这样的"哨兵"，忘我地行走在监测线上。他们用环保监测人特有的担当和奉献，为青山绿水密织"天网"。

四川省泸州生态环境监测中心站，位于泸州市江阳区忠山路四段 23 号，在这里，我们见证了环保监测的一流设施和人才队伍。据中心主要负责人介绍，该中心拥有先进监测仪器设备 784 台套，专业技术人员比例达 95% 以上，其中研究生 27 名，本科生 26 名。泸州市境内共有各级水质自动监测站 31 个，共同构成全市监测预警体系。

提起泸县环境监测站监测室主任赖恩阳，同事们都交口称赞，都说他有一双铁脚，蹚河道江塘，进企业厂矿，对水质、空气、噪音进行监测，一年到头从来不见闲着，吃了多少苦，受了多少累，只有他自己最清楚。

赖恩阳说："对企业排放的烟尘废气采样有点恼火，背着 30 多斤的监测设备，攀爬几十米高的烟囱，镂空的爬梯近乎垂直，每次往上爬，腿肚子打战，心也在抖。"赖恩阳停顿一下，又说，"害怕和累都不算啥子，高温炙烤才难受。楼梯就嵌在高烟囱外壁，人一靠近梯子，就能感觉到热烘烘的，铁梯子滚烫，有一次，我的胶鞋底'嗤嗤'冒烟，被烫化了。"

赖恩阳介绍，对河水的监测，是经常性的工作。有时到河边采集水样，需要顺着河坎来回爬，鞋子和衣服难免被弄湿，沾满泥浆。要是遇到大冬天，衣服裤子湿了，冻得上下牙打架。

在赖恩阳看来，为了保证拿到精准的数据，无论遇到啥困难，都得一丝不苟。

同样在监测线上奔走的李勇，与赖恩阳监测员的称谓不同，他叫"河长"。

泸州市坚持"治标与治本相结合，市、县、乡、村、组五级联动"，以"河长制"促"河长治"。

李勇是泸县玉蟾街道祥和社区党委书记，2017年开始担任濑溪河祥和社区段的河长。李勇说，头衔多了一个"长"字，感觉压力增添了无数倍。

濑溪河，沱江一级支流，是泸州市六大主要河流之一。2019年，濑溪河胡市大桥国考断面水质未达到三类标准考核要求，被纳入2020年全省重点小流域挂牌督办整治事项，泸州市将濑溪河水质达标作为全市生态环境保护的"头号工程"，全力攻坚。

"每周巡河两次，护水护岸。"李勇说，巡河并不是简单地走走看看，河道有没有漂浮物，有没有非法排污口，有没有非法破坏河堤现象，水质是否变差……都是李勇关注的重点。在泸州濑溪河流域，像李勇这样的河长有239名。

张剑当过16年海军，2017年转业回泸州，被分配到龙马潭区水务局工作，是泸州龙马潭区胡市镇河长办副主任。说起水，张剑就来精神，他说："和海水打了十几年交道，现在和河水打交道。"

2020 年 5 月 9 日，张剑和同事巡查濑溪河，他看到一股污水涌动，怀疑一排水口附近有暗管。张剑二话没说，脱掉衣服，纵身一跃，跳进河里。他在 5 米多深的水下，将该排水口附近 20 米长、5 米宽的水域摸了个遍，发现没有暗管，才放心上了岸。巡河中，见水面有菜叶、杂草漂浮，他总会第一时间进行打捞。"不能在河边洗衣服，因为洗衣粉含磷，会污染水体。"他走村串户，不厌其烦地宣讲，给当地村民留下深刻印象。

一河一长，各方有责，合力守护碧水。眼前一份工作简报，是有力的注释。2020 年，濑溪河市级河长巡河 15 次，召开专题会议 9 次，一批突出问题得到有效解决；区县总河长巡河 24 次，召开濑溪河河长制工作会议 34 次，区县、乡镇级河长巡河 2288 次，实现河湖巡查全覆盖，确保濑溪河流域环境问题早发现、早整治。

提士气，强担当，泸州市建立全新的领导机制。市建立由市委、市政府主要领导担任双总河长，市委副书记担任副总河长，四套班子有关领导担任市管 6 大河流河长，并设立市总河长办公室、市河长制办公室。落实市、区县、乡镇、村、组五级河长，4968 名河（段、片）长全部到位，累计巡河 71711 次，一批突出问题得到有效解决。

加强流域联防。重庆市永川区位于龙溪上游，共护一江清水，是川渝两地共同的责任。相关区县和部门，主动沟通对接，构建起责任明确、协调有序、监管严格、保护有力的河流协同管理保护机制。7 月 2 日，龙溪河流域迎来一群特殊的"哨兵"。水边、河岸，留下了他们奔忙的身影，泸州市与永川区开展河湖长制联合巡查。泸州市委常委、市纪委书记、市监委主任、龙溪河市级河长何洪波，永川区副区长、龙溪河区级河长宋朝均参加联合巡查。

2021 年 7 月 22 日，我们来到泸县濑溪河龙脑桥。风格浑厚刚毅、造型生动的龙脑桥，桥下流水潺潺，岸边草木葱茏。龙脑桥又名"龙脑石"，修建于明洪武年间，为泸州龙桥文化生态园内的主要景观文物。在和煦的阳光下，桥体与波光粼粼的水面交相辉映，浑然天成。去年1月至今，国家考核断面濑溪河入沱江水质平均值为三类。

行走在泸州大地，仰望天空，白云悠悠；迎风轻嗅，荷香阵阵。生态文明建设的华丽篇章，是由无数青山绿水守护者用智慧和心血绘就的。

清亮亮的一江水，出川不会再回头。

作者简介：

参见《山村来了新支书》。

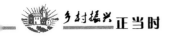

人生贵在抒胸臆

——徐刚与脱贫攻坚与乡村振兴的"丙灵模式"

蒋　蓝

梦，是结在树上的果实

2018 年 12 月 18 日清晨，若有若无的雨丝乱飞。透过薄雾，坐落在红壤丘陵间的简阳市禾丰镇丙灵村逐渐从睡梦中苏醒。盈聚在黄杨、柏树、麻柳、毛竹上的夜露，在日光下苍翠欲滴。水泥路右侧是蜿蜒而下的十几口鱼塘，左侧是山坡，宽叶的油菜、牛皮菜、青菜与柚子树一直蔓延到坡顶。沿冲沟上分布的几十幢村舍白墙红线，宛若仙居……橘树上的柑橘单个重量在 400 克左右，均套有保护袋，偶尔有几个落地的，露出了一抹金红，鸟儿起起落落，似乎要把这个金果带到天上！

村口有一座青砖白线的高大牌坊，上书"呈祥农庄"四个金字。因为我迷路了，徐刚就站在牌坊下等我。他个子不高，短发、瘦削，只穿了一件高领内衣加西服，与我握手，滚烫而强劲。他的眼神很沉静，看不透，但有萦萦而起的暖意，一望即知是颇有经历的人。不远处有一面硕大的显示屏，播放着中央台节目。他挥了一下手臂："这些村舍、道路、鱼塘、蔬菜地、果园，我是事必躬亲，参与了全部规划与实施。"

我问他丙灵村地名的来历，他随口而答："相传明末大西军来到这一带，把周边 41 座庙宇、道观的塑像集中到了村里的关帝庙堆放，张献忠崇拜关羽和张飞，所以这些塑像得以保存下来。当时称'并灵'，后来人们发现庙小神多，镇不住，遂用通火的'丙'字替代，这就是村名的来历。"看得出，他对丙灵村的一草一木都很留意。

早在 2008 年，徐刚就获得了"厦门十佳优秀务工青年"的称号，后来成为一家上市公司的总经理。一人在外省干得风生水起，年薪百万，夫妻合力打拼，已在侨乡厦门拥有了属于自己的交际圈，为什么要回乡？徐刚转过身："我给你讲个真实的故事……"

徐刚 19 岁那年，因为一次意外事故，父母双双离世。在乡亲们的帮助下，徐刚熬过了那段无比艰难的岁月。回乡创业，带领乡亲们共同致富，一直是徐刚的梦想。问题在于，他当时缺乏对于丘陵地带的深度研究。那块土地最适合种植什么？而且必须还要考虑到村民是否有积极性参与。比如，你要在那里进行芯片研发或虫草种植，现实吗？徐刚决定首先找一个地理位置、气候条件与丙灵村差不多的地方，试验一下。

蒲江县长秋山古名岢幕山，亦称总岗山，因位处岷江之西，习惯上归属邛崃山脉。莽莽长秋，由西南入境月南山，东北出境中华山，是蒲江与名山、丹棱、眉山、邛崃、彭山的界山。当地因为封闭，外出务工成为常态，以前不少村民甚至娶不到老婆。

2010 年年初，过完春节，徐刚与朋友合资在成都市蒲江县长秋山建立了两个项目，一个是包装印刷有限公司，一个是起航智慧科技有限公司。经过几年打拼，产品营销是徐刚的强项，他盯住了攀西出产的芒果、石榴等特色水果，营销获得了巨大效益，工人的年收入在 18000 元左右。两个企业就像凤凰的双翼，在市场风浪里逐渐羽翼丰满。

2012 年的一天早晨，在包装厂上班的 54 名本地村民齐刷刷没有来上班。怪了！上午终于来了一名工人找到徐刚："我是大家选出的代表，特来告辞。今年因为村里的'丑柑'大丰收，收购价 12 元一斤，一亩地可以收入六七万元，所以大家全部忙于售卖，实在对不住你这几年的关心……本月的工资我们也不要了！"

这是徐刚从来没有遇到过的事情，如遭雷击。对于柑橘，他自认为很了解，因为丙灵村一带除了种植红苕、玉米，柑橘种植是传统产业啊，但几毛钱一斤的柑橘无人问津，堆在坝子里腐烂，人们一筹莫展。这些家乡印象让徐刚记忆犹新。柑橘丰收竟然可以让村民放弃包装厂的工作，看起来，自己并不懂柑橘。

他再也坐不住了。

他请四川农业大学土壤专业的徐教授，对丙灵村的气候、水源、土壤等进行了一番考察，调研的结果是：丙灵村无霜期一年长达 330 天，因为处于北纬 30.22 度，日常比蒲江县略长，常年温度在 17℃，降雨一年 600—800 毫米，土壤为弱碱性土质，pH 值在 7.2—8.5 之间。成都平原有不少种植户种植葡萄，但成都的土壤多属中性土，并不适合葡萄，因为藤类水果喜欢酸性土。龙泉山的水蜜桃闻名遐迩，简阳市也有不少种植户跟进。徐刚请专家把龙泉山山顶与山脚的水蜜桃进行分析对比，发现水蜜桃的品质随海拔的下降而下降，就别说海拔更低的丙灵村了。简阳区域内固然有成熟的水果品种，比如胭脂脆桃和金太阳杏子，前者是来自日本的品种，鉴于基因并不稳定，经常出现一年丰产、二年减产的情况。简阳海拔低，昼夜温差小，这就造成了后者糖分太低，才 8%，口感不佳，售价低迷。

徐刚夫妇开始奔波于广东、广西、福建、江西、安徽、海南、四川彝族、藏族地区考察、调研，在伏季水果（桃子、李子、杏子）与秋冬季水果（橘子、柚子）之间，他们最终选定了适合简阳季候特性的橘与柚。黄金蜜柚在全国属新品种，种植面积不足 1 万亩，市场价值高，果品供不应求。"买回 100 棵拇指粗细的柚子母树，就花了 30 多万。"徐刚说。其实，这两年不见收益地调研、选种、考察、学习，他投入了 600 多万元。

2015 年，徐刚在蒲江县嫁接出四五千根嫩苗，全部成活。第二年又嫁接出 3 万多根，准备引种到丙灵村。眼看一切就绪，徐刚有天对夫人雷海春说，"我们把外面的房子全都卖了吧。"雷海春终于忍无可忍，火了。

在丙灵村党支部办公室里，谈起这段风波，雷海春显得有些腼腆："我爸是建筑承包商，我算'富二代'吧，从小生活在舒适的环境里。与徐刚一起打拼我没有怨言，但我们从农村好不容易奋斗出来，现在年纪轻轻又要回去当农民。我给他讲，你敢卖房子，回到那个连条路都没有的地方去，老子就跟你离婚！"

徐刚说，"那好！我们回去看看总可以吧。"当时的丙灵村里，只有一条泥巴路。当雷海春的皮鞋粘满黄泥，举步维艰地走到丙灵村村口，有的村民倒来了开水，有的捧来几把花生，细心的人甚至给了她一根竹签，用来刮掉鞋底的泥巴。全村 1624 人，劳动力 905 人，老人、小孩达到 709 人，而当时 60 岁以下的劳动力 95% 外出打工了，围着徐刚夫妇的，就是这一帮满脸皱纹的老人、赤脚奔跑的娃娃。徐刚眼圈红了，转过身去抹泪……

雷海春说："我看到了一种源源不尽的善意从他们眼里流淌出来。他们不说什么，但眼光里明显还有期盼……我是直性子，思考了几天，终于对徐刚说，我们搬回去吧！他一愣，反应过来后，狂喜之下一把就将我举了起来……"

用爱与实效铸就"丙灵模式"

徐刚生于斯、长于斯，他太了解村民了。

以前，为了一根倒入别人土地里的竹子，两家人就可能大动干戈。为什么？徐刚说："这是贫穷所致，是贫困遮蔽了农民的善良。脱贫攻坚战役目的是彻底解决困扰中国农民数千年的贫困，共同致富奔小康，那么，如果不彻底调动村民的积极性与参与性，一切扶贫工作，就容易流于等、拿、要。等脱贫工作完成了，村民又可能返贫。"

徐刚首先要让村民"看到利润"。

2015 年 9 月，经过充分准备，徐刚正式启动实施他的回乡发展计划，自筹资金 300 万元，承包土地 300 亩种植黄金蜜柚，并在禾丰镇丙灵村成立了"碑垭口黄金柚种植专业合作社"，依托合作社为平台共同推进群众脱贫致富。合作社种植黄金柚，养殖淡水鲈鱼、桂花鱼、中华胭脂鱼，是一个"长短结合""种养一体"的多元化农村经济组织，以合作社发展带动贫困群众增收致富，实现脱贫。

资金有了、土地流转了、合作社成立了，但徐刚还是高兴不起来。丙灵村几十户贫困户没有一户加入合作社，只有十几户非贫困户加入了，这不是他想要的结果。他苦苦思考问题出在什么地方，村民为什么不加入合作社？经多方了解，他找到了原因：一是丙灵村是一个以传统农业种植为主的乡村，群众对新型农业不了解，担心丢掉传统农业会减少收入，本身已是贫困户了，担心到时候会雪上加霜；二是对新型农业管理无技术保障、无资金投入、无管理经验、无市场销售渠道；三是大部分贫困户是因病致贫缺乏劳动力，更没有发展资金。

徐刚决定用实际行动打消村民的疑虑。他认为只有走出去参观学习，带回先进的发展理念、思维观念，才会真正改变老百姓的发展观念。他自己出资，先后组织丙灵村贫困户 9 次去蒲江县参观学习现代农业产业发展。为打消老百姓没有技术发展不好的顾虑，他又利用自己的人脉资源为碑垭口黄金柚种植专业合作社聘请种植技术和养殖技术团队，并带着技术团队到老百姓的田间地头进行细致指导，逐渐赢得村民的信任。为解决村民的销售顾虑，他带营销团队到成都各大蔬菜、粮食交易市场考察找销售对象，并把农业加工企业引进，让老百姓在自家门口完成销售，由此赢得村民的认同。2016 年，尚未挂果的林下种植蔬菜收益 20 万元，养殖鲈鱼、桂花鱼获利 40 万元，初试成果得到村民的认可，全村 117 户贫困户、384 人，纷纷加入合作社。

合作社模式仅仅体现了公司+农户的结合，徐刚还有全新的管理理念。

丙灵村曾经是四川省定点贫困村，基础设施落后，生产生活条件艰苦。近年来通过创新模式，实现产业发展，带动村民脱贫致富。在这一过程之中，村民之间难免会有矛盾摩擦。

有一天，老党员杨坤贤向徐刚建议，应该在村里设立老党员工作室，在脱贫攻坚战里发挥他们的余热。徐刚深知这些老党员的威信，立即设立了老党员工作室。成都市委组织部闻讯后，还倡议设立了成都市第一个在农村建立的"蓉城金秋"志愿服务小队。

徐刚种植的 2000 多亩黄金蜜柚，3 年就可以挂果，均由村民管理。标准不是公司单方面制定的，而是由老党员工作室参与中进行评议。比如，村民在获得每年 4000 元收入的同时，亩产达到 7000 斤的，按照 8000 斤计算，这可以有 3 万元左右的总收入；如果次果达到 5% 的，第二年要收回管理权；甚至针对有严重不尽孝的村民员工，就将扣除部分工资收入支付给老人……这些评议，均由老党员工作室来实施。

他们针对每一户村民的评议，颁发"勤俭持家""孝道之家""致富能手"等二十几种牌匾，如果发生斗殴、赌博等事端，累教不改的，将予摘牌。徐刚意识到，面子与尊严被农村人看得很重，当一个人因为三心二意、疏于管理造成收入减少，而邻居们却接连芝麻开花、喜笑颜开，甚至自己家被摘牌了，没人受得了这样的刺激。这不但极大地调动了村民对于提高生产的积极性，变单纯的打工、售卖农产品给公司为人人参与其中的生产、管理，因为每增加一分收入中就有自己的分红。通过这样的经济手段，维护了一方水土的社会治安与孝道伦理，更为重要的是，党群关系达到了一种水乳交融的亲密状态。来自简阳市禾丰镇派出所的汪钟，目前担任驻村工作队队员，他对我讲："近几年来，丙灵村没有一起重大刑事案件，连报案的事情也极少。"

丙灵村的经济与老党员评议方式产生了群体效应。村里有 3 位杀猪匠，主动找到徐刚承诺，村里贫困的老人，一年的肉他们全包了。村妇联主任杨庭秀提出，村妇联为 75 岁以上的 96 位老人义务做饭。脱贫、扶志、弘正气，良好的风尚宛如阵阵山风，荡涤尘埃，吹暖了丙灵村每一位村民的心田。

在记者看来，这样的公司加合作社，这样的公司、村支部、老党员工作室的密切协作方式，在伟大的脱贫攻坚战役中，无疑开创了一种"丙灵模式"。

"问渠那得清如许，为有源头活水来。"徐刚最清楚的是，说一千道一万，如果村民的收入没有实实在在增加，或者增加了一二年又回落了，那么一切都会沦为说教。他平时总在村里转悠，关注果园、鱼塘的细微变化，那才是村民的命根子啊。

徐刚最喜欢的书，是《孙子兵法》和《三国演义》等经典。"兵马未动粮草先行"，他必须未雨绸缪。为彻底掌握桂花鱼、鲈鱼养殖技术，烈日炎炎，他蹲在水池边观察、记录，一待就是几个钟头，昔日西装革履的总经理，头皮也晒掉了，脸膛黑不溜秋，活脱脱成了真正的农民。

养鱼最怕的就是鱼病，徐刚逐渐掌握了水体温度变化与细菌度、氧气的关系。他再次决定在丙灵村发展高端淡水鱼，首先着手养殖桂花鱼、鲈鱼、胭脂鱼，然后逐步发展扩大，全面提升丙灵村老百姓增收致富的动力。

成都市委组织部的蒲捷，目前挂职担任丙灵村党支部第一书记，属 80 后。她对我回忆起一件亲历的事：2018 年 8 月的一天下午，大雨滂沱，合作社的鱼塘堤坝看着看着就陷落下去。在简阳开完会的徐刚恰好进村，纵身就跳进鱼塘，情急之下用身体去堵缺口。村民被徐书记的举动震惊了，纷纷回家拿来工具全力参与堵漏。徐刚大喊："赶紧叫村民拿网来打鱼！"冲走一条鱼，就是村民几十元的收入啊。大家连续奋战几天，修复堤坝，挽回了不少损失。

徐刚给我算了一笔账：106 亩的鱼塘，2018 年丙灵村合作社的村民可获得人均 300 元集体经济收入。2017 年是人均 22 元，2016 年为 0；2018 年黄金蜜柚初期收获 2.1 万斤，销售收入是1400 多万元，再加上公司支付村民的工资，村民的年收入，由2015 年的人均 2800 元，提高到 2018 年的人均 14600 元。而丙灵村周边的几个村，仅在人均 4000 元左右。

徐刚说："我卖完房子破釜沉舟回乡，就是不给自己留后路。做出这个决定时是在我 39 岁生日当天。我突然感悟，看透乡村太晚了，认识贫困的弊端太晚了！难道是自己想得太多，付出太少？总结下来，人生贵在抒胸臆，我就是要让村民知道，富裕是看得见摸得着的。我还是我，一个自信的我！"

徐刚的眼泪

徐刚的生日是在春节之前，这也成为他宴请村民的唯一理由。不收任何礼品，目的就是让大伙聚一聚，说一说对未来发展的看法。2018 年 10 月，丙灵村村委会、党支部向丙灵村在外务工者发出一封《回家》的邀请信，反响热烈。12 月 6 日一早，26位务工者回到村里，徐刚宴请大家。他说："丙灵村已经提前完成了脱贫攻坚任务。我请大家来，就是想听听你们对乡村振兴的意见。"

"说实话，我是听说他要回来工作，自己才决定放弃外面的工作回来创业的。"村民段勇口中的"他"，正是老同学徐刚。

而在沿海务工的村民提出了自己的担忧：在外打拼十几年，

手里有些积蓄，但回来做什么？一来自己没有专门种植养殖技术，二来农村土地已经流转承包完了，自己毫无立锥之地。这引起了徐刚的深思。有人说，目从事农业的是"386199部队"，即妇女、儿童和老人。为什么农村的劳动力都跑光了？无非有两大原因，一是进城打工挣的钱比留在农村挣的钱多；二是喜欢城市的生活方式。中老年农民工大部分属于第一种情况，青年农民工大部分属于第二种。无论属于哪一种，在徐刚看来，他们往往要付出3种巨大的代价：耽误子女成才的代价、婚变的代价、尊严的代价。所谓"知己者明，知彼者智，知时者得，知地者利"，在国家乡村振兴计划的大力支持下，徐刚为丙灵村的未来发展率先制定出了产业、营销、乡村旅游的前景规划。2018年10月，丙灵村在"天府源"成都市首届乡村振兴"十大案例"决赛中成功入选。

村看村、户看户、群众看干部。丙灵村充分发挥党员干部的领头雁作用，一方面紧紧抓住"致富带头人"这一抓手，引进有创业、管理经验的党员进入村两委班子。在这种带动下，不少外出打工的年轻人也回到家乡，为脱贫攻坚行动和实施乡村振兴战略出力；另一方面，有效整合了村两委班子成员、驻村第一书记、驻村工作队、帮扶干部等各方力量，增强脱贫致富向心力。

纸上的蓝图固然美，但在实施过程里，硬汉子徐刚，却在流泪。

徐刚对我讲："我父母死后，我流过6次眼泪。"

由国家投资2100万元，在丙灵村计划修建4.5米宽、192.6公里的园区生产水泥路，116户村民均表示支持，其中一段要经过某村民的土地，这对夫妻不干了，躺在推土机前装死，徐刚苦口婆心，可怎么说对方也不动弹。徐刚流下了眼泪……他伤感，怪自己没有做好说服工作。

数百村民纷纷指责这对夫妻私欲太重。徐刚回到办公室，一会儿听说，村民们动手打了这对夫妻。打人固然欠妥，但村民们分明是站在公理这一边的。这对夫妻乖乖从地上爬起来，施工得以进行。

像这样因为园区修路遭遇阻拦的事情，徐刚遭遇了，还被"讹"过几次。一次修路，偶然挖到几块土里的石头。有人来了，说这石头是自己的私人财产，非要徐刚出5000元才能施工。徐刚默默把钱给了对方："这次我私人掏钱给你，你我还是曾经的好同学啊。你要好好发展生产，像这样'发财'是不可能持续的。"说完徐刚流泪了，是为曾经的那段情义。

徐刚说，"我还有一次流泪，是因为蜜蜂打架。"

蜜蜂品种里，西蜂与中蜂是死敌，两者的有效距离不能低于4公里。一贫困户养殖了大个头的西蜂，将另外一家养殖户的中蜂赶尽杀绝，使其损失2000多元。经过多次调解，第一年养殖户主动把蜂箱搬到几公里外。到第二年，就该贫困户搬家了，可对方说："搬家可以，总要给点好处噻!"徐刚做了十几次工作，对方就是不动窝。不仅如此，贫困户还以人格受到侵害为由把徐刚"举报"了……当徐刚从纪委出来时，他流泪了。男儿有泪不轻弹，只因未到伤心处。大诗人歌德也说过："凡不是就着泪水吃过面包的人，是不懂得人生滋味的人。"

唯有到了深夜，那才是属于徐刚的时间，他喜欢独自品茶，把伤感、委屈、眼泪一杯杯痛饮。但注视着茶杯，那分明又是浓浓的温情，凝聚上千村民的热盼，他举在手里出神……推窗远望村里的灯火，他突然闻到蜡梅花的馨香。

乡村振兴大有可为

徐刚在2021年获国务院农民工工作领导小组颁发的"全国优秀农民工"称号。在这位曾经的脱贫攻坚奋斗者眼中，乡村振兴与脱贫攻坚战役是一以贯之的。

在大丰镇党委领导下，"丙灵模式"继续深化：一是紧紧抓住"致富带头人"这个关键，徐刚等3名有创业管理经验的党员进入村"两委"班子，为组织注入强有力的新鲜血液；二是镇党委多次组织村社干部和村民代表到蒲江、温江、新津、崇州等地考察学习，在学习中找到差距，从差距中激发动力，帮助干部群众扭转陈旧的发展观念；三是突破"一村一支部"的设置方式，创新将党组织建在产业链上，推进"党建+现代农业""园区党委+合作社+农户"模式，形成党组织牵头、园区负责人带头、群众广泛参与的产业发展合力。

村民们在继续经营种植黄金柚，养殖高端淡水鲈鱼、桂花鱼基础上，增加种植羊肚菌和赤松茸等食用菌类，从而带动禾丰镇万亩现代农业产业园区的群众一起发展致富。

推动乡村文化振兴，应着眼文明素质养成，以乡风建设为抓手，全面深化农村精神文明建设，激发群众脱贫奔小康的内生动力。如何提高村民素质、文化修养，尽快适应新时代美丽乡村的要求，徐刚联络职业学校以及文化部门，通过设置学校农村振兴兴趣班、开设对口农技实践课、适当调整课程设置、开展农村振兴专题讲座等形式，对如何通过学校特色资源进行人才培训等方式开展共建工作也进行了深入规划……

"在我们这个地方，家家都有移民故事、创业故事，人人都能讲故事……"提起村里的光荣历史，徐刚脸上充满骄傲。大家富起来了，更应该从祖辈艰苦创业精神的中汲取奋进力量，将文化资源优势转化为民生福祉，同时依托古色建筑，盘活绿色产业，整合丙灵村的历史与文化，打造乡村旅游。在脱贫攻坚战役与乡村振兴战略实施中，富有特色的"丙灵模式"一定会结出丰硕之果。

[相关链接]

徐刚，1975 年 12 月生于简阳市禾丰镇丙灵村。中共党员。1996 年南下打工，2003 年出任福建省厦门市合兴包装股份有限公司副总经理、总经理。2010 年回川，担任四川佳盛包装印刷有限公司、成都华晟包装印刷有限公司、成都起航智慧科技有限公司总经理、法人。2015 年 10 月回乡，担任简阳市碑垭口黄金柚种植专业合作社、简阳市老农民家庭农村、简阳市呈祥瑞泰农业科技有限公司法人、董事长。他流转土地 2400 亩经营种植黄金柚，养殖高端淡水鲈鱼、桂花鱼，并拥有万头生猪现代化养殖场。通过合作社吸收 117 户贫困户 354 人入股经营，明显提高了贫困者收入，起到了示范带动效应，解决贫困人员就业 114 人。通过自身发展，在脱贫攻坚战役中，主动为禾丰镇现代农业产业园区招商引资，引进公司及业主，并成立了 19 家合作社和家庭农场，带动禾丰镇万亩现代农业产业园区内群众一起发展致富。在脱贫攻坚战役与乡村振兴战略实施中，开创了富有特色的"丙灵模式"。徐刚这位曾经的丙灵村党支部书记，于 2017 荣获四川省脱贫攻坚"奋进奖"，2021 年获国务院农民工工作领导小组颁发的"全国优秀农民工"称号。

作者简介：

参见《桑登的烟与火》。

"乡风淳 乡村兴"
加强精神文明创建 助力乡村振兴大业

税清静

"师傅，您好！打扰你一下！"

2022年4月17日星期天，中午1点半，在新津区兴义镇张河子村果子园社区，笔者拦住了一位头戴草帽，身着绿色工作服的环卫工人，他正骑着辆三轮车，在整洁干净的街道上走走停停，偶尔看到地上有落叶或者纸屑，他就停下来用一个长长的竹夹子夹起来丢到三轮车的垃圾箱里，车上还有大扫把等其他工具。听到我打招呼后，他停下来回过头，微笑着客气地回答我："您好，欢迎来到我们果园子社区。"

我一看居然是位大爷，年龄估计得60多岁了，我试探性地问："我可以问您几个问题吗?"

"您请问吧，只要我知道的，我都实话告诉您！"老人依然非常客气。

我没想到他一个环卫工老大爷，能一直用"您"等尊称，很文明地接受我的采访，并且从头到尾，他的脸上都挂着微笑，那微笑肯定是发自内心的笑，是对生活感到满足和对未来充满希望的笑。看着他一脸的获得感、幸福感和安全感，我的脑子里突然跳出六个字："乡风淳，乡村兴。"

老人叫鲜志全，今年68岁，世代生活在兴义镇张河村，育有三个儿子，如今都已经成家，并给他养育了两个孙子一个孙女。三个儿子儿媳都在双流和新津工作，离家不远，时常能回来照看两老，老两口都有社保，现在鲜志全还在村上引进的迅强环卫公司上班，每月又多了2300元的工资收入，小日子过得还算不错。

实施乡村振兴战略，是党的十九大作出的重大决策部署，在习近平新时代中国特色社会主义思想的指引下，如何抓好乡风文明建设，推进乡村振兴，是当前一项十分重要而紧迫的工作任务。近年来，成都市新津区积极探索，主动作为，紧紧围绕中国共产党成立100周年、公园城市建设、"我为群众办实事活动"、新时代文明实践建设、"三美"示范村创建等重点工作，扎实推进乡风文明建设，改进村规民约，积极引导群众摒弃农村陋习，有效推动了精神文明建设和乡村振兴战略。

加强精神文明建设，充实乡村振兴内核

新津区运用电子显示屏、户外海报、宣传栏、墙绘景观等多种形式，广泛宣传社会主义核心价值观、"讲文明树新风""文明健康""厉行节约，反对浪费"、家风家训等内容的公益广告，进一步营造文明和谐的环境氛围。其中，花源街道东华村以李潮坝、李染坊等历史文化为基底，围绕人、文、地、产、景的整体面貌，打造节点景观12处、文化小品25处，创作54幅水墨墙。设立"民风廊""文化廊""东华故事"等阵地55处，展示新24孝文化、现代家风家训、社会主义核心价值观等正能量内容，涌现出好丈夫、孝子等榜样人物，弘扬向善向美好风尚。

新津区围绕建设"成南新中心、创新公园城"的城市定位，以营造舒适宜居的生活环境为着力点，开展环境卫生"六乱"（乱贴乱画、乱扔乱倒、乱排乱放）综合整治，引导群众从一盆鲜花开始，对阳台进行美化点缀，对庭院进行景观提升，对房前屋后进行清理打扫，提升我区农村环境品质。目前已呈现花桥街

道岳家坎新村、普兴街道骑龙社区、宝墩镇草根艺术巷等8个公园城市建设乡村示范点位。同时，通过"最美院落""最美乡村""清洁之家""文明院落""文明户"等评选活动，激发创建热情，让公园城市建设持久，形成互学互鉴、比学赶超的竞争氛围。

新津区将"三美"示范村创建与新时代文明实践站点建设、核心价值观阵地打造等重点工作相结合，启动"牵手新津"文明实践系列志愿服务项目，内容涵盖关爱空巢老人、关爱留守儿童、传统技艺传承、义剪义诊等方面，已在月花村、岳店村、烽火村、仙鹤村等30余个文明实践所（站）开展活动160余场，参与群众达11000余人次，极大地传播了文明实践精神内涵，丰富了农村群众的精神文化生活。同时，结合"我为群众办实事"活动，开展新冠肺炎疫情防控宣传、使用公筷公勺、交通文明劝导、爱国卫生运动等志愿服务3200余次。

张河村随处可见"乡规民约"。

从小处着眼着手，推动文明创建实践

近年来，新津区成立以区委书记为组长的领导小组，统筹指导全区新时代文明实践中心（所、站）建设，搭建了"区、镇（街道）、村（社区）"三级联动工作体系。明确责任，细化任务清单，将工作完成情况纳入年度目标考核，确保新时代文明实践建设工作落到实处。注重推进试点建设，在建设中注重细节，注重人性化服务，再现山、水、人、城、景相互融合。立足小站所，构建大矩阵，形成了文明实践特色阵地。

一是打造特色站所，塑造特色文化。围绕"新津最美大家创，公园城市人人建"主题，结合"三美"示范村创建、核心价值观阵地打造等工作，建成了"水韵五津、文明烽火、忠孝平岗"等9个文明实践所站。二是打造实践基地，挖掘乡愁记忆。

依托村（社区）的党史村史、文化氛围等特色，深挖乡土记忆，打造"八大队记忆馆""铁溪老茶馆""抗战历史走廊"等实践基地，发扬传统文化。三是打造实践队伍，塑造活力主体。依托新津"非遗"要素和传承人工作室，组建了高慧兰剪纸队、杨文艺绳编队实践队伍等文明实践队伍。利用社会机构和名师工作室，组建"谢斌老师育儿说""李平读书会""罗成刚童谣吧"等实践队伍，针对固定群体开展实践服务。

同时，积极发动广大机关党员服务队、行业志愿服务队、大学生志愿者等，组织健康义诊、防金融诈骗、专业技能培训等活动 2000 余场次。努力提高群众参与度，将活动尽量安排在傍晚、周末、农闲时节，如烽火村傍晚开展的"廊桥夜话"、抚江社区周末开展的"来了都是抚江人"、东华村开展的"乡村九大碗"等，深受辖区群众的喜爱。

做实小品牌，体现大传承，实现文明实践、文化浸润。一是弘扬本土传统文化。以"小活动、常活动"为抓手，常态开展剪纸培训、衍纸画实作、童谣创评、绳编比赛等特色活动，大力传承"非遗"文化。二是传承孝老爱亲美德。以"传家风，传家训"为主题，打造"流动茶苑""草根学堂""家风银行"等活动，"寻"最美家风，"立"上善家训，"传"简朴家礼，"评"惜福家庭，形成人人谈家风、家家争先进的良好氛围。三是融合乡村文化旅游。以"漫游乡村"为主题，筹划"春风十里·汉服游园""中华经典诵读""集趣东华诗书之夜"等特色主题实践活动 1000 余场，让群众在温馨的活动中感受到文明实践的温度、文化旅游的魅力和乡村振兴的活力。

强化"四色"服务，助力乡村振兴

花源，作为成都后花园，以高端别墅居住区吸引了数以万计的成都和来自全国的高素质高收入居民，新津县改区后，花源镇也变成了花源街道，那么花源街道是如何创建"四色"服务助力乡村振兴的呢？

新津区花源街道"集趣东华"实践站围绕"农博引领+乡村振兴"，以新时代文明实践志愿活动为载体，聚焦文明风尚助推乡村振兴，探索"四色"服务模式。一是强化党建引领，打造"红色"引擎。成立了由村党总支书记任站长、副书记为副站长的文明实践站领导小组，构建以东华村党群服务站为核心，8个实践点、8个实践岗为辅的"188"站、点、岗三级工作体系，依托集趣东华旅游区阵地和产业项目等打造文旅融合的趣味实践阵地。二是夯实生态本底，做实"绿色"产业。推进李潮坝等川西林盘保护修复，志愿者引导群众以"1元钱"或投工投劳方式参与环境治理和庭院改造。按照"志愿服务+项目"思路，引入四川现代农人种苗科技、魔法鲸灵等农旅项目为志愿服务实践点，鼓励当地群众利用农房开设"染坊私房菜"等农家乐餐厅为志愿服务实践岗，丰富实践载体。三是完善服务体系，传递"橙色"温暖。引进社会组织阳光服务中心，培育自组织11个，联合成都艺术职业大学等高校组建志愿者队伍。以"梨花风起·寻芳花源"为主题，精心筹划"乡村九大碗"千人群宴、东华论箭、草坪音乐节、"春风十里·汉服游园""东华王牌小导游"等系列志愿服务活动，培养文明主体。四是深化平安共创，强化"蓝色"保障。推进"大联动·微治理"，成立"何定庚"调解工作室，建立市级"法律之家"，通过法律进乡村、法制课堂、矛盾纠纷调处等志愿服务，为乡村可持续发展提供强有力的安全保障。

近几年，结合乡村振兴、文化旅游，开展的特色志愿者活动，通过微信公众号、微博等新媒体宣传推广42次，得到中央、省、市各级媒体报道17次，吸引镇域及外国友人2.5万余人次参加。

探索践行"四色"志愿服务模式，取得了明显成效。一是通过"一元自理"环境治理志愿服务，东华村的环境得到了有效提升，荣获省级"美丽乡村"、市级"农村人居环境示范村"。二是通过志愿者返乡创业，带动10余名80后、90后开启了幸福而忙碌的创业之旅，麦奇花园农场还被评为新津网红门店。三是依托实践点东华驿、儿童之家，搭建剪纸、衍纸、扎染、趣味课堂、百姓故事会等培训教育平台，开展乡村文化传承、生活垃圾分类、百姓故事会等系列主题活动，提升了村民道德素质和文化素养，荣获市级"三美示范村"、市级"百佳示范社区"。

建设乡风文明，助力乡村振兴大业

在乡村振兴战略五个方面的总体要求中，乡风文明蕴含丰富的文化内涵，坚持强化社会主义核心价值观建设，以优秀文化引领乡村文化的前进方向，从根本上解决农民群众的思想问题，是乡村振兴战略中最基本、最深沉、最持久的力量。因此，乡风文明是乡村振兴的核心和灵魂，抓住乡风文明建设才能有效助推乡村振兴战略实现。正如前文采访的环卫工鲜志全所在的张河村，正是数年来乡风文明建设取得的成果，才让村民们更具有获得感觉和幸福感。

近年来，张河村抓住天府农博园建设机遇，大力发展以乡村为场景的新经济产业，探索出"互联网+共享农庄"激活"空心村"发展新模式，促进乡村资源精准对接社会资本和消费需求，重构村社生产关系和乡村产业体系，形成"非标民宿+体验农场+特色餐饮+自然教育+社区营造"的乡村旅游产业链条，实现"田园变公园，劳作变体验，农品变商品"。自"共享农庄"项目运营以来，累计接待游客6万余人次，村集体每年保底收益31.5万元，当地村民非标民宿每年增收5万余元，周边耕地流转每亩每年收益达1780元。新津还将该模式复制到对口帮扶的阿坝州小金县，打造了木栏村"苹果共享农庄"，共享农庄"造血式"扶贫奔康模式入选中央党校扶贫攻坚典型案例，并已在全国 18 个省市推广。

尤其在果园子社区精神文明建设上，按照"四态融合"的理念，通过整田、护林、理水，实施全域景观塑造，建成高标准景观农田 2000 余亩，推进葵花海大田景观农业景观塑造，实施张河入口景观、社区微节点、张牛河"曲水芦荡"湿地景观、羊马河湿地景观打造，塑造"乡村品味、城市品质"生活环境。在推进人文社区建设方面，注重以社会主义核心价值观为引领，坚持教育引导与实践养成相结合，修编完善村规民约，在传承中弘扬公德，完成标准化群宴点建设，全面遏制大操大办、厚葬薄养等陈规陋习，树立文明乡风。建成社区邻里中心等文化阵地，开展最美院落、文明家庭、道德榜样等评选，引领社会风尚。同时注重移风易俗，做到破旧立新，倡树新风，抵制迷信，重视科普。建立红白理事会并发挥明显作用，红白从简、厚养薄葬、孝老爱老等良好风俗习惯已经蔚然成风。

生活富裕不仅体现在物质生活水平的提升，也体现在包括乡风文明在内的精神生活的丰富。张河村良好的乡风文明在为美丽乡村建设提供优良的人文环境，实现宜居生态的同时，进一步有效吸引了城市资源向张河村转移，进而促进产业兴旺，农业博览与休闲旅游、文化创意等跨界融合在张河村得到了良性循环。2020 年，实现社区人均收入 3 万元左右，高于兴义全镇平均水平，在成都市村庄中名列前茅。昔日人人都不愿意待的"空心村"，如今已经变成了人人向往的富裕公园村。

作者简介：

参见《从自闭少年到电商达人》。

嘉陵江上的绿波带

邹安音

川东北的南充，嘉陵江奔腾而过。清澈纯净的水质，像乳汁滋养着这一方子民。山之侧，水之畔，南充文明由此衍生和发展。这里土地肥沃，盛产桑茶，遍种果树，成就"绸都"和"果州"的美誉。

川东北这片热土，尽管步履蹒跚，尽管筚路蓝缕，山为脊，水为魂，雄风浩荡出风云。嘉陵江的古码头，在远古的年代，各自上演了自己不同的故事，但多年来，嘉陵江沿岸的发展和人民生活的变化，却被史诗般保存了下来。

"曲水晴波"映嘉陵

这里曾是陆上丝绸之路的起点之一，古老的嘉陵渡曾经盛极一时，江面上船只来来往往，码头上人群熙熙攘攘。嘉陵江两岸盛产的桐油、大米和丝绸等源源不断运送于此，自此中转运送到长江、大海……

今天那些缫丝养蚕的人，是不是嫘祖的后人呢？但今天的嘉陵人正在用一种新式的养蚕方法，在这片古老的土地上续写着新的传奇。

村民任伟宏是一个高大的汉子，说话爽朗有声，也许就是俗话中说的"张飞穿针，粗中有细"吧，他竟然承包着村里银海丝绸基地的部分桑蚕喂养工作，而跟着他养蚕的村民们，也从贫困的缠绕中解脱了出来。

"每年可以养 400 多张蚕，一年可以养六七季，最好的能养 8 季，从 5 月份开始，到 10 月份结束。养蚕的有十几户贫困人家，几乎都是 60 岁以上的老年妇女，工资每天 100 元。到了冬天，她们就修剪蚕桑枝条等，干些杂活儿，非常轻松。如今每个人靠这些工作，也能过上很好的生活。"望着枝繁叶茂的桑林，任伟宏很开心。

一片桑林中，几株杏树下，大通镇麻感坝村 65 岁的村民朱全芳正在砍牛皮菜（一种蔬菜），她的脚下，一群鸡鸭正在相互抢着吃菜屑。她在家门口的蚕桑基地找到了喂养桑蚕的活儿，一天能挣 100 多元，这让原来生活贫困的她一举摘掉了"穷帽子"，生活好了，脸上的红晕就多了起来。

走进银海丝绸基地，只见几间房子封闭得严严实实，原来那里面正在孵化蚕宝宝，正在进行科学的无菌操作，无关的人员一律不得进入。蚕宝宝孵化出来后，它们会经历自己奇特的一生：慢慢长大，变得透亮，吐出洁白的丝，包裹成厚厚的茧，最后化成飞蛾死去。在这里，它们生长的每一个步骤，都得到了精心的呵护，直至它们吐出的丝，成为这个世界上美丽的绢帛。

洁白的蚕丝，不禁沟通了人和蚕的情感，也沟通了中国西部和沿海的情感。谁能想到，银海丝绸基地就是东西部扶贫协作的"连心桥"！

嘉陵区农民自古就有养蚕的传统，丝绸产业集群一度位居四川省首位，而位于嘉陵的南充银海丝绸与浙江武义县合作，一个占地 466 亩的蚕桑基地就此应运而生。

千年嘉桑，滋养了桑茶之乡。桑树，这种被称为"东方神木"的植物，自古就在嘉陵大地繁衍生息。千年栽桑养蚕史，孕育了源远流长的蚕桑文化，提供了丰富的桑树基因库，创造了多样的茶园生态圈，成就了嘉陵发展桑茶的独特优势。

这只是两年多来武义县与嘉陵区东西部扶贫协作的一个缩影。而银海丝绸基地只是嘉陵区丝绸基地中的一个，在嘉陵区尚好蚕桑（桑茶）现代化农业园区，当地村民也正在桑田采摘桑叶，播种着桑茶之乡春天的希望。

古曲水蜿蜒而过，像一条生生不息的血脉，挽系了这里的每一个村庄，浸润了每一片土地，从容不迫地流淌进嘉陵江，去往更远的远方。

最美人间四月天，风光不与四时同。沿着古曲水淙淙的溪河，在醉人心怀的万绿丛中，感受着大自然的恩泽，也呼吸着田野送来的芳香。

此时落英缤纷尽，李子、桃子等果树开始从枝叶间露出青葱的小脸蛋，而樱桃则把红艳的脸颊藏在茂盛的叶片后，让人情不自禁地就想摘了放在嘴里咀嚼；冬水田里，一排排整齐的稻禾正在发芽，鹅黄的芽尖，在阳光下闪放出炫目的光泽，仿佛婴儿般，含着饱满的情绪和希望……

今天的古曲水，早已经把岁月的尘埃和沙砾淘洗，把历史的沉寂和痛苦掩埋，夜色阑珊，空气中送来细微的暗香，那是麦苗和菜花的气息，应和着人群欢乐的呼声和歌声，安静地流淌着。

一条江，一座城，她依水而生，因水而美，更因水而得名。她从丝绸之路走来，漫漫风沙，迢迢征途，也曾历经苦难和艰险。奔流不息的嘉陵江水，涤荡了她的肌骨与气概，给予她羽化成蝶的今天和明天，倘若卢雍再次行游于此，不知有何感想?!

青青橘林果州源

所谓沧海桑田，历史风云终将云开雾散。烟山终于迎来了它最美的时候。当金色的太阳喷薄而出的那一刻，雾岚在山间飘绕，雾珠在柑橘树上凝露，花香草香泥土的芬芳，都一股脑儿地浸润进了人们的心房，味醇如甘！

今天，烟山村推行的业主"返租倒包"土地模式，成为一个新亮点，让这一方土地增色。杨炳权就是这样的农户代表。此前，全家靠种植柑橘维持生存，但是苦于技术的落后，他家种植的果子丝毫没有市场竞争力，杨炳权很是苦恼。流转了家里的3亩地后，在柑橘产业园上班的杨炳权发现自家还是没有过上理想的生活，不禁愈加沮丧。

很快，村里针对部分有一定生产经营能力的贫困户"返租倒包"模式开始试点。所谓"返租倒包"，就是业主以每亩每年800元的价格，在流转的土地上种下高品质柑橘种苗后重新租给农户，后者自己管理，种出的柑橘既可以出售给业主，也可以随行就市卖给其他人。多年从事柑橘种植的杨炳权，就这样成为烟山村试点"返租倒包"的农户之一。

活了大半辈子，杨炳权做梦都没想到自己能遇上这样的好事情，他高高兴兴"租回"3亩土地，同时也带回了自己的许多"孩子"——地里已种下的柑橘新品种"奈维林娜"脐橙，这是他的命根子。多年未能实现的品种改良梦，借助"返租倒包"成了真，村民们也彻底开了眼界。

山高沟深的烟山村，因为山坡地的土质含水量低，村民们全部采用人工除草、人工施有机肥等。因为整个培育过程都是绿色天然的，新品种不仅品相好，甜度高，还有成年人拳头那么大，产量也大大提升——此前亩产500多公斤，如今提升至1000公斤至1500公斤，而且价格喜人，广受消费者的青睐。

烟山村成了真正的"花果山"。站在山顶的村委会远眺，青色的柑橘林尽收眼底，一株一株紧紧傍依着，像列队的将士们，释放出无限的生机与活力。

在每个天气晴和的日子，就会遇见身着工装的专业技术人员穿行在橘树中，他们正手把手指导着农户们，或者给柑橘树修剪枝条，或者拉绳、压枝等，以便于柑橘充分吸收阳光，果实愈加甘甜。

现在，种了大半辈子柑橘的杨炳权没事就爱钻进自己的柑橘地，或者抚摸一下果子，或者整理一下枝头，在妻子和女儿的眼中，他仿佛在和果树们悄悄低语，那就是他精神和情感的寄托啊，他怎么能不高兴呢？

可有谁知道，这一片生机盎然的绿色果林，是很多人用不眠的日夜和辛勤的汗水换来的？！万丈高楼平地起，科技兴农是根本。嘉陵江边的柑橘产业带能快速发展，一个很重要的原因就是科技工作者们始终把住了母本苗木培育检疫关，实现了就近繁育、就近移栽，以最大限度保证果树的成活率和品质。

春天，是万物生长的季节，也是百花盛开的时候。烟山下的嘉陵江段，成为一道独特而美丽的景观长廊：一边是硕果累累的晚熟柑橘挂在枝头，一边是清香洁白的柑橘花开得正艳。

还等什么呢？游人们纷至沓来，钻进茂密的橘林深处，在一个叫"果州之源"的青青橘林里，追逐嬉戏打闹，拍照打卡留念……烟山之下的果城"新八景"应运而生。

悠久的古镇，枕着一条玉带般翩然而来的嘉陵江水。世人只道烟花三月下扬州，殊不知这青居的三月风光更胜人间天堂苏杭。一座座亭台楼阁的农家小院，映着足底潺潺而过的流水，于若有若无的鸟鸣声处，闪出那如碧海般的柑橘林，又送来美妙的歌声和笑声。

遍寻古镇春色，烟山村就位于曲流之湾。放眼望去，这一带的柑橘林无边无际，绿色像浓浓的乡愁，朝着远方的村子蔓延。

烟山村成了高坪区远近闻名的柑橘种植示范村，成了真正的花果山。当又一个果实成熟的季节，当一个个金黄的果子在绿叶中露出笑脸的时候，寂静的山林瞬间就热闹起来了。一边是公路上停放着装果子的三轮车或者汽车，一边是树林中弯腰摘果子的村民们，其间洋溢出的喜庆气氛，像一杯浓浓的香茶，氤氲着整个村子和烟山。

繁花满枝，硕果报秋。金灿灿的柑橘，耀亮了烟山，也为这一条奔腾的江水注入了鲜活的生命力。流经而来的岁月告别了苦难，嘉陵江边的这片橘林也浸润了岁月的芳香，果实变得愈加甘甜而饱满。

沧海桑田，岁月更迭；那些年，那些事，都化作历史，泛沉沙海；几多忧，许多愁，都化作江水，随之东流。唯有嘉陵江水巧笑倩兮，美目盼兮。

凤凰于飞凤仪湾

逆流而上，至高坪区江陵镇，这里有一大片湿地，它的名字叫凤仪湾。经历了疫情期，凤仪湾终于从冬天的桎梏中苏醒过来，重新焕发了容颜。

放眼四望，两岸青山对峙，碧波暗涌；小岛上，候鸟们正展开翅膀，再次踏上迁徙之旅；湿地之上，是欧式风情的江陵小镇，柴门半开，花圃竞艳；小镇之外，是绿意盎然的有机农业生态园，农民们正忙着播种、锄草，一年一度的春耕开始了。

谁能料想，这一片生机勃勃的湿地，原本只是嘉陵江边的一个浅水滩，先民们也曾在河滩上栽桑养蚕、饲养牲畜。只要每年汛期一来，江水暴涨，四处泛滥，老百姓们苦不堪言。

80后张远辉就曾经历过这一切。他的家建在凤仪湾边，守着一江清清的水，春播秋收，生活本应该富足安逸。但是眼看着江边的花生就要饱满了，稻谷就要弯腰了，苞谷就要开笑了，高粱就要红脸了……哪知道一道闪电过去，一阵暴雨下来，清澈的嘉陵江瞬间发了脾气，暴跳如雷，只顾发泄自己的性子，把水漫过这家那家的庄稼地。洪水过后，稻谷烂在了泥浆里，花生、苞谷等早被江水冲得不见了踪影。

"小时候喜欢到河边钓鱼。但是大人们却总是操心老天爷，因为得靠天吃饭，整个小时候的记忆就是在抢收庄稼，因为总是涨大水，然后家里就会被淹没，就会搬家。直到 2013 年这里修了凤仪湾电站，调节了水位，老百姓的苦日子才结束了。"提及以前，张远辉总是心有余悸。

但是一切还得从头说起。

嘉陵江从秦岭山麓涓涓而出，像一条血流流经川、陕、甘、渝的部分地区后，劈波斩浪，奔涌而来。它蜿蜒至四川南充，在蓬安、高坪和顺庆三县（区）交界之地，却突然沉寂下来，绕成一个水湾，仿佛一个中国结，维系着这里的山水之情。

一湾之上的蓬安县周子古镇，是汉代大辞赋家司马相如的故乡。其出生地相如故城遗址，还在悠悠地诉说着往事。嘉陵江许是浸染了文脉的馨香，又积淀了丰厚的人文风情，水湾之下，左面的凤山郁郁苍苍，右边的元宝山沃野千里。

凤山和元宝山两相对翼，它们分别位居江之两侧，像凤凰展开的双翅，意欲腾飞。山之侧，水之畔，丰富的人文故事由此衍生。传说司马相如曾在凤山上鼓瑟而鸣，"凤兮凤兮归故乡……"，凤仪湾由此得名。

当地百姓曾在山上筑琴台寺以示纪念。后来琴台寺几经战火毁坏，现仅存遗址，让人追古怀今。曾经的嘉陵江上，舟楫渔歌，商旅往来，好不热闹。深山的桐油、丝绸、大米、茶叶等，被源源不断地运送于各个码头，由此入长江、大海……去往世界的每一个角落。

南充人自古以来就有缫丝养蚕的习俗，传承至今已经有 2300多年的历史了。元宝山所在地为高坪区江陵镇，这里水草丰美，桑树成林。高坪区境内立有"丝绸源点"之碑，为中国古代丝绸之路起点之一。

凤仪湾之下，古老的江陵渡曾是丝绸之路上的一个驿站。它经历了繁盛的往事。但渐渐地，因为历史的发展，更加便捷的陆路交通取代了嘉陵江水路,凤仪湾沉寂了,江陵渡落寞了。

江水滔滔而逝,它淤积的大量沙石,没想到成为人们新的建筑材料。20世纪80年代初,随着城乡建设发展的蓬勃兴起,一时间,元宝山下,采沙船整天轰鸣着,凤仪湾又呈现出一派热闹繁忙的景象。

沙石被一车一车地拉走了,人来了又去了,凤仪湾再次沉寂下来。它遍地坑洼、卵石横陈、荒草丛生,更像是一只被扒光皮毛的凤凰,被遗弃在嘉陵江边。

再后来,人们在此采挖沙石,过度索取,河滩变得千疮百孔。

春花开了又谢,时光流逝,新的历史机遇又来了。

公元2021年,走进园区,感觉风景美丽动人。生于20世纪70年代初的胥灵君本是地道的村民,先后外出打工10余年,在外结婚生子后,却又返回家乡,成了中法农业科技园的一名保安,守护着更加美丽的家园。

"其实在外打工的日子很苦的,虽然挣了不少钱,却都给房租或者其他生活费了。就拿抽烟来说,以前抽烟只能抽2块5的五牛,现在至少抽10元左右的红塔山;以前早上吃稀饭,将就点咸菜下饭,现在还要煮一个鸡蛋配着吃。加之工作轻松,生活愉快,心情就高兴,病都少生了。我在中法农业科技园上班,一年有3万多的工资;土地流转后,还有一定的土地费。在家守着健在的父母,父母也开着小卖部挣钱,生活很幸福。"说完这些,他的脸上,总是会不由自主地浮现笑容。

泛舟湖上,粼粼水光,倒映着岸上知名的或者不知名的花草,显示出湖水的清澈和纯净。湖水来自嘉陵江,它有地下暗道直通江面,另有泄洪的功能。有人唱歌,和着"欸乃"的桨声,成群的野鸭子们钻进了水里,苍鹭等展翅而出,直上蓝天。湖中最大的荷花岛和百草园岛都是它们的家园,没有人去打扰它们。

在这片广袤的水域，今天已经形成了一条完整的湿地生态链，其中野生鱼类达到 30 多种，候鸟也近 60 种，包括斑头雁、棕头鸥、燕鸥、白翅浮鸥、赤麻鸭、绿头鸭、白骨顶、小天鹅、白鹤、大雁，还有被列入国家一级重点保护野生动物名录的小天鹅等。

嘉陵江畔，两岸的风光，早已不再是那时那年的光景，元宝山之下，凤仪湾之上，凤凰于飞，展翅翱翔！

相如故里桑梓情

滔滔嘉陵江，悠悠桑梓情，蜀山蜀地竞风流。每个夏天的清晨，都是嘉陵江上最空灵的时候，尤其在四川蓬安一个叫太阳岛的地方。

江水淼淼，绿波荡漾，晨曦微露，几只水鸟便迫不及待地飞出嘉陵江畔的湿地公园，在江面上巡视一圈，然后飞落于江心的太阳岛，等待大地的苏醒。

湿地公园的名字叫相如。是的，发源于秦岭的嘉陵江流到这里，便穿过了汉代辞赋大家司马相如的故乡，然后去往远方。

瞧，湿地之上，几棵古树盘曲虬枝，遮天蔽日，那里就是司马相如的出生地，今尚遗存有长卿祠。"凤兮凤兮归故乡……"历史的音迹仿佛破空而来，那一曲情真意切的《凤求凰》，你们听见一代才子和卓文君的爱情故事了吗？

与长卿祠隔江相望的是周子古镇，浸染了许多的书香气韵。周子古镇因宋代理学大师周敦颐于此讲学，后又写成《爱莲说》而得名，人们特修建濂溪祠以示纪念。"予独爱莲之出淤泥而不染……"这里的一草一木、一山一水都呈现出一种超凡脱俗的美。

山水空蒙，文脉相承。唐代画圣吴道子游历至此，不禁心醉，归后沉静作画，便有这里的三百里嘉陵江风光图现世。

清晨，沿周子古镇攀缘而上，至牛角山顶，在画圣吴道子的雕像下伫望，可见嘉陵江水一路逶迤而来，至此徘徊踟躇，欲走还绕，把一段秀美的身姿留于此。而那流传千古的司马相如长卿祠、周子古镇濂溪祠，则理所当然地构成了这一方山水丰美的身姿，供人景仰。

渐渐地，江面上的雾岚散尽，阳光穿破云层，犹如万千缕金丝，从长卿祠那边缠绕过来，又绕过周子古镇，装扮了其下的油坊沟村。

太阳岛笑了，它已经做好了准备，欣欣然地看着对面的村子，等待着一场盛事。小草上的露珠儿也似乎感受到了震颤，一不小心就滚落进了泥土中。

此时的油坊沟村完全苏醒了。鸡鸣声、牛叫声……声声入耳。不，满耳的是"哞哞"的牛唤声。上百头的水牛们，正踏着激昂的步子，从各家各户倾巢而出，涌向江边。

江边有一个狭长的水沟，牛们终于齐聚在了一起，"哞哞哞"不停地叫着，互相打着招呼。此时，江中的太阳岛像一个玉盘，盛满了佳肴珍馐，轻盈地搁置于水央，碧油油地闪着色泽，让牛们瞪大了眼睛，吊足了它们的胃口。

江水不兴，如练如绸。情至深处，它竟然又在太阳岛之下挽系了一个美丽的结，名为月亮岛。太阳岛和月亮岛就这样互相守望，倾诉衷肠。结心深处的青草和浅浅的水湾，怎能不吸引这一群生灵们的目光，牵扯它们的思绪。

看吧，牛们踏水而来，就只为等待朝阳的喷薄而出。刹那间，头牛嘶鸣，数百名疆场勇士激情喷发，力破江中漩涡，一路披荆斩棘，一路高奏凯歌，直抵太阳岛。

百牛渡江，震撼世人。水之上，春天成长起来的鸭们和鸥们兴奋极了，它们忽而浅翔低唱，忽而绕颈轻语，等着这一时刻的到来。

这样美丽的故事，在这里上演了一次又一次。

清晨，已近耄耋之年的王元国老人牵着自家牛儿，慢悠悠地走在通往江边的村道上。村道很宽，水泥柏油路，一头连着嘉陵江，一头通往县城的高速路入口。现在的春夏季节，每天总会有很多的人从四面八方开车过来，涌进油坊沟村，来观看百牛渡江的壮观景象。

在国家有关部门的精心指导下，依托此地原有的人文风貌，"百牛渡江"已经成了中国乡村旅游的一个品牌，是四川蓬安县相如故里的又一道特别风景线。从 2011 年 4 月的最后一个周末举办"嘉陵江放牛节"开始，至 2021 年 5 月初举办的"嘉陵江放牛季"，小小的油坊沟村迎来了它最辉煌的时刻。

曾经是荒滩沟的村子一下变漂亮了。两边的山地种满了果树，金灿灿的"锦橙一百号"成为蜀地著名商标；稻田里荷叶飘香，蜻蜓在其间翩然飞翔；一畦畦的菜地边，是装饰一新的各式农家乐，静静等待着远方客人的造访。

岁月流逝，年华远去，但王元国老人是村子成长历程不折不扣的见证人。今天的太阳岛和月亮岛曾是陆地的一部分，20 世纪 90 年代初，因嘉陵江上修建电站，四川蓬安相如故里嘉陵江段水位上升，露出水面的土堆部分，形似太阳和月亮，人们故予其名。

嘉陵江上涨的水位，淹没了油坊沟村的大部分土地，以及通往县城的 4.8 公里山路。曾经靠土地谋生的村民们一时手足无措，只好被迫远离家乡，纷纷前往外地打工。

有的人离开了村子，有的人却看到了希望。正在外面跑运输的王元国恰此时回到了家乡，被村民们选举为村支书。他要做的第一件事就是修通到县城的公路，普通党员一人捐资 200 元，村干部每人捐资 1000 元。从 2003 年开始，用了两三年时间，油坊沟村重新进入人们视野。

　　土地没有了，但是每家每户留下耕地的水牛还在，只要春夏季节，它们每天早上会游过嘉陵江，到太阳岛或者月亮岛去吃青草，日暮时分再游回岸边，返回村子。

　　根据这一生态现象，王元国突然想起在周子古镇看到当年红军过境留下的那些激情口号，有了一个大胆的想法：开发生态旅游，全村有 276 户人家，把每家每户的牛儿集中起来过江，题目就叫"百牛渡江"，甩掉贫困村的帽子！这就是今天"百牛渡江"的起源。

　　倦鸟知故乡。因为"百牛渡江"这个生态旅游品牌，各地奔涌而来的游客们，像一股巨大的磁场，把在外打工的游子们纷纷吸引回了村子。油坊沟村人口迅速增加，今天已经有 370 多户人家了。

　　油房沟村现任书记龚奇伟，1981 年出生，典型的 80 后，却有着上一辈人吃苦耐劳的精神和毅力。他于 1998 年 12 月进入四川某部队服役，2010 年退役后回到家乡，放弃了待遇优厚的工作，从此与这片土地休戚与共。村子里修建起了百牛谷、观牛亭、牛头转动广场、书墨田园生活馆、乐乐生态农庄、牛街等旅游景点。

　　除了各式各样的农家乐，富裕起来的人们尤其重视耕读传家。在当地政府的支持下，村子又修建了"书墨田园"博物馆，以传承本地文化，提升村民们的知识和文化涵养。

　　走进"书墨田园"，在一把把锄头、一副副耕犁、一个个簸箕等农用工具面前，仔细回味油坊沟村的过去，这是凝固的历史；在墙上飞扬的《子虚赋》《爱莲说》等书法字体面前，静静感受墨韵书香，源远流长的中华文化，在这一刻传承至心。在"世界读书日"当天，来自全市的人们汇聚在这里，开启了嘉陵江边的阅读盛宴。

　　此时，外面阳光正好，山也清朗，水也碧绿。在四川蓬安司马相如的故乡，在迂回曲折的嘉陵江畔，在周子古镇之上，三百里嘉陵江风光图，又被今人描绘了浓浓的一笔。

红色"德乡"气自华

初夏时分，雨后清晨，车行仪陇县双胜镇果园村大道，满眼的绿色像无边的海洋，一望无涯。

如果不是眼前成片的柑橘林提醒着人们，还真以为到了人迹罕至的高原。为什么呢？因为大道两边全是养眼的格桑花，五彩缤纷地渲染着乡村雨后的景色。

车窗外，一边是密密匝匝的柑橘林，成垄成行，宛如排列布阵的将士们，站立成田野的希望和风景；一边是村道两边盛放的格桑花，它们肆无忌惮地开放着，一朵朵含笑致意，释放出无限的风情和魅力，在微风中摇曳，成为村道新的风景线。

果园村的大道从仪陇县新政新县城到琳琅山朱德故里的主干线上分叉出来，一直延伸到了四围的龙凤山上。"围绕果园村的山叫龙凤山，龙凤山脚下的水库叫勇跃水库。果园村今天有两三条公路环绕，我们现在行驶的路是主路，是果园村的主干道，相当于果园村的一环线，位于山上柑橘产业带中的乡村公路是我们村的二环线。我们下一步的计划是把果园村打造成一个文旅兴旺的世外桃源。"村支书魏均民兴致勃勃地说。

魏均民的人生经历同家门口的路一样多变，高中毕业后回到果园村务农，后来也跟随着村里的人外出，在沿海一带打工数年。结婚生子后，赶上时代的浪潮，他也回到了阔别已久的家乡，实现了自己的乡村致富梦。被村民们选为村支书后，现在作为一村之主，他的心里还装着果园村的明天和未来，还有一个宏大而美丽的梦，需要更长远的时间来实现。

"现在我们去果园村的外环线走一走，从山上俯瞰一下村子的全貌，可以发现另外的风景。"村支书魏均民提议，很快得到了大家的赞同。

汽车穿过一个涵洞，从标识着"新政—马鞍"的大道上分叉，在山间绕行一圈后，停在了一个宽阔的垭口。这里有几个白色的建筑物，原来是果园企业海升集团的污水自动化处理站和办公场所。

俯瞰山下，但见果园村的房舍星罗棋布，柑橘树郁郁葱葱，村道四通八达，池塘波光潋滟……不是春光，胜似春光。

村支书魏均民最崇拜的是自家的叔叔魏德均，在他心目中，博学多才的叔叔，就是上一辈乡村人的杰出代表，是果园乡村记忆的活化石，也是新时代乡村的瞭望者和守候者。

从海升集团的办公场所出发，魏均民熟练地开着车，很快就来到了位于龙凤山山腰的一户人家。在村道"外环线"和这户人家相连接的岔路口，他稳稳当当地停好车，然后大步流星地带头往里走。

如果不是亲眼所见，外界的人一定不知道今天的乡村人真实的生活情况究竟是什么样子的。迎面碰见的是一棵高大的杏子树，一夜风吹后，地上堆满了杏子。杏子们躺在地上，并不生气和着急，它们会静静腐烂，埋进土里。而这样丰收的景况，几乎发生在每一户乡野人家，人们对它们的成熟熟视无睹，似乎根本没有时间和心思来处理这一地金黄的果实。想起那年那月，曾经的一个酸杏子，都会被小孩子偷摘，魏均民便感慨不已。"农村里没有人吃这个了，有点酸。"他说。

小心翼翼走过一地杏黄，从院子的侧面来到正屋门口，又看见了满树的枇杷，还有一株正在结果的无花果树。一丛芭蕉树下，在一个竹栅栏里，一只母鸡正带着十几只小鸡啄食米粒，看起来它们生活得很从容，也很幸福，就像屋子中生活的主人。

此时的主人魏德均还穿着一件厚的羽绒衣，应该是山上薄凉的缘故。堂屋的一侧，摆放着一个大的抽屉，一个个药箱整齐堆放在里面，彰显着主人山村医生的身份。

"龙凤山上有个石神寨，川剧里有个曲目叫《四下河南》，讲述的是宋朝的一个故事，说的是河南开封一个叫赵琼瑶的美貌女子，被龙凤山的山大王田茂（音）劫掠到石神寨当压寨夫人，不过现在这个故事已经失传了。"魏德均坐在自家的院坝里，遥望着对面的山顶，眼神很失落，也很灰暗，他应该是深爱着自己家乡的一山一石的。

"我那时候还是一个小娃儿，听大人说石神寨还有一块碑石，是当年秦朝宰相李斯刻写的，上面写的是'上通巴陕，下达嘉陵'，'嘉陵'就是我们今天的仪陇新县城新政，在这里的嘉陵江边，有一个古渡口。从巴中那边过来的人，从石神寨的古驿道经过后，到达新政嘉陵江边的古渡口，然后坐船出川。那时候我们家在龙凤山的脚下，山顶上的古驿道灯火通明，背盐巴的、行军打仗的络绎不绝，吵得我们睡不着觉，有时候还吓得遭不住。"回想小时候经历的场景，魏德均至今心有余悸。

"后来解放军打过来了，十八军解放西藏，就是从这里经过的。当时村子里很多青壮年都去给解放军背盐巴，半夜出发，到南部去背，然后从山顶的古驿道上经过，送到巴中等地，我父亲就是其中一个。我们村还有人参加了解放军的，其中一个叫魏云龙，是我的小伙伴，解放后他又回到村子，我们两个还跑到石神寨去找李斯的石碑，可惜没看见，不知道到哪里去了。"

"魏云龙也没结婚，抱养了一个儿子，现在已经去世了。父亲因为背盐巴压坏了身体，解放后村子里要选他当支书，可惜没有好久他就生病去世了。"

岁月的烙印像胎记，成为魏德均这一生的回忆，正因为如此，他后来自学成才，成为一名德高望重的乡村医生，也成为村民们心中的守护神。

今天的龙凤山上，古驿道已经消逝了，石神寨也只有一个寨门立在风中，对着山野倾诉着过往。但是山中的古庙却依旧森然，至今仍然保留着那个年代的印记。

雨后初霁，阳光从龙凤山上映照下来，落在山脚的勇跃水库中，水面上立刻泛起了点点银色的波光，倒映着这里的山山水水，水中也清晰地呈现出近处花草和果木的翠绿色，折射出山村一地的风情。

从纵横交错的果林大道中钻出来，眼前的盘山公路像龙蛇一般惊现，汽车跟着它曲折前行，绕过几户洋楼（在今天的果园村，从头走到尾，视野里几乎没有平房的影子了，取而代之的一般都是灰墙白瓦的小洋房），在一片玉米林地前的空地上，汽车停下来，心也稍微平息了下来。

村子的情况，就像书一样装在村支书的心里。打量周围，地势地貌宛如一个天然的小型盆地，难怪进村的乡村干道这般曲折。盆地顶端应该就是魏德均老人口中说的石神寨了，让人仰望得脖子疼，感觉与天比肩高，虽近在眼前，却又似乎很遥远。想象着当年红军就从头顶的古驿道经过，那人来人往的盛景，似乎让今天的果园村感受到了山体脉搏的跳动，山乡鲜活的场景又生动活泼起来。

恰此时有一阵风吹过玉米林，发出"沙沙沙"的响声，风铃般悦耳；梯田里有一大片的荷田，荷叶正钻出水面，顶着一颗颗珍珠般的露珠儿，让人着迷；几只小牛儿正在一块干涸的稻田里啃食青草，悠闲自得地甩着响尾，引人注目。

小牛儿们的主人叫魏波，是双胜镇果园村有名的养殖大户。魏波本来是土生土长的果园村人，20世纪七八十年代，山里不通公路，村子的生活就像四面围住的大山一样，举步维艰。

眼看着自己就要像上辈们一样糊里糊涂过一辈子，有的甚至要一辈子打光棍，魏波赶紧跟着其他人一起北上南下，四处漂泊，总算挣了点血汗钱。在外结婚生子，生活按部就班，就在他打算好好过生活的时候，谁知道却得了糖尿病，没有办法，他只好回到了家乡，打算一边休养身体，一边慢慢让生活走上正轨。

让魏波万万没有想到的是，此时家乡给予他的却是温暖的拥抱和丰厚的馈赠，靠着一颗朴实的心和一双勤劳的手，他在养育自己的青山绿水中发现巨大的商机，在政府的扶持和帮助下，走上了养殖种牛的致富路。

在魏波的身边，那些小牛儿们的爸爸是一头叫"西门塔尔"的进口肉牛，此时正在距离它们不远的另一块干旱稻田里吃草。"这头牛现在有600多斤重，是我2016年托人从东北买来的，去年有个老板曾经出了31000元的价格，要我卖给他，我没同意。这是我家最好的种牛，每年光是配种这一项收入，就可以收入2万多元。它是一个大英雄呢，去年就配种了196头母牛。周围几个乡镇的牛儿配种，都是到的我家。"望着山腰上自己的牛圈，魏波很是自豪。

魏波很宠爱自家的牛儿，那仿佛是他生命的一部分。他在自家的田地里种满了黄竹草，以供养圈里断奶后的16头小牛儿吃食。除此外，大牛儿可以吃苞谷秆、菜籽壳等，附近的村民们庄稼收割后，都会主动把这些下脚料送过来给魏波当牛饲料。而魏波也经常把牛粪等有机肥堆放在一起，用自家的小拖拉机装了，帮忙拉到村民的田间地头。"一个村子里，大家都还是要处理好关系，不要斤斤计较。"他爽朗地说。

除此外，魏波还和妻子喂养了一二十头猪，每天在山里忙活着，心里也亮堂着。靠着辛苦挣来的钱，夫妻俩在城里买了一套崭新的房子，家虽然每隔几星期才回去，但是新的生活却让他们信心倍增，疾病和困苦也算不得什么了。

从龙凤山上下来，穿过纵横交错的主干道，格桑花在两边闪放出绚丽的光彩，柑橘树在阳光下越发青绿，人如同画中行。心中所留下的记忆，皆是美丽的风景。

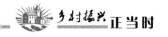

春风化雨润乡情

在四川盆地的东北部，有一个"因水而生、因水而美、因水而兴"的西部鱼米之乡，它就是中国唯一以方位命名的县——四川省南充市的南部县。

大堰乡封坎庙村4社刘明礼老人的家就坐落在八尔湖边。这是一座新建的典型川北民居，依山傍水。走进他家时，他正哼着小曲，侍弄院子里的花草。

八尔湖最初不是湖，只是四川省南部县大山深处的一个荒滩，当地农民称作"八尔滩"。它的名字源于一个美丽的传说。相传在战国时期，蜀地旱涝肆虐无常，百姓们苦不堪言。时任成都太守的李冰，在巴蜀大地广修水利设施，并在每一片水域都放养神龟，以保一方平安。

八尔滩中也有一只神龟镇守。光阴荏苒，有一天，一个渔民在八尔滩里撒网捕鱼，却捕上来一只大龟。夜幕降临，龟身金光闪烁。渔民见状，奉为神灵，赶紧系上妻子的一只耳环将其放生。数百年来，这只神龟被百姓们放生了八次，身上也系了八只大小不一的耳环，"八尔滩"由此得名。

传说毕竟是传说，八尔滩周围的农民却并未因"神龟"的镇守而丰饶富足。20世纪50年代初，因其沟渠纵横的特殊地理位置，八尔滩被修建成了一个水库，浇灌滋养着临近的几个县（市）区。

八尔滩的地名也被承袭了下来。一个"滩"字，却承载了库区周围百姓们的一段沉重历史。因为水库的修建，使得所在地大堰乡的农村耕地被淹没了一大半，以致人均耕地数量大大减少，吃不饱饭的村民们不得不外出打工，以此养家糊口。

曾几何时，八尔滩，成了一个孤寂落寞的荒滩。水库周围，杂草丛生，荒滩周围，是贫瘠的村子。破旧的屋子里，留下来的是老人和孩子，他们没有任何办法，只能无奈地伫望着眼前的这片土地。

深山路径草木深，八尔滩的路，不知道延伸到何方。岁月不居，时节如流，八尔滩的春天真正来临了。库区周围的所有村子都被政府整体规划，一批批扶贫驻村干部也走进了大山深处。

刘明礼老人做梦都没想到，自己会实现祖祖辈辈所渴望的梦想：住上好房子，过上好日子，奔向小康路！

老人的家就在八尔滩水库边。这是一座新建的典型川北民居，坐北朝南，依山傍水。院坝边，种满了各种各样的花草。屋后，是一大片青青的橘子林。

闲暇，老人总喜欢抽根竹凳子，坐在院坝当中，静静地看远处的山，近处的水。这时候，往事就像电影胶片般，在他的脑海里一遍遍地回放。

刘明礼家里共有5口人，老两口、儿子小两口和孙儿。以前夫妻俩时常生病住院，孙儿又要读书上学，一大家人的经济来源全靠儿子在外打工挣的钱。汶川特大地震后，他家的房子又成了危房，日子更是举步维艰。

当地政府获悉情况后，依照老人的愿望，在八尔滩边的山丘为其选好新房宅基地，随后参与土地的协调、新房的修建等。政府帮助他和老伴在乡产业园就业、入股，当年老人和老伴就分红了2万余元现金。

与此同时，村里建起的食用菌、林芝等产业园，吸收了贫困户小额信贷入股，有劳力的和没劳力的都可以挣钱。看到这一切，刘明礼在外打工的儿子毫不犹豫地回到了家乡，一大家人在新房里热热闹闹地生活着。

老人总是指着新房对人念叨：自己的病治好了，孩子们参加工作了，房子修好了……在他的院坝外，就是八尔滩。不，现在叫八尔湖了。它地处南充市的南部、西充、顺庆三县（区）交界处，湖的堤坝被加宽加高，总库容达到1657万立方米，拥有2800亩的水面。

八尔湖又修建了游客中心、步游道等，成了川渝之地著名的旅游景区。自此，白鹭们在小岛上栖息，野鸭子们在湖中嬉戏，湖边钓鱼的城里人也渐渐多了起来。

最美华灯初上时，八尔湖的夜就像是柔美和壮丽交织出的一幅蜀锦。在如梦似幻的水上灯光荧屏中，月亮和太阳交相辉映，山与水完美地融合。行走在湖岸，有稻花飘香，有蛙声一片。昔日的荒滩，今天变成了两岸农民生活的幸福乐园。

大堰乡改名成了八尔湖镇。场镇上，房屋仿古建造格局古风古韵，显出唐诗宋词的格调和雅致。在八尔湖边，从前大堰乡的所有村子，也都被规划成各个时代的川东北民居风格，建成了一个川东北民居的博物馆。

林家垭村按宋代民居风格建造，其所在地是整个八尔湖景区的游客中心，全村居民被整体拆迁，集中安置在游客中心旁边的新村里。新村成为商业购物街，当年国庆期间，各地游客纷至沓来，村民们乐开了怀。

八尔湖边的路也修好了，四通八达，直接通向不远处的高速公路。成都至八尔湖的时空距离缩短至1个半小时，重庆至八尔湖的时空距离缩短至2个半小时，南充至八尔湖的时空距离缩短至1个小时。

村民们的生活丰富了，用上了自来水、光纤和宽带。刘明礼也买了一部智能手机。他喜欢用自家的Wi-Fi看新闻、电视剧，甚至上网买东西。

春节，刘明礼老人到场镇上做了一块匾额，让儿子端端正正地放了堂屋正中。走进他家居住的小院，巨大的匾额尤其引人注目，上面写有几个大大的字：致富不忘党恩！

阆苑无处不飞花

阆中往南，至天宫院。单单是这地名，便叫人兴趣盎然。

它是一个很特别的地方。追寻着"前圣"落下闳的足迹，在中国历史上关于天文和数术等方面有着重大影响的两位人物也先后在阆中天宫院自选墓地，他们竟然同时选中了天宫院某处，不差分毫，这就是李淳风和袁天罡。

时光荏苒。今天的天宫院，以独有而绝佳的地理风貌吸引着世界各地的人们纷至沓来。而五龙村的村民们守护着两位圣人的墓地，过着宁静闲适的生活，远离世俗的侵扰，这里成了远近闻名的长寿村，被世人瞩目。

天宫院五龙村，前临石龙河，后倚管家山。它既是阆中文脉的延伸，也是今天阆中现代生态旅游业发展的原点。

人间四月，春色满地。那天我们从古城出发至天宫院，天色已晚。沿途植被丰茂，山势清奇。路宽了许多，小河水清了许多，村民们的房屋被涂抹成白色，古韵悠悠，也给黄昏的天地增添一抹光亮。

越往里走，心灵越是清净，这仿佛是一场时空的跨越，从现代到古代，从人间到天堂。我贪婪地呼吸着五龙村的空气，静静地看远山近水，想要凝滞时光，锁住自己的情感。

一座圆形的大茅草屋，被还原成赶集的模样，凝练成乡愁，在石龙河边静默远望。一条红色的骑游道，在官家山下向前延伸，通向天宫院深处。一个个五彩的花卉园，红绿黄橙青蓝紫，装点着山村的色彩。菜地、鱼塘、稻田、果园……好一个特色的旅游小山村，在天宫院深处散发光芒。

当晚，就餐于天宫院天林乡五龙村"大革命食堂"。一壶老酒是桂花酿造的，它摆在餐桌上，散发出家乡的味道。

这是一桌丰盛的乡村宴席，它的食材几乎全部来自本村的土地，散发出本味，出现在我们面前。水磨豆花、香肠腊肉、辣子土鸡、时令蔬菜……它们一下子唤醒了我们童年的味蕾记忆，给予我们久违的乡恋。

是夜，登上五龙村官家山山顶复建的观星阁，传说袁天罡曾于此夜观天象。看天幕幽蓝一片，四围群山卧龙，五龙民宿依山而建，石龙河潺潺而去……传说中的官家山干龙又分支上五龙、下五龙，各呈神奇景象。上五龙由横林子、长梁子、窝坟嘴、冷潭嘴、后头嘴组成，围合在沙拐子形成一朵旱莲，古人修有一土地庙为证；下五龙由一条伏龙寨子崖分生出圆山子、寨子嘴、瓦椽寺、送神包、滑路嘴五条小龙，也合围一朵旱莲，形成"五龙争莲"的祥瑞景象。

山为屏，水为环。古往今来，它们像守卫这片土地的疆场勇士们，挡住了风霜雨雪。那些关于远古的、现代的、先贤的、亲人的……构成了一部丰满的大书，在酒里酝酿。

历史的长河波澜壮阔，五龙村也发生了天翻地覆的变化。村子兴修了道路和水利设施，土地和河道得到整治，创办了成规模的瓜蒌产业园、蔬菜示范园、水产养殖园、辣木种植园、沃柑产业园等新兴产业园，一个特色的旅游小山村，在天宫院重放光芒。

夜霭沉沉，氤氲缭绕。四围青龙环绕，轮廓清晰自然。众人惊呆，驻足细赏时，那若有若无飘忽不定的雾岚却又袅袅上升，宛若那衣袂飘飘的仙女，顾盼颔首，多情地翩翩起舞。这，难道就是传说中的阆苑仙境吗?!

眼前的五龙村，历史的烽火烟云散尽，城市的喧嚣浮躁不再，仿佛人生的得失也随风而逝，天人合一，就这样静静地与山水草木虫鸟而语，相拥而眠。

夜宿民居，一行人往山顶攀登。灯光点点影，与夜色交融，在山尖闪烁，神秘莫测。夜色清朗，和着春天各种芳草的气息，在身体流淌，让人屏息静心，脚步也不由得放慢、再慢点。小路盘曲而上，如龙般游弋进房舍，摄人心魄。

民居干净整洁，石梯勾连、木质廊檐、玻璃外墙……它们紧紧贴着山，似乎与山在耳语，与草同生长，与鸟儿齐鸣唱。进屋，沐浴……把自己像婴儿般摔在床上，这就与天地同呼吸了么?!

翌日一早，被触手可及的鸟儿啼鸣惊醒。太阳出来啦，看青山仿佛在微笑，花儿们仿佛在微笑，草木们也仿佛在微笑。正在山腰厨房张罗早饭的邓大妈很早就起床了，桌子上摆满了乡味：土鸡蛋、土馒头……她和老伴倚在自家院墙，向客人介绍着自己的故事，脸笑得像门前的牡丹。"政府把我们的老房子装修，用来接待游客，我们每个月领工资，这是一辈子做梦都不敢想的事情。"

是的呢，太阳底下，青山无语，五龙村也不言，只有黎明像个调色盘，把它打扮得温婉可人。谁能料到它的今天，如此静美，像翡翠，光彩耀眼。

结束语

她，穿越崇山峻岭而来，将最柔美的身段留在了这里，300公里蜿蜒奔腾，百转千回，描绘了秀美旖旎的自然风光，留下了道不尽的美丽传说。

她，跨越古今，横亘时空，从历史的深处走来，涤荡出灿烂的嘉陵江文化，赋予这里独特的资源禀赋和人文涵养，像一卷诗书，每每勾起人们最强烈的渴望，读懂她，读透她！

她分明就是一首奏响在华夏西部的钢琴曲，飘扬在高山与盆地之间，时而激昂时而舒缓，时而欢快时而低沉，就那样憧憬着海的梦想，逶迤而来。

嘉陵江上，她那一颗颗晶亮圆润的人文珠玑，洒落在华夏西部，像明珠般沉淀在历史的沧海里，成为永恒的记忆。

是天人合一的古城赋予她女性的柔美和秀丽了吗？抑或是古镇的烟树婆娑了她的倩影？一定是嘉陵江第一曲流锁住了她的情感和心灵，要不为什么她把最柔美的身段留在了南充呢？

嘉陵江的丰碑应该是由她深厚的人文历史和故事铸就的，这才是她的灵魂。嘉陵江的美是属于南充的，更是天府之国四川的骄傲和自豪，她也应该是属于世界的，嘉陵江的美，正渐渐走向世人！

作者简介：

参见《情暖三青沟》。

时代洪流

罗 薇

我们每个人都是时代洪流中的一粒细沙，永远奔腾不息，无所休止。当我们滚滚向前，在时代的波涛大浪中铸就自己、不断创造个人历史与价值的同时，也聚合成力，助推着洪流的奔涌之势，成就人类社会的历史与价值。乡村大地，汇集着无数人的奋斗与梦想，他们正用双手，更用智慧，改变着我们眼前的一切。创业艰辛，奋斗以成，脱贫攻坚战硕果累累，乡村振兴新征程步伐更加激越铿锵。

春日，蒙朋友之荐，我寻访了一位盆景园艺大师（高级园艺师）。大师名曰郭良学，60后，家住成都市温江区万春镇先锋村三组，先锋村盆景制作致富带头人。

是日上午，我按导航提前到达。在一院门处下了车，但见贴着红色瓷砖的门边，挂着好几块匾。细看，左边长条形木匾上写着"成都市温江区万春镇先锋村盆景协会"；右边并列着几块长方形铜制板，分别是"中国农业银行成都温江支行与成都市锦之春花木营销专业合作社乡村振兴合作示范点""成都市成人教育示范基地""成都市民游学体验中心""中国农业公园先锋盆景主题园"……

此地使命不凡，应是村组会没错了。站在门口，往里望，四合院，七八间房。正面廊檐下挂着一溜红灯笼，靠墙摆着一排木椅。四顾无人，却见几只巧燕，在屋檐处忙碌，上下翻飞，好不快活。

收回眼，见右边贴着黄色瓷砖的外墙上，有一巨幅展板，是村组简介。通过简介了解到，先锋三组盆景园起源于20世纪60年代，其从最初的十几亩发展到现在的220亩，年销售额达2800万元……

不简单啊！我心下叹道。这乡村经济发展成绩斐然，能带领大家走上富裕道路之人，定有不凡的眼界吧。

看了下表，离约定时间还有20分钟，心下担心大师另有事忙，万一不能准时，我也好趁机转悠——来时的村组道路上没看到预想中的盆景，正好去一探究竟。

打了电话，大师说马上就到。说话间，一扭头看见一辆黑色豪华面包车驶过，停在村组委隔壁一幢时髦的别墅前。不会这么快吧，我跟过去看。来者下车，果然不是（刚在展板上看到过接受采访的郭良学照片）。

当下赞慕起眼前这气派的别墅，应该有好几十间房吧……一望眼，又瞧见后面不远的另一栋，虽被眼前的挡住了一大半，但现出的蓝色精致门廊，仿佛更加漂亮。

此时一个白衣女子，不知从什么地方出来，落入我的视野。其戴眼镜，相貌斯文，她穿过马路，进了对面的园子。园子被郁郁葱葱的树木遮挡，里面该有盆景吧？

正想着，又一辆黑色奔驰越野车驶过，在不远处路边停下。这次下来的是郭良学本人，个头不高，壮黑敦实，和照片上的一样。

我迎上去，自行介绍。他笑迎上来，热忱招呼。

"你没住在三组吗？"我疑惑地问道。

"住在这里的呀！"

他反应很快，大概是猜到我见他开车的缘故，接着说道：

"我刚到附近办了点事。"

"哦，我是说怎么开车来的呢，哈哈——"

他把我带到村组会办公室，房间不大，中间一张大大的四方桌，仿佛已将屋子填满。桌边围着 4 条长凳。门边是一大橱柜，装着饮料、茶具等。除此，无过多家具。

我们相对坐下。刚才那白衣女子进来，拿了两瓶矿泉水，郭良学双手接过，递我一瓶。我们看着白衣女子跨出房门，郭良学转头对我说："这女子以前在城里打工，做酒水生意，父母身体不大好，家里经济不宽裕，我之前常常资助她。"

"哦——"我应道，"我刚刚还看见过她，挺清秀的，也挺有文化的样子。"

郭良学接着道："近些年在政府的支持下，村里发展很快，也急需年轻人，在我的鼓励下，她回来了。一边帮助管理村组会，一边也种盆景，她家现在的条件好多了。

"如今国家给乡村发展创造了这么多好条件，立项绿色通道、税收补贴优惠、银行贷款倾斜等等，年轻人大有发展空间。现在回村的年轻人也越来越多了。"

我应和道："那当然，回家乡多好！现在乡村环境宜人，而且还可陪伴在家人身边。"

郭良学道："是的。我们村近些年来发展很快，人均年收入达 5 万多，去年收入上百万的有十几户，最多的一户达到 300 多万元。"

听到这后一句，我心下闪过：是不是隔壁别墅那家呀？还是言归正传。我继续问道："您这盆景手艺是谁教的呢？"

郭良学不以为然："跟我父亲学的。我们这一带农户，基本都做盆景，可以说是世代相传。大家一直以盆景为生，有着种花植草、蟠扎盆景的习惯。即便是 20 世纪 60 年代，生活困难时期，那会儿人们对盆景花卉的需求不多，但村里人还一直维持着这门

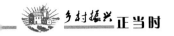

手艺。"

"你们那会儿吃得饱吗?"我插话道。

"有点紧张,每顿饭要限量哦。到了1976年,'文化大革命'结束,大家生活就明显有了好转。成都一些机关单位和工厂对盆景需求量也突然猛增,村主任就鼓励大家用各家分得的自留地,尽量多种盆景植物,抓住机遇,多挣钱。"

"看来你们村主任是个关爱大家、且有远见的人呐……那么你们都制作的是什么样的盆景呢?"我道。

"我们做的基本是大型川派盆景。川派盆景分为树桩盆景和山水盆景。树桩盆景一般选用金弹子、六月雪、罗汉松、银杏、紫薇这类植物,古朴严谨,虬曲多姿;山水盆景则以砂片石、钟乳石、云母石、龟纹石一类为材料,主要表现巴山蜀水高、悬、陡、深,气势雄伟的自然风貌。"

"你家盆景植物的种植是如何发展起来的呢?"我问。

"那是1980年后了,我家生活逐步好了起来。1982年土地下放到户,家里承包了5亩地,用了1亩4分地种盆植,剩下的土地种粮食。父亲、母亲、姐姐、弟弟加我,我们一家五口齐上阵,每天起早贪黑,却是干劲十足。那年我们粮食亩产陡增,饭可以随便吃了。家人不仅吃饱了饭,有了余粮,卖花卉盆景挣钱,还有了存款。"

"是呀,改革开放后,全国城乡都发展迅速,我们也有明显的感觉,吃的、穿的、用的,各类生活物资都丰富了起来。"我感叹道。

郭良学继续道:"1983年秋,我家联合了6户人,共花了2800元,买了一台旧的手扶拖拉机,几家人一起干。拖拉机既可以耕地,还可以运送盆景,大大提高了劳动效率。

"1984、1985年,我们扩大了种植,一半多的土地用来种植桂花。我父亲喜欢琢磨盆景植物的种植方法,我家在70年代就懂桂花的嫁接技术了。"

"大概是怎样的嫁接法呢?"我好奇道。

"就是用女贞老桩嫁接桂花。因为女贞耐寒耐旱,抗病虫害能力强,根系发达,生命力旺盛,一株老桩可同时靠接 4 个品种的桂花,如金桂、银桂、丹桂和四季桂。通常三四月份嫁接,当年八九月就可剪离,它的成活率相当高。

"我家在长期盆景制作中,总结出了不少经验技巧,现在川农大还常邀我去讲课呢……"

我不由赞叹:"那你可算是川农大的客座教授咯! 真不简单!"

郭良学谦逊地笑笑,继而讲述道:"记得 1986 年那年,我家桂花出苗,一棵 5 元,一下卖了 3 万多,当时在乡里引起了轰动,连乡信用社也跑来我家搞合作。呵呵……

"1988 年,我和父亲听别人介绍,开始跑成都青石桥花鸟市场,摆摊卖盆景。我们每天凌晨 2 点就起床,因为骑自行车要 4 个小时才能到达青石桥。虽然辛苦,但我们认识了全国很多地方来的商人,拓展了市场,生意又有了一次飞跃。1989 年,我家修了一栋小洋楼,才花了 2.5 万。"

我惊呼:"2.5 万可不小哦! 在那个时代可是了不得的万元户呢!"

郭良学嘿嘿一笑:"这倒是,那时是很大的数目了,不能简单由数字来衡量。那时米价还不到 2 毛 1 斤,肉价也在 1 元左右。而'万元户'一词已成为历史,现在我们村里百万元户都不稀奇,更别说全国范围了,要上亿才算富呢。"

我问道:"那会儿你家富了,一定有不少村民跟着你们学吧?"

"是的。"郭良学回答,"自从我家种桂花挣了钱,本村和周边乡里,家家户户都来学着种,我们也尽力教大家。那会儿,不仅是我们村组,温江周边盆景经济都发生了好转。但到了 1995、1996 年,我们村的桂花就卖不出去了,市场饱和了,大家愁得没办法，当时有 20 多户人家甚至把桂花树砍了当柴烧，又回归到种粮的时代……我家也艰难地维系着，但始终没有放弃。

"1999 年，盆景经济出现好转，我家买了第一台小汽车——奥拓，那会儿就连城里人买车的也少。"

我说："是呀，那会儿我还在部队，买车这种事想都不敢想。不过 2000 年后，没几年周围陆陆续续很多朋友都买了私家车，我家也买了。中国经济发展挺快的。"

"是呀，这要感谢党的政策好，让城乡都有了巨大发展，让大家都有了致富机会。尤其是近几年，我们乡村变化更大。

"2013 年我和村干部们牵头（我在 2009 年被大家推选为三组组长），组织先锋村成立了盆景种植合作社，大家抱团经营，在种植研究、技术交流、市场对接等方面高度合作。村里盆景种植规模空前。就我们三组来说，盆景基地已达 200 余亩，在地资产约 2 亿元。

"建立合作社不仅提高了我们村的经济效益，同时也避免了像 1995—1999 年那样，盲目单一地过度种植，造成严重的资源浪费，致使村民经济倒退的现象。

"当时我们全组 79 户，家家都有盆景园，家家都制作盆景。组里持有区级农业技术中级职称证的就达 50 多人之多，且有 3 人是高级职称。村民们高度团结。每天晚上，大家都集聚在村组会交流分享创新经验、种植技术、蟠扎技巧，大家相互传授学习、取长补短，这习惯一直延续到今天。

"而且每晚，平常人家吃晚饭时，正是盆景桩头要喝水要护理的时候，也是我们村里人一天里最忙碌热闹的时刻。大家相互吆喝着出门，到园中忙碌，细细浇灌、施肥打药、修枝蟠扎……"

我脑海里浮现出田园里，一群群村民们忙碌的身影，他们正尽力让植物的每一条根须都吸足水分，每一根枝条都风姿绰约，每一片叶子都光耀闪亮。

"大家都静下心来干事业，一门心思全扑在盆景的制作上。我们比的不是谁挣的钱多，而是谁更技高一筹。"

我心下叹服，一个村组有这样的风气，组长可是功不可没啊。

"2014 年，中国生态文明论坛在温江举办。我和村干部们赶紧抓住这机遇，与温江区政府对接，成功将'先锋村盆景'推为此次重点参观项目之一。论坛上除了国家、省级大领导来了，中央电视台、新华社这样的大媒体也来了，大大地给我们先锋村做了宣传。

"有了政府的大力支持和媒体的积极宣传，我们盆景订单猛增，全国各地订单雪片般飞来。我们的盆景产品不仅畅销全国，还远销到了韩国、日本、新加坡等国家，倍受消费者喜爱。

"我们村能有如今的大发展，除了扎实的技艺、历史的机遇，还和合作社的经营管理分不开，良好的运作要有眼界和远见。我在 2013 年，认识了一个财税公司高管，他给了我不少的建议。"

我诧异道："是怎样的财税公司呢？能帮到你们什么呢？"

"是这样的——"郭良学接过话道，"这家公司名叫上上策财税咨询有限公司，是一家专注企业经营过程中财税问题的咨询服务供应商。他组织了我们这一带的销售大户，成立了万春镇锦之春营销合作社，我们按照'基地统规''农资统供''病虫统防''品牌统建''产品统销''服务统揽'的'六统一'模式经营，提升市场效益，并在财务规范、制度建设、项目选题、论证和资质申报等方面提供服务。"

"截至目前，我们合作社账务清晰，没有任何污点。"郭良学甚是自豪地说。

"我们还逐步与四川农业大学建立了校地合作关系，建立培训实习基地，形成了传统技艺与现代科学种养的有机结合。"

感觉时间不早了，我下意识看了下表，已近中午，正想提出去外面观赏盆景、拍个照，郭良学道："时间不早了，我们去吃午饭吧。就在不远处农家乐。饭后我们再去转转，看看盆景，拍拍照。"

我心下笑道：大概是被采访多了，这程序他都熟悉啊。那就客随主便吧。我答道："好的，先吃饭。"当巧也饿了。

走出村组会，从敞阔的村组路拐入水泥硬化后平整的田埂。郭良学说："这些路都是当初村组发展时修的。2009 年，社员们都硬要推选我当社长（组长）。

"不过，你知道人多了，心难齐。我就告诉大家，如果非要选我当社长，那我说怎么干，你们都愿意吗？结果全部社员都举手赞同，于是我便上任了这小小的社长。呵呵……"郭良学憨憨一笑，接着说，"道理很简单，'要想富，先修路'。当时我提出的第一个任务就是修路，目标是把路修到家家户户。那时家家都很支持，让路的让路（让出自家的部分土地），投劳的投劳。

"可就有那么一家，死活不肯让地，想要赔偿，于是修路被耽搁下来。本是打算从他家和相邻那户人家之间把路修过去，说好一家让一半的地。没办法，还是对面那户人家风格高，多让出一半的地，才把路修了过去。"

"你们修路的钱，是从哪儿出呢？"我问道。

"当时我去协调的温江区政府。政府了解到我们村发展盆景项目前景好，村民积极性高，很是支持，出资了 300 万，村里人又自筹了部分资金……"

说话间，我们已走上一条沿河而建的小道，道路铺就着彩色地面，一看便知是绿道。河畔竹影浮动，春光中透着幽幽绿意，行进于此，甚是宜人。

郭良学说："我们村头这条江安河边，自从修了绿道，来休闲的人一下多了起来，沿河开了不少农家乐，也吸引了不少前来参观购买盆景的人。"

"不过，我们村制作的大型盆景居多，价格贵，普通人一般不会买。如今人们对小微盆景的需求逐日增加，为适应市场形势，满足更多的消费群体，我们准备朝小微盆景制作方向发展，把盆景作品推向城乡家家户户。"

我心为之一动，似乎已看到了他们的愿景实现在千家万户的书桌与几案之上。

我们就餐的那户农家，菜品不错。我以前只知万春镇的卤肉出名，却不知这油泼豆腐鱼、椒麻烟熏鸭也这么好吃。厨艺这种事，大抵是相互影响的吧，如同他们盆景园艺一样，一脉相承。

正吃饭间，来一朋友，郭良学立马唤店员添菜。来人闻声，赶紧道"只加盘素菜啊——"。细看来者，清瘦俊朗，眼神灼然。

郭良学介绍，这位就是之前提到过的朋友，财税公司（上上策公司）高管陈宏。

陈宏是个热情且健谈之人，一边吃着饭，一边介绍起自己的公司情况。我了解到，他们公司业务以"农"为主，目前为温江区 50 多家合作社和家庭农场提供服务，如郭良学他们的锦之春，还有内开志农机、宏德蜂业、盛彩花卉等，负责为其提供代理记账、项目申报、审计验收，以及运营管理等服务。具体事务涉及做项目策划实施方案、签署框架合同；协助合作社孵化升级，由区一级升级成为市、省，乃至国家级的示范社；为产业发展提供种植、种苗、辅料、成品采收、包装、销售、储藏、加工等技术，以及推广转化应用绿色高效生产技术。同时，他们还帮助社区成立"爱心基金"，关爱社员；协助社区内残疾人、花农就近就业……甚至在 2019—2020 年，受贵州茅台镇特邀，他们成功帮助贵州一贫困村脱贫。

我越听越觉得，这财税公司，真的像个高级农业管家呢，助推乡村建设的服务内容一应俱全！乡村发展当真需要这样的专业公司来运营服务、协调管理呢。

饭毕，见陈宏和郭良学有事相商，我便起身告辞。

在这次采访中，虽然郭良学几次谦虚提及自己的文凭不高，但我始终觉得人最重要的还是在学校之外不断学习与探索。毕竟，知识浩瀚无涯，一个人的学习始终在路上，而终身学习，才是一个人最大的文凭。

郭良学言语朴实，并未过多描述自己的创业艰辛。我几次想把话引到他奋斗故事上，而他几次又重把话题带回到时代的变迁中。令我看到，时代在发展，人也在发展，美好的时代，成就了一代美好的人。

坐在回城的车上，我不禁哑然失笑，专程来做与盆景有关的采访，却未有缘看到一个盆景，但心里也不觉得遗憾。郭良学的致富成长经历，及其促进先锋村共同富裕的发展历程，那不就是我们中华大地乡村振兴的一个微缩盆景吗？这盆景像结满硕果的金弹子，富美又精致。时代洪流滚滚向前，在无数的乡间田园里，亿万人民正倾尽自己的智慧与力量，不断创造出更多更美的乡村富美新盆景！

作者简介：

参见《瓦岩河畔的成长》。